KB274376

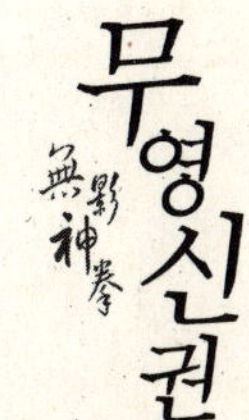

무영신권

無影神拳

심심상인 新무협 판타지 소설

FANTASTIC ORIENTAL HEROES

무영신권 5
심심상인 新무협 판타지 소설

초판 1쇄 찍은 날 § 2009년 4월 15일
초판 1쇄 펴낸 날 § 2009년 4월 22일

지은이 § 심심상인
펴낸이 § 서경석

편집장 § 문혜영
편집책임 § 이재권
편집 § 문정흠

펴낸곳 § 도서출판 청어람
등록번호 § 제1081-1-89호
등록일자 § 1999. 5. 31
어람번호 § 제2-1724호

주소 § 경기도 부천시 원미구 심곡2동 163-2 서경B/D 3F (우) 420-822
전화 § 032-656-4452팩스 § 032-656-4453
http://www.chungeoram.com
E-mail § eoram99@chollian.net

ⓒ 심심상인, 2008

ISBN 978-89-251-1772-0 04810
ISBN 978-89-251-1614-3 (세트)

[완결]

5

무영신권

無影神拳

심심상인 新무협 판타지 소설

FANTASTIC ORIENTAL HEROES

도서출판
청람

目次

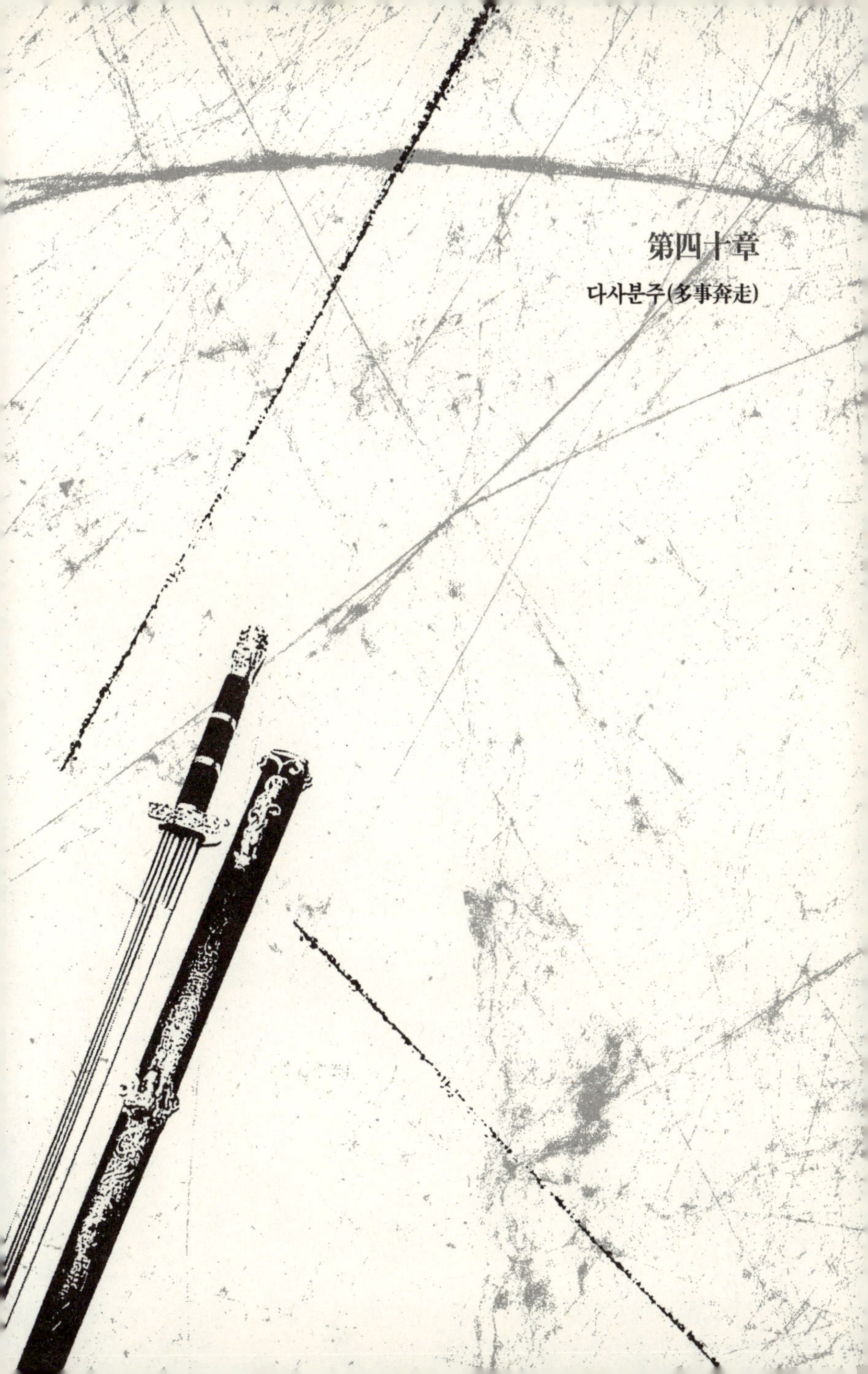

第四十章
다사분주(多事奔走)

　대낮에 망신을 당했으니 원명은 분하고 치가 떨렸지만 성경방의 무공이 생각보다 더 높으니 어쩔 수가 없어 서둘러 성문을 나가 삼 파 사람들이 모여 있는 장원으로 향했다.
　북경성 안에는 금의위 위사들이 수시로 순찰을 돌고 경계가 삼엄해 성경방도 성문 안에는 머물지 못하고 자금성 북쪽 경산(景山)의 기슭에 있는 장원에 머물고 있었다.
　성경방주는 경산이 북경성 안을 한눈에 내려다볼 수 있어 적의 공격을 막아내기 쉬운데다가 북쪽으로 길이 나 있어 퇴로까지 확보할 수 있으니 이보다 더 좋은 곳은 없다고 생각했지만 그 반대 측면도 있었다.
　안력이 좋은 고수가 멀리서 본다면 경산을 오르내리는 성경방의 무사들을 볼 수도 있기 때문이었다.

청량방에서는 이미 경산 주위를 은밀히 감시하고 있었고 경산을 오르내리는 사람들은 청량방의 의심을 받아 검문을 당하고 있었다.

그런 형편이니 경산을 오르내리는 사람은 확연히 줄어들고 있었다.

삼 파 사람들과 세가 사람들은 하천이 머물고 있는 장원에 모였다.

이젠 정면으로 성경방을 상대할 때가 온 것이다.

청량방이 최정예를 이끌고 왔으니 삼 파와 북무림의 피해도 덜할 것이고, 청량방이 선봉에 나선다면 서장무림군이 한 방에 쫓겨났듯이 일이 간단할 수도 있다 생각되니 모두가 하천의 눈치를 보고 있었다.

팽가장주 팽여상이 북무림을 대표해 간단한 인사를 하고 본론을 이야기했다.

"성경방에 고약한 모사꾼이 있어서 터무니없는 소문이 도는 바람에 그동안 많은 무림 동도들이 상쟁을 했었지만, 이제 그 술수는 다 와해되고 말았습니다. 여진의 객상을 동원하여 헛소문을 퍼뜨리고 중원무림에 혼란을 준 성경방을 응징할 때가 왔습니다. 소문에 의하면, 그놈들이 강호 문파의 무공 비급을 훔쳤다 하는데 무공 비급을 잃은 방파가 혹시 이 자리에 있습니까?"

팽여상은 반신반의하며 물었지만 하천은 뻔뻔스럽게 손을 들었다.

"본 방의 비급인 청량무서와 천라합벽진이라는 고금제일의 합벽진에 관한 비급을 잃었습니다. 천리미향을 묻혀놨으니 개를 풀어 추적하면 당장 잡을 수 있을 것입니다."

하천이 빙글빙글 웃으며 이야기하니 사람들은 진위를 알 수 없었지만 날이 밝는 대로 청량방의 무공서를 찾기로 의견을 모았다.

군웅들은 하천이 잔꾀를 부리는 것이라 짐작은 했지만, 청량방의 비급을 찾는 일에 당연히 청량방이 앞장설 것이고, 비급은 하천이 어떤 술수를 써서라도 성경방의 거처에 있게 할 게 분명할 것이라 생각했다. 하지만 자신들에겐 득이 되는 일이니 아무도 의혹에 대해서는 거론하지 않았다.

그날 밤, 이미 소문이 떠돌고 있는데다가 하천의 술수가 물불을 가리지 않는다는 것을 익히 알고 있는 신통은 만일을 대비해 장원 전체를 샅샅이 뒤지며 천리미향의 흔적을 찾았지만 날이 밝을 때까지 뒤져도 찾을 수 없으니 안심하고 있었다.

신통은 금화방 무사들을 이끌고는 청량방에 대패했지만 성경방은 금화방과는 비교할 수 없을 정도로 고절한 무공을 지닌 방파이니 정면 대결을 한다 하더라도 조금도 두렵지 않았다.

날이 밝자 멀리서 개 짖는 소리가 들려왔고, 성경방의 외곽

을 경비하는 무사들의 다급한 피리 소리가 들려오기 시작했
다.

신통은 밤새 천리미향의 흔적을 찾다가 방금 전에야 잠자리
에 들었는데, 머리를 눕히자마자 바로 일어날 수밖에 없었다.

성경방주와 호법들이 다급하게 방을 나서고 있으니 신통은
의관도 바로 하지 못하고 뒤를 따랐다.

"놈들이 아침부터 들이닥치다니, 이게 무슨 일이오?"

막 잠에서 깬 듯한 방주가 신통을 보고 물었다.

신통도 막연했지만 밤새 천리미향을 찾았지만 흔적이 없던
터라 당당하게 말했다.

"천리미향이라면 이 장원 내에는 없는 게 분명하니 놈들이
무슨 수작을 부리더라도 방주님께선 현혹되시면 안 됩니다.
증거가 없으니 놈들이 강경하게 나오지는 못할 것 같습니다
만, 좋게 끝낼 수 없다면 전면전을 벌여서라도 놈들을 격퇴해
야 합니다."

하나 마나 한 말을 하니, 성경방주는 신통의 말을 무시하고
급히 내달렸다.

경계를 서고 있는 무사들이 화살을 쏴 전면전이라도 벌어진
다면 좋을 일이 없어서였다.

산을 올라오는 사람은 몇 사람 되지 않았다.

성경방주는 괜한 일에 놀라 뛰쳐나왔다고 후회를 하고 경계
를 맡고 있는 경계당주를 불러 적당히 겁을 줘서 청량방의 무
사들을 돌려보내라 말하고는 등을 돌리려 했다.

그 순간 무사들의 다급한 외침이 들려왔다.

"저들이 이리로 달려오고 있습니다."

경계당 무사들이 활을 겨누고 있었지만 몇 사람이 달려오고 있었다.

활을 쏠 수도 있었지만 무사들의 신법을 보니 화살 정도는 가볍게 피할 수 있는 고수인지라 성경방주는 뒷짐을 지고 뒤로 물러났다.

바로 앞까지 달려온 무사들 중 한 사람이 앞으로 나서며 버럭 소리를 질렀다.

"청량방의 무공 서적을 내놓으시오."

성경방주는 눈짓을 해서 오호법이 나서게 했다.

"무슨 헛소리요? 청량방의 무공 서적이 왜 이곳에 있다는 말이오?"

청량방 무사들의 기도가 예사롭지 않으니 오호법도 점잖게 말하고 있었다.

젊은 무사는 바짝 다가와 오호법의 면전에 서며 아래를 향해 손가락질했다.

"저 아래에서 매우 짖고 있는 개들이 보이시오?"

"아주 잘 보이오. 잡으면 꽤나 근수가 많이 나오겠소."

오호법이 심통이 나서 퉁명스럽게 말하니 젊은 무사는 더 심통 맞게 말했다.

"흥, 저 개 한 마리 값은 당신의 십 년 품삯을 모아도 살 수 없는 명견이오. 저 개들은 책에 발린 천리미향의 냄새를 맡고 저렇게 짖고 있는 거라오."

젊은 무사는 소진이었다. 소진이 능글맞게 웃으며 말하니 오호법은 금세 얼굴이 붉게 달아오르더니 참지 못하고 버럭 소리를 질렀다.

"닥쳐라, 내가 얼마나 받는지 네놈이 어찌 안다고 함부로 지껄이느냐?"

"이놈이 어디다 대고 더러운 침을 튀기며 욕질이야? 생긴 건 꼭 찌그러진 더덕같이 생겨서."

소진이 눈을 부라리며 욕까지 해대니 오호법은 참지 못하고 소진의 어깨를 잡아갔다.

"놀고 있네."

소진이 비아냥대며 오히려 곡지혈을 쳐오자 오호법은 손을 뒤집으며 다시 소진의 손목을 잡아갔다. 이번에도 소진은 손목을 교묘히 돌리더니 오호법의 손등을 때려왔다.

연속으로 소진이 오호법의 허점을 노리고 역습해 오자 오호법은 분을 참지 못하고 이젠 발을 들어 소진의 옆구리를 차오고 있었다.

본격적으로 거리를 벌리며 두 사람은 권각을 놀리기 시작했다.

서른 중반의 오호법이 약관의 나이로 보이는 소진과 막상막하로 밀고 당기며 아우성치고 있으니 성경방주는 안색이 하얗게 변했다.

성경방주는 소진이 기껏해야 청량방의 내당 당주 중 한 명일 거라 생각했고, 오호법은 성경방에서도 다섯 손가락 안에 드는 고수였다. 그런 오호법이 전력을 다해 상대해도 맞수였으니 기가 막힐 일이었다. 성경방주는 무공에 있어서는 성경방이 중원의 무공을 앞선다고 자부하고 있다가 큰 실망을 하고 있었다.

책사인 신통도 중원의 무공을 하찮게 말했고, 구절문주 또한 그렇게 말했었는데 청량방의 무공이 의외로 높으니 그동안 경시해 오던 생각이 틀렸다는 것을 알았다.

두 사람은 이미 오십여 초를 넘게 겨루고 있었지만, 내력에서 우위에 있는 오호법이 신법과 초식의 변화에서 밀리니 한참을 더 겨룬다 하더라도 우세로 반전될 가능성은 없어 보였다.

내력의 소모가 많은 오호법은 움직임이 점점 느려지고 있어 적당히 멈추는 게 좋았다.

성경방주는 벽력같은 호통을 쳤다.

"멈춰라."

하지만 두 사람은 계속 손발을 놀려댔고 성경방주는 바짝 가까이 다가갔다.

그러자 청량방에서 한 사람이 달려나오며 앞을 막았다.

인상이 험악하고 한눈에 봐도 고수의 풍모를 보이는 것이, 소문으로 듣던 천불사의 망나니 색귀인 것 같았다.

색귀가 누른 이를 드러내며 히죽 웃으니 성경방주는 화가 치밀었지만 방주 된 체면에 색귀와 겨룰 수 없어 뒤로 물러나고 말았다.

"그렇지, 애들이 싸우는 데 어른이 끼어들면 안 되는 거야."

기분 나쁜 소리를 하며 색귀가 돌아서니, 성경방주는 대호법에게 눈짓을 했다.

색귀의 실력이 어느 정도인지 대호법과 싸우는 걸 본다면 알 수 있을 것 같았다.

대호법도 망나니라 알려진 색귀와 싸우는 것이 내키지 않았던지 주저했지만, 다시 성경방주가 눈짓을 하자 버럭 소리치며 달려나왔다.

"놈! 무엄하다. 감히 누구에게 불경한 언사를."

"닥쳐라."

대호법의 말이 끝나기도 전에 색귀는 벽력같이 소리치며 주먹을 날려왔다.

권영이 몇 개나 번쩍이며 대호법의 면전에 날아왔다.

말로만 듣던 권풍, 격공권이라 할 수 있었다.

대호법이 쌍장을 들어 불상 그림자와도 같은 권영을 막았다.

퍼벙!

가죽 공이 터지는 소리가 나며 대호법은 신형을 휘청거렸다. 하지만 색귀는 한 발을 뒤로 내밀며 가볍게 물러서더니 오히려 탄력을 받아 앞으로 달려들며 다시 주먹을 내질렀다.

대호법은 맞받지 못하고 왼발을 축으로 팽이 같이 돌아 권영을 벗어났다.

하지만 색귀는 바짝 따라오며 사권, 삼각을 놀리고 있었고, 대호법은 연신 밀리며 이 장이나 밀려나고 있었다.

누가 봐도 대호법의 열세가 분명해 보였다.

성경방주의 얼굴은 참담하게 찌그러지고 있었다. 대호법은 자신과도 백 초를 겨루어야 승부를 낼 수 있는 성경방의 절대고수였다.

색귀 역시 청량방의 절대고수이긴 하나, 대호법의 열세가 분명해 보였다.

그렇다 해서 지금에 와서 합공을 할 수도 없었다.

그사이에 청량방의 무사들이 산을 올라와 어느새 백 명이 넘는 사람이 코앞에 다가와 있었다.

오호법과 대호법이 싸우는 데 시선을 뺏긴 것이 화근이었다. 마음만 먹는다면 청량방의 무사들이 안으로 몰려올 수도 있을 것 같았다.

따닥!

멀리서 손가락을 두 번 튕기는 소리가 났다.

빛살과도 같은 섬광이 눈앞을 스치고 지나갔다.

싸우던 사람들의 중앙을 섬광이 관통하니 오호법과 소진, 대호법과 색귀는 깜짝 놀라 동시에 손을 멈췄다.

"이제 그만들 하시오."

손가락을 튕겨 빛살과도 같은 강기를 내보내 싸움을 멈추게 한 사람이 걸어왔다.

이제 약관 정도 되어 보이는 나이, 얼핏 봐서는 닭 한 마리도 잡기 힘들어 보이는 문약한 문사 같은 외모. 소문으로 들어오던 청량방주의 외관이었다.

성경방주는 눈을 멀뚱히 뜨고 지켜보기만 했고, 오호법과 대호법은 겁먹은 눈초리로 주춤 물러나고 있었다.

나머지 세 호법도 마찬가지였다.

청량방주가 성경방의 진영을 관통해서 걸어오고 있었지만 모두가 뒤로 물러나고 있었다.

"당신이 성경방주요?"

바짝 다가와 말을 하니 성경방주는 굳어 있는 턱을 움직이며 간신히 입을 열었다.

"그렇소. 당신은 청량방주?"

하천은 고개를 끄덕이더니 손을 내밀었다.

"청량방의 무공 서적을 내놓으시오."

성경방주는 화들짝 놀라 뒤로 세 걸음이나 물러났다. 그는 하천이 손을 뻗어 공격하려는 줄 알았다. 그러나 가만히 보니 책을 내놓으라는 말이었다.

성경방주는 다급한 목소리로 말했다. 행여 하천이 공격이라도 한다면 큰 망신을 당할 것 같았다. 이미 다섯 호법이 주눅이 들어 있는 마당이니 하천이 성경방주를 공격한다 해도 나설 사람이 없었다.

"그런 소문을 듣긴 했소만 그건 터무니없는 모함이오. 성경방에선 중원으로 사람을 보낸 일도 없고, 나는 평생 남의 물건을 훔친 적은 단 한 번도 없소."

"그런데 왜 저 개들이 저렇게 짖고 있다는 말이오? 저 개들이 그저 구워 먹으면 좋을 평범한 황구로 보이오?"

"그건 구워봐야 알지 지금은 잘 모르겠소. 정 의심이 간다면 장원 안을 수색해도 좋소. 성경방은 정정당당하오."

성경방주는 혼자 구석에 몰려 하천과 이야기를 하다 보니 저절로 주눅이 들어 꼬리를 내릴 수밖에 없었다.

하천은 저 멀리 고개를 숙이고 있는 신통을 바라봤다.

신통은 성경방의 사람들이 청량방에 꼬리를 내리고 있자 가슴이 철렁 내려앉으며 도망이라도 가고 싶었지만 발이 떨어지지 않았다.

신통은 큰소리만 쳐대던 성경방주가 저리도 쉽게 꼬리를 내릴 줄은 전혀 예상하지 못했다.

하천이 손을 들자 소진과 백호당의 무사들이 개를 끌고 장원 안으로 들어갔다.

성경방의 무사들은 물러서며 길을 비켜주기만 했다.

성경방주가 정신을 차리고 주위를 둘러보니 어느새 삼 파의 사람들을 비롯한 무림맹의 사람들로 주변은 붐비고 있었다.

여기서부터는 평지라 싸움을 한다 해도 이미 지형상의 이점은 사라져 버렸다.

수에서도 밀렸고, 무공에서도 밀리는 것 같으니 전면전을 벌여서는 절대 안 되는 일이었다. 성경방주가 오늘의 성경방을 이룬 것은 설 자리 누울 자리를 알고 셈이 빨라서였다.

소진이 개를 끌고 장원으로 들어간 지 한참이 지나 책 두 권을 들고 돌아왔다.

소진의 뒤에는 장원을 지키고 있던 성경방의 북천대주가 얼굴을 붉히고 서 있었다.

소진은 머리를 숙이며 하천에게 책 두 권을 내밀었다.

"방주님, 후원 별채의 정실 천장에 숨겨놓은 책을 찾아냈습니다."

성경방주는 깜짝 놀라 북천대주를 쳐다봤다. 성경방주는 소리를 지르며 북천대주를 닦달했다.

"이게 어찌 된 일이냐? 별채 어디서 이 책이 나왔다는 말인가?"

북천대주는 신통을 쳐다보며 말했다.

"저기, 저 신통 어른의 방에서……."

하천이 성경방주를 압박했다.

"청량방의 비급이 저 안에서 나왔소. 어떻게 책임지겠소?"

성경방주는 급히 머리를 굴리다가 신통을 노려보며 말했다.

"저흰 중원에 선조께서 남겨놓은 보물이 있어 찾으러 나왔을 뿐입니다. 중원 실정에 어두우니 저 신통이란 사람을 길잡이로 고용했지요. 저 책은 성경방과는 무관합니다. 바로 저놈, 신통이 성경방을 모함하려고 숨겨놓은 게 분명합니다."

하천은 잠시 눈을 감고 고심을 하는 척하다가 눈을 번쩍 뜨고 성경방주를 쳐다보며 빙그레 웃었다.

"저자는 금화방을 부추겨 본 방에 반기를 든 자로, 간악하기가 이를 데 없는 자입니다. 저자를 내주시겠습니까?"

"당연히 내드려야지요. 저자에게 속아 보물을 찾아 헤매느라 재산만 탕진했습니다. 그렇지 않아도 이젠 자금도 달려 성경으로 돌아가려던 참이었습니다. 성경방이 중원과 교류가 없다 보니 중원에서 죄를 짓고 도망쳐 온 사악한 자들이 성경을 활보해도 알 길이 없어 이렇게 당하고 말았군요. 성경방의 무고함을 믿어주시니 감사드립니다."

성경방주가 거짓말을 해대며 완전히 꼬리를 내리니 삼 파의 사람들은 안도의 숨을 내쉬었다.

병법에서 제일 좋은 일이 싸우지 않고 세 치 혀로 상대를 이기는 것이었다.

신통은 이미 포박되어 소진에게 잡혀 끌려가고 있었다.

성경방주가 완전히 꼬리를 내렸으니 하천도 적당히 성경방주의 체면을 세워줄 필요가 있었다.

"원래 여진의 용사들은 용감하고 정직한 사람들입니다. 남경에 천경방이 있지요. 그 방주님은 절반이 여진인이라 할 수 있는데 보기 드물게 강직하고, 한 입으로 두말을 하지 않는 남아 중의 남아라, 누구나 그분을 대하면 신뢰하게 되는 분이시지요. 역시 소문이란 믿을 게 못 되는군요. 성경방이 구절문과 연합을 해서 중원무림을 상쟁시키려 한다는 소문을 듣고 멀리 남경에서 달려왔습니다만, 이렇게 방주님을 뵙고 나니 그 소문이 완전 거짓이었다는 것을 알았습니다. 그럼, 언제 성경으로 돌아가실 예정이십니까?"

하천이 그렇게 말해 버리니 성경방주는 돌아갈 날을 말하지 않을 수가 없었다.

"며칠 내로 떠날까 합니다. 온 김에 필요한 물건도 좀 사고 준비가 끝나면 바로 떠나야지요."

더 머물러 봐야 이제 성경방에 유리한 구석은 하나도 없었다.

청량방은 하북으로 달려올 수 없을 것이라던 구절문주의 말은 거짓이었고, 청량방의 무위는 구절문주가 말하는 것보다 훨씬 강했다. 성경방주는 그저 신통의 책략으로 중원무림을 상쟁하게 하는 정도로 충분하다 생각했지, 중원무림과 전면전을 벌일 생각은 조금도 없었다.

하물며 청량방이 이렇게나 강성해서야, 먹을 것도 없는 하북에서 버티고 있을 필요가 없었다.

성경방의 중원 공략은 서장무림군과 마찬가지로 태산명동서일필(泰山鳴動鼠一匹)로 끝나고 말았다.

성경방 사람들은 이틀이 지난 후에 북경을 떠나갔다.

서장무림군을 몰아내고 여진의 성경방마저 물리친 청량방은 강호제일의 방파로 우뚝 섰다.

강호인이라면 누구나 당금 제일의 방파로 청량방을 꼽았고, 강호초출의 생기발랄한 젊은 무사라면 누구나 청량방의 무사가 되길 원했다.

하천은 내실을 다지고 대주 급 무사들에게 무공을 전수하며 구절문과의 일전에 대비했다.

스무 살이 되는 동짓달 열나흘, 드디어 영아를 정실로 받아들이고 소소를 첩실로 받아들이는 혼례를 올렸다.

신방은 홍학방에 꾸며졌다. 이제 홍학방은 청량방에서 무사를 양성하는 곳이 아닌, 청량방주가 머무는 장원으로 사용될 예정이었다.

혼례 전에 영아와 소소가 머물 전각은 깨끗이 치워졌다.

벽은 물론 바닥까지 새로 도배되고 칠해진 다음 새 가구가 들여졌다.

혼례 전날 밤에는 신방에 대추(大棗)와 운남에서 가져온 귀한 땅콩[花生], 계피나무열매[桂圓], 연자(蓮子)가 놓여졌다. 귀한 아들을 얼른 낳으라는 의미였다.

절강과 강소의 방파는 대부분이 초대되었고, 청첩을 받지 않은 산동과 하북, 안휘의 방파 수장들까지 하천의 혼례식에 참석하기 위해 몰려들었다.

하객 중에는 구파의 장문인과 장로도 있었고, 세가와 강호 유력 방파의 방주들이 줄을 이었다.

멀리서는 사천의 당문주가 왔고, 일면식도 없던 곤륜과 공동에서도 장로가 왔다.

봉문을 한 남궁세가와 청성에서도 장로가 왔다.

심지어 구절문에서도 구절문의 군사가 왔다. 바로 주정양이었다.

혼례도 성대했고 연회도 성대했다.

그 와중에도 신투는 멍청한 표정으로 먼 산을 보고 있었고,

눈가에는 눈물이 고여 있었다.

하천은 하객들과 축배를 들다가 문득 신부를 바라봤다.

영아가 혼례를 올리는 것이 기뻐 우는 눈물이 아니라 복관홍을 그리워하며 흘리는 눈물임이 분명했다.

하천은 가슴이 아팠다.

혼례가 끝나고 신방을 치른 지 사흘이 지난 후, 하천은 복관홍이 감금되어 있는 뇌옥을 찾았다.

살이 빠지고 생기를 잃은 복관홍은 예전의 색기 넘치던 미색은 찾아볼 수 없었고, 밭을 갈다 막 집으로 돌아온 초라한 중년 여인의 모습처럼 변해 있었다.

문 앞에 우뚝 서 있는 하천을 알아봤는지 복관홍은 침음(沈吟)을 뱉었다.

하천이 한 발을 내딛으며 입을 열었다.

"알아보시겠소?"

복관홍은 흘러내린 머리를 뒤로 넘기며 고개를 끄덕였다. 하천은 뒷짐을 지고 이리저리 거닐며 복관홍의 뜻을 물었다.

"만약, 여기서 나간다면 맨 처음 무엇을 하고 싶소?"

복관홍은 눈을 동그랗게 뜨고 하천을 쳐다보더니 고개를 흔들었다.

"죄 많은 몸이 세상으로 나간들 뭘 할 수 있겠습니까? 저를 잡아 가둔 것이 청량방, 아니, 귀영문의 뜻이었나요?"

이번에는 하천이 고개를 도리질했다.

"아니오, 순전히 내 개인의 뜻이오."

복관홍은 한숨을 내쉬고는 손을 들어 자신의 야윈 뺨을 만졌다.

"신투 어르신은 어떻게 되었나요?"

복관홍은 애절한 눈빛으로 물었지만 하천은 냉정한 어투로 되물었다.

"어떻게 되었으면 좋을 뻔했소?"

복관홍은 두 눈에서 눈물을 흘리고 훌쩍이면서 말했다.

"그래요, 제가 그분을 유인했어요. 마지막으로 밤을 보내고 관계를 끝내자고 했죠. 한참을 망설이더니 그리하자시더군요. 한창 절정에 이르렀을 때, 숨어 있던 대호법이 그분을 제압했어요. 그게 제가 지은 가장 큰 죄이지요. 구절문으로 끌려갔을 테니 살아남지 못했겠죠. 소원이 있다면, 여기서 나갈 수 있다면 평생을 그분의 명복을 빌며 살아가고 싶어요."

하천은 복관홍의 진심을 알 수 없었지만 그녀가 조금은 뉘우치고 있다고 생각했다.

"도사가 되겠다는 거요, 아니면 머리를 밀고 비구니라도 되겠다는 거요?"

하천이 다시 냉정한 음성으로 물으니 복관홍은 고개를 저었다.

"도사든 비구니든, 절이든 도관이든, 그 또한 사람 사는 세상이지요. 더 이상 색욕과 물욕에 젖어 살고 싶지 않아요. 죽고 싶었지만, 열여섯 어린 나이에 내다 버린 딸아이를 보기 전에는 죽을 수가 없었어요. 그게 어쩌면 신투 어른을 해친 것보다 더 큰 죄일 수도 있겠죠. 하지만 종적을 알 수 없으니 신투 어른의 무덤 아래에 석실을 짓고 평생 참회하며 살고 싶어요. 청량방의 재력이라면 그런 무덤 하나쯤은 만들 수 있지 않겠어요?"

생으로 순장당하겠다는 말이었다.

복관홍은 눈을 빤히 뜨고 있었지만 눈물이 줄줄 흐르고 있었고, 진심으로 뉘우치고 있는 것 같았다.

하천은 한숨을 토하고 심호흡을 했다.

"신투 그 어른이 살아 있다면 어떻게 하겠소?"

하천의 말에 복관홍은 격동의 눈빛을 보였다.

"정말, 정말 살아 계신가요?"

하천은 고개를 끄덕였다.

복관홍은 입술을 악물더니 대성통곡을 하며 울었다.

하천은 복관홍의 울음이 그칠 때까지 등을 돌린 채 기다렸다.

"그분의 뜻에 따르겠어요. 맨 처음 정을 준 것은 검귀였지만 검귀는 결국 저를 배반했어요. 제 모든 재산을 가로채 자신의 야망을 채우는 데 밀어넣었죠. 그걸 알면서도 끌려갈 수밖에 없었어요. 새롭게 시작하기에는 너무 사치스럽게 살았고, 돈을 벌기 위해 전처럼 몸을 던져 살아가기도 싫었어요. 흑룡방의 호법 자리도 제가 원한 것이 아니에요. 전 재산을 내놓은 대가로 검귀가 준 자리였죠."

복관홍의 말을 다 들은 하천은 품에서 비수 하나를 꺼내 복관홍에게 던졌다.

"장인어른의 뜻이오. 직접 죽이기에는 아직 일말의 정이 남아 있어 차마 그리하지 못하겠다 하셨소."

복관홍은 안색이 하얗게 변했지만 눈물을 흘리며 무릎을 꿇더니 천천히 비수를 들었다.

"저승에 가 팔대지옥에 들어간다 해도 그분에게 용서를 빌며 살겠어요. 그럼."

복관홍은 비수를 들어 자신의 심장을 찔렀다. 피가 튀었다. 하지만 비수의 날은 가루처럼 날리고 있었고, 자루만 덩그러니 가슴에 닿아 있었다.

하천의 솜씨였다.

무형의 강기를 날려 비수 날을 가루로 만든다는 것은 복관홍으로서는 꿈에도 생각할 수 없는 경지였다.

처음 찔렀던 반 촌 정도의 비수 날이 가슴에 박혀 피가 조금 흘러내렸다.

하천은 손을 휘저어 격공섭물의 수법으로 복관홍의 가슴에 조금 박혀 있는 비수 날을 회수했다.

복관홍은 가슴의 상처도 쳐다보지 않은 채 하천을 멍하니 바라보고 있었다.

하천은 앙천대소를 하며 손을 내밀어 복관홍을 일으켰다.

"하하하! 이제부터 장모님이라 불러야 하겠소."

그때 옥문이 열리며 눈물이 가득 고인 눈으로 신투가 두 사람을 바라보며 서 있었다.

복관홍은 벌떡 일어나 신투를 말없이 바라보더니 달려갔다.

신투 역시 마주 달려와 복관홍을 안았다.

영아도 문 뒤에 선 채 소매로 눈물을 닦으며 신투와 복관홍을 지켜보고 있었다.

하천이 홍학방으로 근거지를 옮겨가면서 청량방에도 많은 변화가 있었다.

천하제일방파가 된 청량방은 강호의 대사에 자연스럽게 관여하게 되었고, 분쟁이 있는 방파에서는 청량방에 중재를 요청하는 경우가 빈번했다.

대부분의 방파들은 청량방의 중재안을 받아들였다.

절강과 강소, 안휘와 산동, 하북까지 청량방은 큰 영향력을 발휘하고 있었다.

남북무림은 청량방의 세력권 안에 있었지만 서남과 화남무림까지는 청량방의 힘이 미치지 못했다.

삼 파를 중심으로 남북무림맹까지 견고한 결속력으로 서로 협력하니 사마외도(邪魔外道)의 무리들은 남쪽과 서쪽으로 이동하기 시작했다.

합비와 남창에 기반을 둔 구절문도 복지부동하고 있으니 남북무림은 태평한 듯했다.

하지만 강남과 강북에서 밀려난 사마외도들은 감숙과 청해에 걸쳐 있는 기련산으로 모여들었고, 기존에 자리 잡고 있던 혈련교에 융화되면서 그 세력을 크게 떨치고 있었다.

혈련교는 명이 건국되면서 중원에서 밀려난 마교 세력이었고, 명교와 배화교라 불리며 중원에서 배척받았던 무리였다. 백련교를 흡수하고 농민군을 또다시 흡수하면서 당금의 혈련교는 거대한 왕국을 형성하고 있었다.

하지만 청국과의 전쟁을 감당하기에도 힘이 달리는 조정에서 청해까지 군대를 파견할 수는 없는 일이었다.

혈련교는 청해와 감숙의 군영에까지 파고들었고 군관과 군졸이 바로 혈련교도이니 군기도 문란했고, 황제보다는 혈련교주의 말을 더 신봉할 정도로 군심은 엉망이었다.

곤륜은 기련산보다 더 서쪽에 있어 혈련교의 영향권에서 살짝 벗어나 있었지만, 감숙에 자리한 공동이나 섬서에 자리한 종남, 화산은 그렇지 못했다.

혈련교의 동진은 시기가 문제가 될 뿐, 조만간 시작될 게 분명했고, 그렇게 된다면 공동이 가장 먼저 화를 당하고 그다음이 종남과 화산이었다.

종남은 무림맹에 뒤늦게 가입한 상태였지만 공동은 중원무림에 관여하질 않았으니 무림맹에도 가입하지 않은 상태라 만약 일이 벌어진다 하더라도 도와줄 우군이 없었다.

이제 와서 무림맹에 가입한다는 것도 낯 뜨거운 일이었지만 공동은 무림맹 가입을 추진했다.

하지만 먼저 삼 파와 청량방의 추천을 받아야 했고, 장로원의 승인이 필요했다. 무림맹의 장로원은 십대세가로 이루어져 있었는데, 지난달 장로원의 소집이 있었던 까닭에 장로원이 다시 열리려면 열한 달을 더 기다려야 했다.

삼 파에 머리를 숙일 수는 있었지만, 청량방에 머리를 숙이기에는 구파의 하나인 공동으로서는 자존심이 상하는 일이었다.

화산으로서는 혈련교의 동진을 공동에서 막아야 자파의 피해가 없겠는지라 소림과 무당에게 공동의 무림맹 가입을 적극 천거했다.

하지만 청량방은 공동에게 원한이 있었다.

구파일방 중에서 청량방의 사업을 방해한 곳은 공동과 개방이었다.

강남의 개방은 흑룡방에 정보를 주고 청량방을 적대시해 왔다.

청량방은 삼 파에서 반대하더라도 개방을 응징할 생각도 했었다.

하지만 지금은 상황이 달라지니 개방도 청량방에 꼬리를 흔들어댔다. 괜히 필요하지도 않은 정보를 전해오고 분타주만이라도 청량방의 대소사에 꼭 참석하며 청량방과 친분을 가지기 위해 노력하고 있었다.

하천은 개방에 좋지 않은 감정을 가지고 있었지만, 구파일방에 속하는 개방이니 그저 적당한 관계를 유지할 수 있게 했다.

하지만 청량방에서 멀리 떨어진 공동은 제재할 수 없었다.

일 년 전, 옥문관(玉門關)까지 가는 청량표국의 표차를 공동에서 가로막고 되돌려 보낸 적이 있었다.

섬서 서안 관아에서 발행한 통행증을 믿을 수 없다며 트집을 잡고, 다시 서안 관아에서 통행증을 발급받은 후 감숙에 들어오라는 말도 안 되는 짓거리를 했던 것이었다.

그 이후에도 공동은 몇 차례 청량표국의 표차를 붙잡고 표행을 방해하는 통에 많은 손해를 입었다.

그러나 워낙 먼 곳이라 청량방에서도 어찌할 수가 없었다.

공동을 치기 위해 무사들을 보내느니 감숙에 들어가지 않는 편이 더 이익이었다.

그 이후 청량표국은 감숙의 사업을 모두 접고 말았다.

감숙의 패자 공동이 방해하는 한 표행을 할 수 없었기 때문이다.

청량방의 대소사를 맡아 방주 역할을 하고 있는 황사는 그 원한을 잊지 않고 있었다.

화산 장로 원송과 함께 공동 장문의 사제이자 장로인 현운이 청량방을 찾았지만 황사는 일각이나 기다리게 한 뒤 접객청으로 들어왔고 원송이 좋은 말을 해댔지만 반응은 냉담했다.

"작년, 청량표국은 공동 제자들의 터무니없는 방해로 감숙 지역의 표행에서 엄청난 손해를 보고 사업을 접은 적이 있습니다. 녹림과 다름없는 짓을 한 공동이 무림맹에 가입한다는 것은 있을 수 없는 일입니다."

현운은 구파에 속하는 공동이 이런 모욕을 받는다고 생각하니 피가 끓는 듯하고 손이 떨렸지만, 원송의 손가락이 허벅지를 찌르고 있는지라 간신히 노기를 가라앉히고 변명을 해댔다.

"공동은 여러 유파(流派)가 합쳐져 하나의 문파를 이루다 보니 문주님의 입김이 미치지 않는 일부 유파가 있었습니다. 문주께서도 후일에 그 사실을 아시고 그 유파의 장로 직을 몰수하시고 제자들을 직접 책벌(責罰)하신 후, 회개동에서 면벽수행하게 하셨습니다. 그러니……."

현운이 거짓을 말하며 황사에게 변명해 댔지만 황사는 말을 가로 막았다.

"도장의 말씀은 공동에 아직도 그런 유파와 제자가 있다는 말씀이 아니십니까? 이는 도저히 묵과할 수 없는 일입니다. 언제고 청량방의 정예가 감숙으로 갈 일이 있다면 꼭 그자들을 잡아들이라는 태상 방주님의 말씀이 계셨습니다. 그런 문파를 무림맹에 천거한다면 욕을 먹어도 크게 먹을 일이지요. 원송자께선 태상 방주님 성격을 잘 아시지 않습니까? 정확히 받은 것의 열 배를 되돌려주지요. 그전에는 어떤 타협도 없습니다."

황사가 청량방과 홍학방의 태상 방주가 된 하천을 거론하며 배를 내밀자 원송이 좋은 말을 해댔다.

"방주, 대의를 생각하시지요. 혈련교는 좌도방문(左道旁門)의 대표적인 집단으로, 혹세무민은 물론이고 나라의 명운까지 위태롭게 하고 있는 사마 집단입니다. 그런 혈련교를 일선에서 상대해야 할 문파가 공동입니다."

"흠, 혈련교를 상대하는 일과 공동이 무림맹에 가입하는 것은 별개의 일입니다. 어떤 일이 있어도 청량방에서 공동을 돕는 일은 없습니다."

황사가 단호하게 말해 버리니 원송도 난감했고, 현운은 더 이상 참을 수가 없었다.

"에잇, 이런 수모를 당하느니 무림맹에 가입하지 않겠소. 누가 후회하게 될지 두고 봅시다."

현운이 문을 박차고 나가 버렸지만 원송은 다시 황사를 설득하려 했다.

하지만 황사는 고개를 내젓고 손을 들어 흔들어대며 원송의 말을 막았다.

"태상 방주님의 뜻입니다. 공동까지 무림맹이 가서 혈련교를 상대할 수 없다는 생각이십니다. 그렇게 된다면 혈련교의 안방에서 싸우게 될 테니까요. 혈련교를 섬서로 끌어들여 싸워야 무림맹의 피해가 없다는 말씀이 있었습니다."

황사의 말에 원송은 눈을 반짝였다.

"그것도 일리가 있군요. 그렇다면 어디를……."

"산으로 들어간 혈련교를 상대하면 무림맹의 피해가 커지니 서안으로 끌어들여 상대하시겠다는 복안인 것 같습니다."

황사의 말에 원송은 안색이 붉어졌다.

서안은 화산과 종남 속가들이 장악하고 있는 곳이었고, 서안에서 큰 전쟁이 일어난다면 자신들이 피해를 보기 때문이었다. 하지만 병법으로 보자면 서안에서 싸우는 게 가장 좋았다. 사천의 당문과 아미가 서남에서 올 수 있고, 무당과 소림 또한 서안이라면 가까운 거리였다.

"물론 화산과 종남 속가들이 장악하고 있는 서안에는 피해가 없어야겠지요. 기련산에서 서안은 먼 거리입니다. 혈련교의 퇴로를 차단하기도 용이하지요."

하천이 그렇게 하기로 했다면 그렇게 될 가능성이 많았다. 화산의 입장에서야 서안을 잃는다면 큰일이라 우려가 되긴 했지만, 청량방이 선봉에 서고 무림맹이 합심한다면 혈련교는 두려운 상대는 아니었다.

"그럼, 공동은 봉문의 치욕을 당할 수도 있겠군요."

"그렇습니다. 혈련교가 후방에 적을 두고 진군하지는 않을 테니 공동은 옥쇄를 하지 않는다면 봉문당하게 되겠지요. 사심에서 공동을 무림맹에 받지 않겠다는 게 아닙니다. 전략상 어쩔 수 없는 위치에 공동이 자리 잡았을 뿐이지요."

"하하하하! 중원의 일에 늘 비협조적이었던 공동이 이번에는 호되게 당하게 생겼습니다. 사실 장문 사형의 명을 받고 오긴 했습니다만, 공동을 돕는 건 개인적으로는 내키지 않는 일이었지요."

원송이 웃으며 본심을 말하자 황사도 크게 웃었다.

"하하하! 오대검파(五大劍派)에 속하는 공동이니 무슨 복안이 있겠지요. 공동을 무림맹에 가입시키고 고사시킨다면 그또한 곤란한 일이라 공동은 결코 무림맹에 가입해서는 안 되는 것이기도 하고요.”

　하천은 사실 혈련교의 일에 나설 생각이 별로 없었다.
　귀영문의 개파 조사는 원래 혈련교주의 딸이었다. 그런 혈
련교가 이젠 적이 될 수밖에 없었다.
　살기가 힘들어 기련산으로 도망간 사람들이었고, 백련교와
농민군 역시 중원에서 살기 힘들어 기련산으로 간 것은 마찬
가지였다. 그런 사람들이 힘을 모아 중원을 친다면 무림뿐만
아니라 관부나 많은 토지를 가진 토호들이 고초를 겪을 게 분
명했다. 그렇게 시작된다면 그건 반군이라 할 수 있었고 조정
의 일이 될 수도 있었다.
　북쪽의 변방에 청군과 대치한 대명의 군대가 현재 혈련교를
상대할 여력은 없었다. 결국 무림맹과 청량방에서 조정을 대
신해 나서는 꼴이 되고 만다.
　하천 또한 간신이 득세하고, 충신은 낙향하거나 목숨을 잃
는 당금의 조정이 마음에 들지 않았다.
　조정을 도와 혈련교를 치는 것도 내키지 않는 일이었고, 그
냥 둘 수도 없는 일이었다.
　처음 남경에서 자리를 잡는 것으로 만족하려던 하천이었는
데, 도전에 응전을 하다 보니 어느새 청량방은 강호제일의 방
파가 되어 있었다.
　강호제일의 방파로서 그 위상에 맞는 역할을 해야 했다.
　하지만 난국이었다. 봇물이 터지듯이 이쪽을 막으면 저쪽이

터지고, 저리 뛰어가면 이쪽이 터지는 판국이었다.

녹림과 농민군은 다행히도 절강과 강소에는 발을 붙이지 않고 있지만 변방 곳곳에는 폭도들이 활개치고 있었다.

괜히 청량방의 힘을 엉뚱한 곳에 소비한다면 남경을 지킬 수 없게 될 수도 있는 세상이었다.

남을 돌볼 때가 아니라 힘을 아끼고 나를 먼저 돌볼 때였다.

하천이 처소를 나와 후원으로 걸어가니 신투와 복관홍, 영아, 소소가 연못 옆 정자에 앉아 정담을 나누고 있었다.

혼례를 올리며 소소도 원래의 모습으로 돌아왔고, 화장을 하지 않은 복관홍과 소소의 얼굴 모습은 닮은 구석이 많았다.

복관홍도 소소가 자신의 딸이 아닌가 궁금해할 정도였다.

그럴 가능성이 많았다. 다행인 것은 그렇게도 앙숙처럼 지내던 복관홍과 영아도 이젠 좋은 관계를 유지한다는 것이었다.

신투는 예전의 모습으로 돌아와 무공도 익히고 홍학방의 대소사에도 조금씩 관여하고 있었다.

하지만 귀영문의 일에 대해서는 일언반구(一言半句) 아무 말도 하지 않고 있었다.

신투가 귀영문의 일에 간섭한다면 하천으로서는 괴로운 일이었다.

하천이 미소 지으며 정자로 다가가자 자리가 네 자리뿐이라 소소가 자리를 양보하더니 복관홍의 옆에 바짝 붙어 앉았다.

하천이 가만히 소소를 살펴보니 장신구들이 온통 복관홍이
아끼던 것들이었다.

자신도 아까워 큰일에만 착용하던 것들을 모두 소소에게 물
려준 듯했다. 장신구와 장식품에 유독 욕심이 많던 복관홍이
소소를 아끼는 마음은 이미 모친의 마음과도 같아 보였다.

서로 말은 하지 않지만, 어쩌면 두 사람은 모녀지간이라는
것을 알고 있을 수도 있었다.

두 사람이 딱 붙어 앉아 있으니 더욱 닮아 보였다.

하천은 이런 기회는 좀처럼 없는지라 찬찬히 두 사람을 살
폈다. 눈썹 모양이 똑같았고 이마의 윤곽이 같았다. 눈이며
코, 인중과 입 모양까지 흡사했고, 턱 모양과 얼굴 윤곽까지 같
았다. 심지어 이를 벌렸을 때 이가 난 모양까지 흡사했다.

하천은 살짝 콧구멍을 살폈다. 이건 완전히 똑같았다. 하천
이 두 사람을 살피며 혼자 히죽 웃고 있자, 소소가 먼저 얼굴을
붉혔고 복관홍도 고개를 숙였다.

신투가 눈을 찡그리며 하천을 노려봤다.

하천은 빙그레 웃으며 영아의 손을 꼭 잡았다.

하천은 영아와 소소의 전각을 오가며 옥방진결을 익히는 것
도 게을리하지 않았다. 신투와 복관홍이 머무는 전각에도 연
일 뜨거운 열기와 신음이 새어 나왔다.

신투는 남 보기에 민망했던지 복관홍과 함께 유람을 떠나겠
다고 하더니, 소주로 가 청량방의 분타주를 내쫓고는 분타주
행세를 하며 머물고 있었다.

하천은 기가 막혔지만, 신투가 예전의 모습으로 돌아온 것을 반가워하며 그냥 내버려 두었다.
아직 봄은 오지 않았지만 홍학방엔 이미 봄이 온 것 같았고, 무림 또한 평화로웠다.

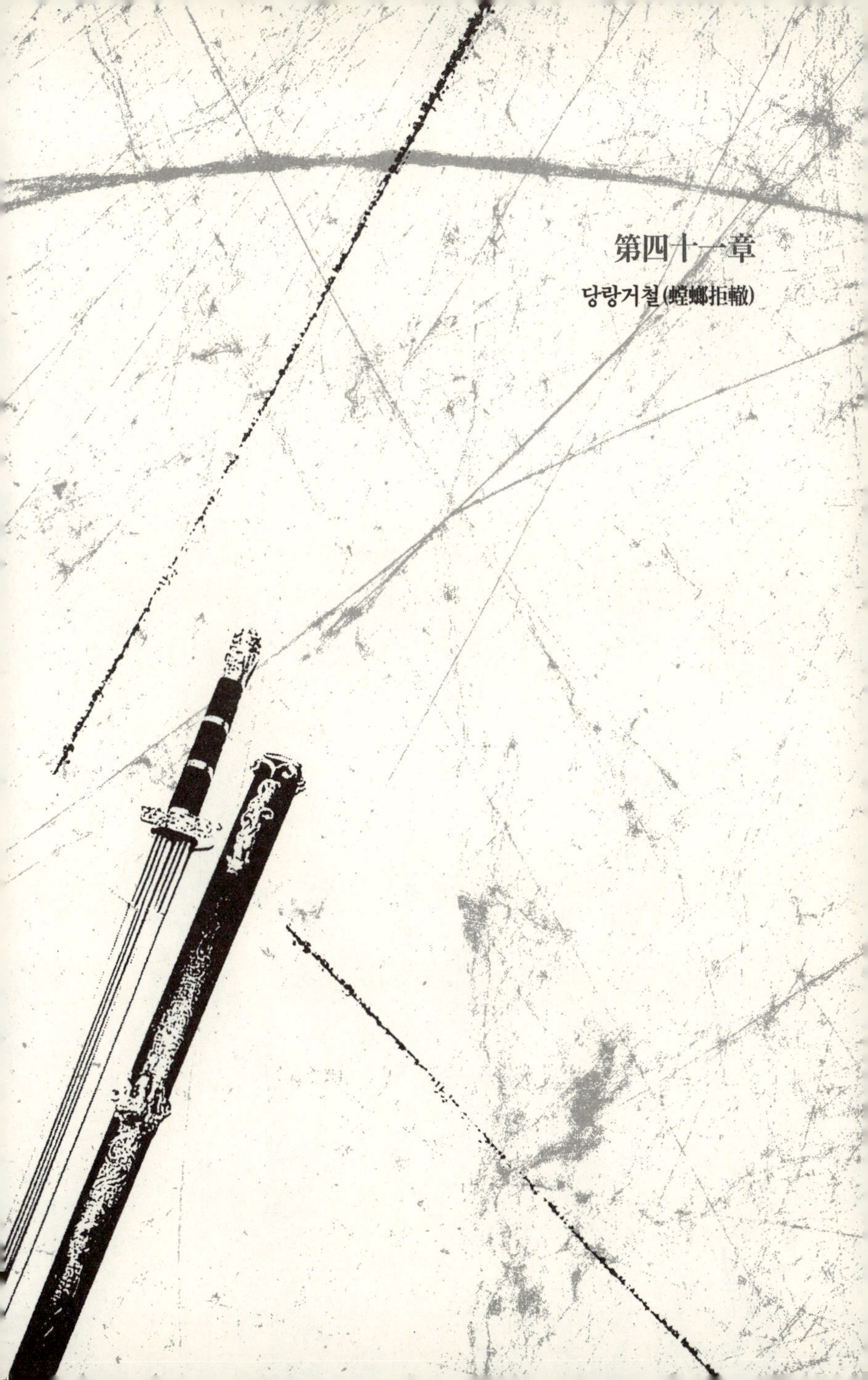

第四十一章

당랑거철(螳螂拒轍)

삼월에 접어들자 무림에 큰 회오리바람이 불어왔다.

합비에서 사룡회가 개파대전을 가진다는 소식이었다.

이미 강호 모든 방파에 초대장을 보내고 있었는데, 무림맹에 맞서 유월 초하루에 합비에서 사룡회의 탄생을 알린다는 내용이었다.

구절문과 혈련교, 북해빙궁, 성경방이 바로 사룡회의 사룡이었다.

어쩌면 구절문의 군사가 된 주정양의 작품일지도 몰랐다.

아직 석 달이나 남았지만 구절문의 초대를 핑계로 사룡회에 속하는 무리들이 합비로 모여들기 시작했다.

웅크리고 있던 구절문이 기지개를 켜고, 혈련교는 감숙으로 진출하여 정식으로 강호 문파로 인정받으려 하고 있었다.

북해빙궁의 남하는 의외였다.

성경방까지 합쳐진 사룡회는 무림맹을 위협하는 큰 세력이었다.

합비가 사룡회의 근거지가 된다면 청량방은 다른 방파를 도울 여력이 없게 되니 그야말로 큰일이었다.

사룡회의 발기로 하천의 계획은 모두 허사가 되고 말았다.

합비는 강남과 강북, 어디로든 공략할 수 있는 요지였고, 사룡회의 총단이 합비에 자리 잡는다면 소림과 무당, 화산 삼 파는 서로 호응하여 도울 수가 없게 되고 자신을 지키기에 급급할 수밖에 없었다.

합비를 떠날 듯했던 구절문의 움직임은 속임수에 불과했다.

하천은 급히 귀천수와 귀법수, 통귀를 집무실로 불러들였다.

먼저 통귀가 하오문과 금화방, 개방에서 온 정보를 취합하고 자신의 정보를 더해 북해빙궁과 성경방의 움직임에 대해 이야기했다.

이미 하천은 통귀에게 보고받아 알고 있는 내용이었지만 두 사람이 모르고 있으니 잠자코 들었다.

"성경방주는 이미 장강의 뱃길을 통해 화현에 도착했고 합비로 향하고 있는 중이니 어쩔 수 없게 되었습니다만, 북해빙궁의 사람들은 유람을 하듯 천천히 남하하고 있는데다가 외모가 중원인과 판이하게 다르니 행적이 계속 보고되고 있습니다. 그런데 이자들은 안하무인이라, 객이 주인 행세를 하려 하니 하북과 산동을 거치며 많은 시비를 일으켰습니다. 이젠 강서로 접어들어 소주와 항주를 거쳐 회계산(會稽山)으로 향할 것 같습니다."

통귀의 말이 끝나자 귀천수가 바로 질문을 했다.

"빙궁주가 회계산으로 향한다는 것을 어떻게 단정할 수 있나? 또 빙궁주는 지금 어디쯤 가고 있는가?"

통귀는 잠시 하천의 눈치를 보더니 하천이 고개를 끄덕이자 대답을 했다.

"하오문에서 운영하는 기루에서 기녀와 하룻밤을 지낸 빙궁주가 기녀에게 한 말입니다. 빙궁주는 색을 밝혀 마음에 드는 기녀가 있으면 온갖 좋은 말을 다하며 첩실로 들이기 위해 수작을 건다 합니다. 그 기녀를 꼬이며 한 말이 이미 중원 진출을 위해 회계산 향로봉 석옥사 인근에 별장을 마련해 뒀다 합니다. 말은 별장이라 했지만 북해빙궁의 분타로 추정됩니다. 또 빙궁주는 지금 연운항에서 은태산을 유람하고 있으니 아직 항주에 들려면 한참을 더 있어야 합니다."

통귀의 말을 받아 하천이 보충 설명을 했다.

"항주 하오문에서 정보를 보내온 바, 석옥사 인근에 폭포가 있고, 그 안으로 전각이 하나 있는데 일단의 무사들이 머문 지 몇 달이 되었다 합니다. 그러니 빙궁의 분타가 확실한 듯합니다. 이미 색 숙과 살 숙, 협 숙이 청룡당과 주작당을 이끌고 그곳을 접수하러 떠났습니다."

귀천수는 하천을 한참 바라보더니 빙그레 웃었다.

"문주님은 그곳에서 빙궁주를 상대하실 생각이시군요."

"그렇습니다. 빙궁의 무학은 중원의 무학보다 한 단계 높다는 소문이고, 빙궁이 구절문과 힘을 합한다면 큰 위협이 됩니다. 그래서 합비로 가기 전에 빙궁의 주력군을 먼저 제압할까 합니다."

"흠, 분타로 유인해서 기문진식과 암기로 상대한다면 빙궁에 큰 타격을 줄 수 있겠지요. 그렇다면 당장 떠나야겠습니다. 진식을 설치하는 데 시간이 필요합니다. 자네도 함께 가세."

귀천수가 벌떡 일어나며 귀법수를 일으켰다.

"아닙니다. 만약의 경우를 대비해 귀법수 어른께서는 이곳에 남아주시고 빙궁주의 행로를 파악하다가 회계산으로 향하는 게 확실하면 그때는 저도 가겠습니다. 그러니 먼저 가셔서 기문진식과 암기를 설치해 주십시오."

귀천수는 오랜만에 일거리를 맡자 신이 나서 나는 듯이 달려나갔다.

빙궁주는 보통 사람보다 머리 하나가 더 커 멀리서 봐도 행적이 드러났다. 은태산에서 내려와 다시 남하를 시작한 빙궁주는 소주에 들어 어린 거지들이 계속 주위를 맴돌자 짜증이 났다.

하지만 개방과 척을 질 수는 없어 모른 척했다.

거지들을 행여 때리기라도 하면 벌 떼 같이 몰려와 똥이나 오물을 던지고, 욕하고 모욕을 주고 도망가 버리니 개방을 건드려 덕 볼 일은 하나도 없었다.

그렇다고 별 무공도 없는 거지들을 쫓아가 죽여 버릴 수도 없는 일이었다.

그런 일이 벌어진다면 아주 피곤해질 것이었다.

강호 경험이 별로 없는 빙궁주였지만 그 정도는 알고 있었다.

객잔까지 거지들이 따라오자 객잔 주변을 순찰하던 빙궁의 무사들은 궁주가 미처 제지할 틈도 없이 거지들을 발로 차 쫓아 버렸고, 궁주는 제자들에게 뭐라 하려다 귀찮아 손을 내젓고 숙소로 들었다.

목욕을 하던 궁주는 밖이 소란스러워지자 창을 열고 내려다 봤는데, 소란을 피우던 거지들이 빙궁의 무사들에게 매를 맞고 피 떡이 된 채 온통 똥으로 범벅이 된 땅바닥을 뒹굴고 있었다.

궁주는 무사들에게 주의를 주지 않은 자신을 탓했지만, 별 힘도 없는 개방과 척을 진다 한들 무슨 큰일이 있으랴 생각한 궁주는 그냥 계속 목욕을 했다.

목욕을 마치고 나오자 개방의 소주 분타주라는 사람이 배첩을 전하고 만나기를 청했지만, 궁주는 자신의 신분을 드러내기 싫어 삼호법을 불러 기왕 일이 벌어지고 말았으니 적당히 때려 쫓아버리라고 했다.

소주의 개방 분타주 걸목개는 차기 개방의 방주가 될 재목

으로 평가받는 현 개방 방주의 제자였고, 나름대로는 개방의
소주 분타주라는 자부심을 가진 자였다.

강호에서 활동하려면 무식하게 달려드는 거지 떼에게 망신
을 당하고 싶은 사람은 없었고, 그런 까닭으로 아무리 무공이
고강한 방파라 할지라도 개방을 함부로 대하지 못했다.

또 어리고 무공이 없는 개방의 어린 제자들을 해치면 어느
지역을 막론하고 그 지역의 방파들이 나서서 개방을 도왔기
때문에 결목개는 이번에도 그런 쪽으로 유도하고 있었다.

그런 사정을 아는 까닭에 악명을 떨치는 사파의 무사라 할
지라도 개방의 어린 제자를 함부로 때리는 일은 없었다.

빙궁주라 해서 그런 사정을 모를 리 없다고 생각했다.

이미 십여 명의 어린 제자들이 몸을 상했고, 증인이 될 많은
구경꾼까지 몰려든 마당이니 결목개는 오히려 일이 잘 진행되
고 있다고 생각했다.

변방의 고수라면 노자도 넉넉할 테고 많은 은자를 주며 눈
감아 달라고 사정해 대면 그렇게 할 생각이었다.

결목개는 과연 얼마를 말해야 좋을지 궁리하고 있었는데,
두 명의 무사가 걸어나와 배첩을 바닥에 내던지자 분노하여
일시적으로 어떻게 해야 할지를 몰랐다.

"거지를 만나줄 만큼 주인께선 한가한 분이 아니시니 몸을
상하기 전에 얼른 꺼져라."

"쿵!"

말을 마친 무사 두 명이 몸을 돌리려 하자, 결목개는 손가락

으로 한쪽 코를 막고 고개를 치켜들며 무사들을 향해 코를 세차게 풀었다.

뒷목에 찐득하고 누른 콧물을 맞은 무사는 대로하여 발길질을 했다.

"이런 거지새끼, 개종자, 오늘이 네놈 제삿날이다."

"미친놈, 소주에서 이 어르신을 건드리고 무사할 사람은 하나도 없다. 에라, 이 썩을 놈아, 이거나 먹어라."

걸목개는 취팔선보(醉八仙步)를 밟으며 연신 욕을 하고 연화장(蓮花掌)을 날렸다.

나이가 이십대 후반으로 보이는 무사의 무공은 만만한 것이 아니어서 권풍이 일고 한기까지 스며들자 걸목개는 일이 크게 잘못되었다는 것을 알았다.

하급 무사의 무공이 이 정도라고는 생각조차 하지 않았는데, 잘못하다가는 소주에서 얼굴을 들고 다니지 못하게 될지도 모르는 일이었다.

다른 한 명의 무사는 뒷짐을 지고 물러나 있었지만 십 초가 지나자 걸목개는 무사의 권풍을 피하지 못해 위기에 몰리고 있었다.

걸목개는 더 이상 절기를 감추고 있을 수가 없어 연쌍비(燕雙飛)의 신법을 전개하며 장기라 할 수 있는 파옥권(破玉拳)을 날렸다.

"헉!"

무사는 갑자기 돌변한 걸목개의 무공에 대비하지 못하고 가슴에 파옥권을 맞고는 피를 토하며 앞으로 고꾸라졌다.

구경꾼들과 거지들은 환호를 했지만, 걸목개는 얼른 자리를 피해야 한다는 것을 알았다.

빙궁의 고수가 몰려나오는 날에는 뼈도 추릴 수 없다는 것을 잘 알고 있었다.

걸목개는 한 명의 무사가 동료의 상처를 살피는 사이 휘파람을 불어 철수를 명령하고 줄행랑을 놓았다.

걸목개는 빙궁의 세 사람이 뒤를 따르자 수하들을 분타로 돌아가게 하고 자신은 청량방 소주 분타로 황급히 도망쳤다.

청량방 소주 분타의 수문지기는 걸목개가 급히 도망쳐 오자 안으로 들게 한 뒤, 피리를 불고 문을 막아섰다.

빙궁의 삼호법은 고개를 들어 현판을 살펴보니 청량방 소주 지부라 적혀 있는지라, 일이 묘하게 꼬인다고 생각했다.

궁주는 강호제일의 방파라는 청량방과 먼저 분쟁을 일으켜서는 안 된다고 했다. 청량방은 구절문에게 맡기고 그저 만만한 문파를 골라 상대하는 것이 빙궁의 피해를 줄이는 길이라 했다.

하지만 아무리 빙궁주의 명이 무섭다 해도 이대로 물러날 수는 없어 거지를 내놓으라며 호통을 쳤다.

그사이 분타에서 십여 명의 무사가 달려나와 수전을 겨누었고, 또다시 꾀죄죄한 노인과 십수 명의 무사가 걸어나왔다.

"어디서 온 뉘시오?"

코를 후비며 먼 산을 보고 말하는 노인을 보자 삼호법은 비

위가 상해 당장 일장에 때려죽이고 싶었지만, 바로 코앞에서
수전을 겨누고 있는 상황이니 함부로 공격할 수가 없었다.

　무사들은 당황하는 기색도 아니었고, 여차하면 수전을 당길
기세였다.

　삼호법은 강호에서 이렇게 뻔뻔스럽고 비겁한 방파가 있다
는 말은 듣지 못했다.

　삼호법은 노인의 뒤에 숨은 걸목개가 보이자 노기를 누르지
못하고 눈을 부라리며 욕을 해댔다.

　"이 찢어 죽여도 시원치 않을 거지 놈아, 당장 앞으로 나서
지 못하겠느냐? 감히 빙궁의 무사를 상하게 하고도……."

　자신의 신분을 홧김에 밝혀 버린 삼호법은 당황하여 입을
닫았지만, 얄미운 노인은 빙그레 웃으며 빈정거렸다.

　"빙궁은 전설에만 있는 궁으로 알았소만, 실제 빙궁이 있긴
한가 보구려. 그런데 빙궁에서 왜 개방과 시비를 하오? 개방에
서 빙궁의 얼음 조각을 핥기라도 했단 말이오?"

　노인의 말 같지 않은 말에 심기가 상했지만, 청량방과 시비
를 하지 말라는 궁주의 말을 어길 수가 없어 삼호법은 심호흡
을 하며 간신히 노기를 누르고 말했다.

　"저 교활한 거지가 본 궁의 무사를 상하게 해서 그 책임을
물으려 하니 저자를 내주시오."

　"이놈아, 네놈들이 상하게 한 순진하고 무공도 모르는 내 어
린 제자들은 병신이 될지도 모르는데 무슨 터무니없는 수작이
냐? 변방 소국의 잡종 놈들이 중원에서 행패를 부려도 정도가

있지, 첩자로 몰려 황강을 건너기도 전에 목이 잘리고 말 것이다. 어서 꺼지지 못해?"

삼호법은 걸목개의 말에 치를 떨고 안색까지 하얗게 변했지만, 당장 어찌할 수 없어 눈짓으로 수하들을 따르게 하고 등을 돌렸다.

"오늘은 그냥 간다만 언제 다시 소주에 들르는 날, 교활한 네놈의 혓바닥을 잘라 개에게 먹이겠다."

걸목개는 삼호법이 욕을 하고 사라지자 노인을 보며 히죽거리며 웃었다.

"소인의 혀를 개가 못 먹게 미리 소주에 있는 개를 다 잡아 먹을까요?"

노인은 그래도 좋다고 농담을 하고 있는 걸목개의 이마에 알밤을 먹이며 말했다.

"이 사람아, 천하의 정보통이라는 개방에서 저자들이 빙궁의 사람이라는 걸 몰랐다는 말인가? 왜 빙궁과 원한을 맺어?"

걸목개는 빙그레 웃더니 머리를 긁적이며 말했다.

"방주님께서 빙궁주 발길을 최대한 늦추고, 심기를 상하게 하라 말씀하셨습니다. 시골 영감에게 돈이나 좀 뜯어볼까 했는데 쉽지가 않군요."

노인은 바로 신투였고, 이젠 제법 소주 분타주로 명성을 떨치고 있었다. 늘 신분을 감추고 역용을 하고 살아온 신투는 또 다른 모습으로 변신하고 있었다.

삼호법은 자신의 제자를 상하게 한 걸목개를 놓친 게 분했지만, 다행히 큰 부상은 아니라 노기를 가라앉혔다.

궁주는 호법의 제자들이 빙궁에서도 일류에 속하는 고수였는데, 개방의 일개 분타주가 삼호법의 제자를 상하게 했다는 말을 듣고 크게 놀랐다.

하지만 걸목개가 청량방 분타로 뛰어들어 숨어버렸다니 그를 잡기 위해 청량방과 시비할 수는 없는 일이었다.

"청량방 소주 분타를 맡고 있는 노인만 해도 소신과 충분히 겨룰 만큼 상당한 무공을 지녔고, 청량방의 상당수 무사들이 빙궁 오대호법의 제자 정도의 수준으로 무공을 익힌 것 같습니다."

삼호법의 보고에 궁주는 충격을 받고 한참 동안 입을 열지 못했다.

"무슨 소릴 하는 게야? 자네, 내게 또 무슨 불만이 있는 게지? 그런 게 아니라면 자네가 잘못 본 게 분명해. 일개 분타 무사가 빙궁 호법들의 제자들과 무공이 비슷하다면 말이 되는가? 허풍이 심한 중원에 오더니 자네까지 허풍쟁이가 되어가는구먼."

빙궁주가 역정을 내자 삼호법은 고개를 들지 못하고 욕을 먹다가 궁주의 눈치를 보며 물러가고 말았다.

빙궁주는 조금이라도 듣기 싫은 말을 하면 아주 싫은 표시를 했고, 화를 참지 못했다.

삼호법은 늘 대우에 불만을 품고 자신의 말에 순순히 따르지 않아 빙궁주는 삼호법을 구박해 왔었다.

아침이 되어 빙궁의 사람들이 배를 타고 운하를 통해 항주로 떠나려 했지만 선실이 다 차버렸다 하자 울화가 치밀었다.

빙궁주는 화를 참지 못하고 선원의 어깨를 때려 버렸다.

선원은 비명을 지르고 마을이 떠나가게 소리를 지르며 바닥을 굴렀지만 빙궁주는 그의 얼굴에 가래침까지 뱉었다.

"카악, 퉤! 이놈이 장난을 치나? 어제 예약까지 해놨건만 낭패를 보게 해?"

운하를 운행하는 선주들은 어떤 일이 있어도 빙궁의 사람들을 태워서는 안 된다는 청량방과 하오문의 명령이 있었는지라, 빙궁주가 아무리 웃돈을 준다 해도 큰 배를 구할 수는 없었다.

그렇다고 쪽배에 나누어 타고 항주로 갈 수는 없는 일이었다.

어쩔 수 없이 빙궁주는 마방으로 가 말과 마차를 빌리려 했다.

하지만 마방에도 말이 부족하다 하니 수하들을 태울 말이 없었고, 어쩔 수 없이 마시장이 열리기를 기다려야 했다.

소주에 도착한 뒤 괜히 말을 팔아버린 것이 후회되었다.

하지만 사흘 뒤에나 마시장이 열린다 하니 궁주는 그동안 소주나 유람할까 생각했다.

하지만 어린 거지들이 연신 오물을 던지며 욕을 하고 도망가는 통에 빙궁주는 울화가 치밀어 환장할 지경이었다.

이제 열서너 살이나 될까 말까 한 거지 애들을 상대로 화를 낸다면 체면이 말이 아니었다.

개방을 건드린 대가를 톡톡히 치르고 있는 것이었다.

빙궁주 일행은 간신히 마시장에서 필요한 말과 마차를 살 수 있었다. 시가보다 두 배나 더 주고 살 수밖에 없었으니 이젠 노자가 달릴 형편이라 뭐라도 팔아야 될 상황이었다.

소주의 금화전장으로 가 아끼던 옥구슬과 금 노리개 몇 개를 팔아 간신히 노자를 만들 수 있었지만, 생각했던 금액의 절반밖에 받지 못했다.

소주를 떠나 오십 리 정도나 왔을 무렵, 튼튼했던 마차 바퀴 두 개가 부러져 버리고 절반의 말들은 설사를 해 드러눕고 말았다.

마차는 물론 말까지 궁주가 직접 고른 터라 누굴 탓할 수도 없었지만, 분명 속아서 산 게 분명했다.

정말 빙궁주는 억장이 무너지는 듯했고, 당장 달려가 말과 마차를 판 놈을 잡아 사지를 잘라 버리고 싶었다.

다시 가까운 마을로 가 마차 바퀴를 구하고 말들을 치료하고 나니 벌써 이틀을 소비하고 말았다.

도중에 배편을 알아보고 간신히 배를 구해 말과 마차를 다시 팔고 배에 올랐다.

하지만 얼마 가지 못해 배는 기우뚱대며 빙빙 돌기 시작하더니 선주는 배에 구멍이 났다며 수리하는 데 삼 일은 걸린다고 했다.

빙궁주는 선주를 일장에 때려죽이고 싶었지만, 배를 구하기가 힘드니 어쩔 수 없이 사흘을 기다리기로 했다.

사흘째 되던 날, 배를 타려고 하변으로 나갔더니 배는 이미 떠나고 보이지 않았다.

"이런 찢어 죽일 놈들. 이게 도대체 어찌 된 일이냐?"

빙궁주는 화가 나 어쩔 줄 몰라 했지만 배는 구할 수 없었다.

"주군, 아무래도 놈들이 담합해서 우리를 골리는 것 같습니다. 혹시 하오문에서 마방과 마시장, 수로를 장악하고 있는 게 아닌가 하는 의심이 듭니다."

빙궁주는 대호법의 말에 일리가 있다 생각되었지만 괜히 대호법에게 화풀이를 했다.

"자네는 무슨 쓸데없는 소리를 하는 건가? 하오문이 그 정도 힘이 있다는 게 말이 되는 소리인가? 다행히 오늘 마시장이 서는 날이라 하니 일단 제대로 된 말을 구하는 게 좋겠네."

빙궁주 일행은 마시장으로 향했는데 소로길로 접어들자 앞을 막는 도사들이 있었다.

화산칠자라 불리는 화산칠검이 모두 보였고, 이미 육합검진을 펼치고 있었다.

화산제일의 검수라는 원경이 보였다.

원경은 도인답지 않게 눈에 독기를 품고 있었다.

빙궁주는 원경을 보고 얄밉게 웃었다.

빙궁주가 원경을 처음 본 것은 삼 년 전이었다.

당시 구절문주는 그의 장남 정균의 아내로 자신의 고명딸을 원했고 빙궁주는 바로 수락했다.

그래서 빙궁주는 고명딸의 혼례를 치르기 위해 남창으로 향했다.

그때 남창의 초입에 있는 작은 주루에서 원경을 처음 만났다.

초면이었지만 빙궁주는 원경이 마음에 들지 않았다.

원경 역시 마찬가지로 빙궁주가 싫었다.

원경은 방약무인한 빙궁주가 싫었고, 빙궁주는 거만한 원경이 거슬렸다.

처음에는 서로의 신분을 몰랐지만 대결을 하기 전 서로의 신분을 알게 되었다.

그러나 서로가 무공에 대한 자부심이 가득했기에 두 사람은 비무를 하기로 했다.

결과는 빙궁주의 승리였다.

검존이라 불리며 중원무림의 고수 중 다섯 손가락 안에 든다는 원경을 빙궁주는 마음껏 농락했다.

빙궁주는 절기를 사용하지 않고도 원경을 궁지로 몰아넣었고 그 이후 빙궁주는 중원의 무학을 한참 아래로 내려다보고 있었다.

그렇지만 사룡회의 개파대전이 열리기도 전에 화산의 정예를 맞는다는 것은 내키지 않는 일이었다.

미리 쓸데없는 일에 힘을 뺀다면 사룡회에서 큰소리를 낼 수 없기 때문이었다.

사룡회가 중원을 장악한다면 사룡회에서 큰 힘을 가지는 것이 무엇보다 중요한 일이었다.

하지만 기왕 피할 수 없다면 이번 기회에 무림맹에 경고를 주고 빙궁의 위명을 날리는 일도 좋은 일이라 생각하고 앞으로 나섰다.

죽기 살기로 싸우는 전면전이 되어서는 안 되니 적당히 화산의 체면을 세워줄 필요도 있었다.

"원경자가 아닌가? 만나서 반가우이. 그래, 어쩐 일인가? 설마 구원을 갚겠다는 건 아니겠지?"

뺨의 검상을 만지며 원경자가 앞으로 나섰다.

원경은 삼 년 전, 빙궁주와 대결을 할 당시에는 신공을 익히다 내상을 입어 장기간 요상을 하다가 회복된 지 얼마 안 되던 시점이었다. 그렇기에 십성의 공력을 발휘할 수 없었다.

그럼에도 불구하고 원경은 빙궁주를 맞아 일진일퇴의 공방을 벌였고 백 초가 넘어갈 때 승부를 걸었다가 간발의 차이로 빙궁주의 검에 스쳐 뺨에 상처를 입고 말았다.

원경은 원래의 내공을 발휘할 수 있었더라면 충분히 빙궁주를 이길 수 있었고, 빙궁의 공격은 허점이 많고 수비가 부실해 다시 상대한다면 충분히 이길 수 있다고 생각했다.

그런데 얼마 되지 않는 인원으로 빙궁주가 남하하고 있다니, 이보다 더 좋은 기회는 없었다.

화산의 명예를 높이고 무림맹에서 입지를 높일 수 있는 절호의 기회라 생각했다.

　원경은 부지런히 따라붙어 간신히 빙궁주 일행을 막아설 수 있었다.

　"빙궁주, 오랜만일세. 지난 일을 잊고 있었는데, 자네가 방약무인하게 다시 중원을 활보한다기에 급히 하산했다네. 화산이 결코 빙궁의 아래가 아니라는 것을 보여주겠네."

　빙궁주는 화산 따위는 원래 안중에도 두고 있지 않았는데 원경자가 도전을 해오자 가소롭기까지 했다.

　"화산의 체면을 생각해 그 정도로 아량을 베풀었더니 그게 화근이었구먼. 잘 알겠네. 빙궁 무학의 진수를 보여주지. 그래, 육합검진으로 상대해 보겠다는 건가?"

　원경은 고개를 끄덕였다.

　"그렇다네. 육합검진에 하나를 더 추가해서 이 진식이 육합검진인지 칠성검진인지는 나도 잘 모르겠네만, 빙궁에선 오행검진을 택하겠나, 사상검진을 택하겠나?"

　"하하하, 그래, 여섯이든 일곱이든 별 차이가 없겠지. 마침내 호법이 있으니 빙궁에선 사상검진으로 상대하겠네. 어디 화산의 검진을 한번 구경해 볼까?"

　빙궁주 자신은 검을 들지 않겠다는 오만한 말이었다.

　빙궁주는 호법 하나면 화산 장로 둘은 충분히 감당할 수 있다 믿었다.

　하천은 화산칠자가 제자들과 함께 빙궁을 추격하고 있다 하자 은밀히 화산의 뒤를 따랐다.

하천과 마찬가지로 그 대결을 구경하기 위해 화산 사람들의 뒤를 따르는 무림인은 엄청나게 많았다.

하천은 화산과 빙궁의 정예가 상대하는 것을 미리 보고 빙궁의 무학을 견식한다면 좋은 일이라 벌써 차분히 자리를 잡고 영아, 소소와 함께 장내를 지켜보고 있었다.

원경은 화산의 절진으로 이미 널리 알려진 육합검진이 아닌 칠절매화검진으로 상대한다면 충분히 승산이 있다 믿었다. 칠절매화검진은 강적을 상대하기 위한 화산 비장의 검진이었다.

칠절매화검(七絶梅花劍) 또한 외부로 잘 알려지지 않은 비장의 검식이었다.

빙궁주는 화산의 검진이 예사롭지 않자 네 호법만을 내보낸 게 조금 후회가 되기도 했지만, 자신이 지금 나선다는 것은 체면 문제라 지금은 어쩔 수 없이 구경할 수밖에 없었다.

칠절매화검진이 발동되면서 원경은 신산지화(辛酸之花)의 첫 초식을 전개하며 공격을 시작했고, 두 사람이 원경과 동시에 신산지화의 초식을 펼치며 공격해 들어갔다.

검기가 난무하고 원경의 검에서는 검강이 뻗어 나왔다. 화산 세 검수의 검을 막는 삼호법은 감히 맞받지 못하고 진식을 벗어나며 피하고 있었다.

그 틈에 네 명의 검수까지 신산지화를 펼치며 공격해 오니 사호법 또한 공세를 막지 못하고 물러나고 말았다.

그러자 빙궁의 사상검진은 단번에 깨어졌다.

아무리 빙궁 호법의 무공이 높다 하나 서너 명의 검을 한 사람이 막을 수는 없었다.

대호법과 오호법이 삼호법과 사호법 쪽으로 달려가 합류하려 했지만 네 사람은 길을 열어주지 않았다.

결국 화산의 칠절매화검식을 두 사람씩 각각 다른 방향에서 상대하는 모양이 되고 말았다.

빙궁주는 단번에 사상검진이 깨어지고 수세에 몰리자 낭패한 신색이었으나, 그렇다고 화산칠자가 당장 네 호법을 어찌하지는 못했다.

칠절매화검진의 선봉에 선 원경의 검식은 삼호법과 사호법을 궁지로 몰아갔지만, 두 호법의 합벽진 또한 상당한 위력을 발휘하고 있었다.

대호법과 오호법은 네 사람을 맞이해서도 여유롭게 방어하고 있었고, 시간이 지날수록 화산검수 네 사람의 검막은 점점 줄어들고 있는 형편이었다.

"호오, 화산의 검진이 대단하오. 개개인 무공으로는 상대가 되지 못하는데 검진의 힘으로 호법들을 몰아세우고 있소. 이러다 빙궁의 호법들이 망신당할 수도 있지 않겠소?"

하천의 말에 영아는 고개를 저었다.

"아니에요, 빙궁의 호법들은 본신 절기를 숨기고 있어요. 빙백장, 한빙검식은 펼치지도 않고 있잖아요. 아마 화산의 체면을 세워주려나 봐요."

소소도 끼어들었다.

"언니 말이 맞아요. 빙백장을 날릴 기회가 있어도 그러지 않고 있어요. 화산 사람들을 크게 상하게 할 의도가 없나 봐요."

하천도 짐작하고 있긴 했다.

빙백장과 한빙검식은 빙궁의 절기로 알려져 있었지만 공력의 소모가 많아 빙궁 사람들도 어쩔 수 없는 경우에만 사용하는 절초였다.

하천은 아직 초반이니 빙궁 사람들이 절기를 감추며 힘을 아끼려 한다고 생각했다.

"그런데 빙궁주의 안색은 왜 저 모양이지?"

하천이 의문을 가지자 소소가 대답했다.

"아마 빙궁의 평범한 무공으로도 화산 정도는 가볍게 제압할 수 있다 생각했었는데 예상외로 화산의 무공이 강하니 낭패한 표정이겠죠."

하천은 고개를 끄덕이고 소소의 등을 두드렸다.

"그래, 이제 보니 그런 것 같아. 소 매가 이젠 제법 안목이 대단해졌어. 빙궁주는 자만심이 대단한 사람인 모양이군. 빙궁주의 무공을 견식하지 못하는 게 아쉬워."

세 사람이 이야기를 하고 있는 사이 상황은 급변해 오히려 빙궁의 호법들이 외곽에서 칠절매화검식을 압박해 들어가고 있었다.

틈을 노려 빙궁의 호법들은 다시 사상검진을 만들었고, 이젠 오히려 빙궁의 사상검진이 화산칠자를 밀어붙이고 있었다.

원경의 휘파람 소리와 함께 검식은 형태가 변해 육합검진의 모양이 되었고, 원경은 어느 방위도 수비하지 않으면서 자유롭게 움직이며 약한 곳을 돕고 있었다.

그러자 다시 두 진식은 팽팽한 균형을 이루었고, 누구 하나라도 다치는 경우라면 금방 승부가 갈릴 수도 있는 상황으로 변해가고 있었다.

원래 진식이란 게 한 군데서 무너지면 감당이 안 되는 것이기도 했다.

이제 일각이 지났을 뿐이지만 공력이 많이 소모되는 칠절매화검식을 전개하는 까닭에 화산칠자의 검식은 처음보다 많이 무뎌지고 있었다.

대호법은 승기를 잡았다고 생각되었는지 사상검진을 지휘하며 방어에서 공격으로 전환해서 화산칠자를 몰아갔다.

그러자 빙궁주도 흡족한 미소를 지었고, 싸움을 구경하고 있는 화산 제자들은 낭패한 신색이 되었다.

하천은 이대로 화산이 낭패를 본다면 빙궁주의 무공도 견식하지 못할 것이고 득이 될 것이 없어 조금 비겁하지만 수단을 부리기로 작정했다.

세 사람이 숨어 있는 나무 가까이 빙궁의 사람들이 다가오자 하천은 손을 뻗어 무형지를 날렸다.

하천의 무형지는 막 공격해 들어가려던 삼호법의 종골건을 맞췄다.

거리가 멀어 위력은 그다지 없었지만 삼호법은 인상을 쓰며 조금씩 다리를 절룩거리기 시작했다.

영아가 눈치를 채고 하천을 노려봤다. 하천이 빙그레 웃으니 영아도 쓴 미소를 지었다.

삼호법이 졸지에 절룩거리며 힘을 발휘 못하게 되자 당장 원경은 신호를 보내 그를 집중 공략하기 시작했다.

"만화성막(萬花成幕)."

원경이 크게 외치자 세 사람이 동시에 삼호법을 향해 만화성막의 검식을 전개했다.

삼호법은 네 사람의 검식이 자신을 향해 검막을 이루며 날아오자 화들짝 놀라 피했지만 검강에 허벅지를 맞고 휘청거리며 바닥에 주저앉고 말았다.

대호법이 깜짝 놀라 한빙검식을 전개하니 차가운 검경이 몰려오며 예리한 검강이 원경의 요혈을 노렸다.

원경은 버럭 소리치며 대호법을 향해 비장의 절초를 떨쳤다.

매화칠절검식의 절초인 암향부동화(暗香不凍花)였다.

무형검의 초기 단계라 할 수 있는 암향부동화가 펼쳐지니 대호법도 당황하여 검식을 바꿔 한빙검식의 절초인 부동빙화(不凍氷花)를 날렸다.

찌직!

검강이 부딪치며 얼음이 갈라지는 소리가 나고 두 사람은 신형을 휘청거리며 한 걸음씩 뒤로 물러났다.

빙궁주는 화산의 검식이 한빙검식의 절초인 부동빙화와 비숫하고 위력 또한 비슷하니 깜짝 놀랐다.

전력을 다한다면 화산을 망신시킬 수도 있겠지만, 앞길이 험난하니 그럴 수가 없었다.

이쯤에서 양보하고 패배를 시인한다면 화산의 체면을 크게 세워줄 수 있는 일이고, 화산에서 더 이상 방해를 하지 않는다면 피차가 좋은 일이었다.

화산이야 훗날 얼마든지 상대해 줄 수 있었다.

"고명하오, 고명해. 괄목상대라 하더니, 화산의 무공은 과연 천하제일이오. 패배를 시인하겠소."

빙궁주가 손뼉을 치며 네 사람을 물러나게 하니, 화산칠자도 손을 멈추었다.

화산 입장에서는 비록 칠 대 사의 대결이었지만 빙궁을 상대로 그 정도면 크게 체면을 세운 일이었다.

북해빙궁 궁주의 입에서 졌다는 소리가 나왔으니 말이다.

원경은 자신의 절초인 암향부동화를 가볍게 막아내는 대호법의 무공에 조금 놀라기도 했다.

원경의 생각으론 대호법에게 최소한 작은 내상이나 부상 정도는 입힐 수 있으리라 생각했지만, 오히려 내상을 입은 것은 자기 자신이었다. 한기가 스며들면서 이가 떨리기 시작했고, 오금이 시렸다.

이미 내상을 입었고 많은 구경꾼이 숨어서 지켜보는 가운데 이 정도면 체면을 세웠으니 원경은 이쯤에서 그만둘 때라 생각했다.

원경은 검을 집어넣고 빙궁주에게 급히 포권을 했다.

"역시 북해빙궁이오. 일곱으로 네 사람을 상대해 겨우 승기를 잡았을 뿐이니 빙궁의 무공이야말로 참으로 고명하오. 양보해 주시니 고맙소."

빙궁주도 포권을 하며 손사래를 쳤다.

"그렇지 않소. 넷이 아닌 일곱이 나섰다 해도 결과는 같았을 거요. 이 사람이 보기에는 향후 십 년은 소림과 무당보다는 화산의 시대가 될 것 같소. 참으로 좋은 검진과 검식을 견식했소."

빙궁주도 사룡회의 개파대전을 치르기도 전에 괜히 전력을 낭비할 필요는 없으니 좋은 말을 했다.

"자, 그럼 이제 빙궁과 화산의 원한은 이제 사라진 것이오. 다음에는 빙궁주의 무공을 견식할 수 있으리라 기대하오."

원경이 웃으며 말하니 빙궁주도 호쾌하게 대답했다.

"원경 도장의 무공은 나날이 늘어만 가는데 이 사람의 무공은 발전이 없으니 참으로 걱정이오. 그럽시다. 좋은 날 다시 만나면 다시 한 번 겨루어 보도록 합시다."

"그럼, 먼 길 살펴 가시고, 다음에 또 뵙지요."

원경은 화산칠자와 제자들을 거느리고 황급히 사라져 버렸다.

원경은 화산칠자 가운데 다섯째였지만 검진을 지휘하고 화산 제일의 고수이니 사형들도 원경에게만은 한 수 양보하고 있었다.

피차 금칠을 하는 말만 골라 했지만, 빙궁주는 화산의 검식은 아직 멀었다고 생각했다.

빙궁주는 삼호법을 노려봤다.

평소에도 공손하지 못하고 늘 불만이 많던 삼호법이 이번에도 화근이었다.

그러나 빙궁주 또한 화산의 뒤를 따르며 대결을 구경하려던 많은 구경꾼들이 있다는 것을 알아 이 자리에서는 삼호법에게 뭐라 할 수가 없어 심호흡을 하여 성질을 죽이고 잠자코 있었다.

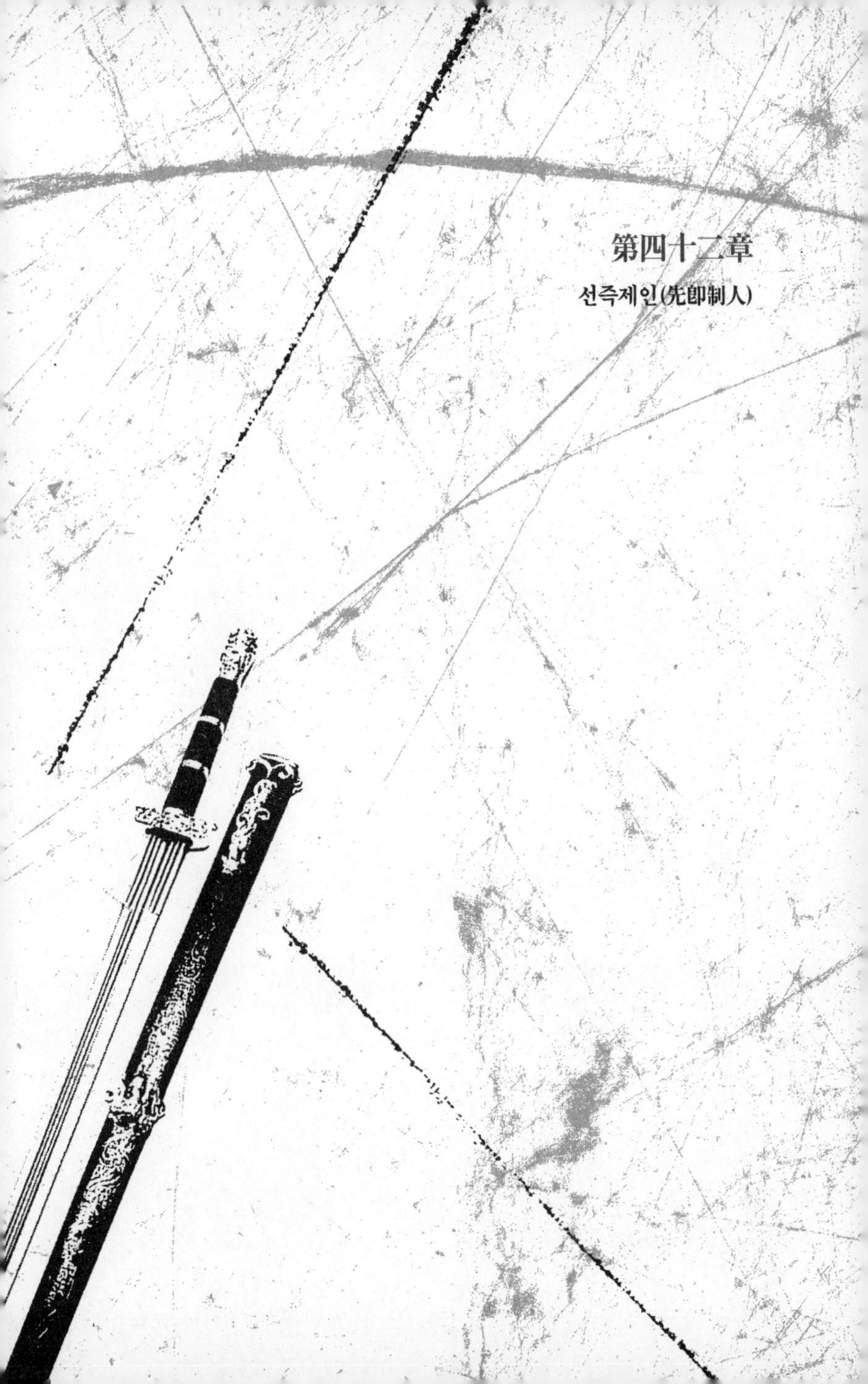

第四十二章
선즉제인(先卽制人)

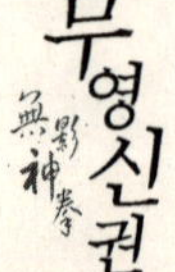

일이 그 정도에서 마무리되니 산지사방에서 숨어 구경하던 무림인들은 적잖게 실망도 했지만, 빙궁을 상대로 이 정도 선전을 한 화산의 무공에 놀라워했다.

화산이 빙궁을 추격하고 있다는 소문은 오래전부터 떠돌아 많은 무림인들이 화산과 빙궁의 대결을 보기 위해 소주로 달려온 지가 한참 전 일이었다.

빙궁의 사람도 떠나가고 사방에서 사람들이 몰려나왔다.

하천도 영아와 소소의 손을 잡고 나무 위에서 뛰어내렸다.

사람들은 깜짝 놀라 하천 일행을 쳐다봤는데, 세 사람은 헐렁한 무명옷에 방상씨탈을 쓰고 있었다.

방상씨탈은 상여가 나갈 때 앞에 서서 귀신을 쫓는 의식을 할 때 쓰는 탈인지라 사람들의 눈총을 받았다.

방상씨탈을 본다는 것은 기분 좋은 일은 아니었다.

하지만 헐렁한 옷에 큰 방상씨탈로 얼굴을 가리니 남녀노소를 구분할 수 없었고 편리한 점도 있었다.

하천은 원경이 빙궁 대호법의 한빙검식으로 몸에 한기가 스며들었다는 것을 알아 조용히 원경을 따랐다.

하지만 몇 사람이 앞길을 막으며 시비를 걸어왔다.

"재수없게 상여가 나가는 것도 아닌데 당장 그 탈을 벗지 못해?"

영아가 살짝 앞으로 나서니 시비를 걸려던 사람들은 경풍이 밀려오며 가슴이 답답해져 황급히 뒤로 물러나고 말았다.

"헉!"

"아이구, 죄송합니다. 동생이 철이 없어 무례를 범했습니다. 부디 용서해 주십시오. 방상씨탈을 보면 재수가 좋다는 말도 있지요. 그럼 소인들은 바빠서 이만."

앞을 막은 사람들은 호주사괴라 불리던 흉물이었는데, 악명을 떨치던 그들이 몸을 부딪치지도 않고 바로 꼬리를 내리자, 무림인들은 방상씨탈을 쓴 하천 일행이 암경을 보낼 만큼 고수라는 것을 눈치챘다. 사람들은 더 이상 하천 일행을 귀찮게 하지 않고 재빨리 멀어져 갔다.

원경은 태연함을 가장했지만 식은땀이 흐르고 걸음도 간신히 걸을 정도였다.

요상약을 먹고 운기조식도 했지만 가슴이 뜨끔하며 허리까지 저려오니 운기조식도 멈추고 간신히 가까이 있는 객잔에 들었다.

화산칠자도 원경이 부상을 당했다는 것을 눈치채고 함께 객잔에 들어 방을 잡고 음식을 주문했다.

하천이 화산 사람들을 따라가자 영아가 물어왔다.

"원경을 구해주시게요?"

"그렇소, 훗날을 위해 화산에게 빚을 하나 남겨두려는 거요. 극성에 이른 한빙검식을 정면으로 막아 내상을 입었으니 그대로 둔다면 공력의 삼 할을 잃게 될 것이오. 빙궁에겐 원한을, 우리에겐 은혜를 남기게 된다면 좋은 일이 아니겠소?"

"그런데 화산에서 과연 치료를 허락할까요? 묘책이 있으신가요?"

영아가 걱정이 되어 물었지만 하천이 히죽 웃으며 고개를 끄덕였다.

"내 생각에는 아마 허리를 굽히며 정중히 모셔갈 것 같소."

소소도 끼어들었다.

"상공, 그런데 빙궁 놈들은 안 따라가나요? 빨리 따라가 혼내주고 싶은데……."

"걱정 마. 내가 가기 전에는 빙궁 놈들은 한 발자국도 못 가."

하천은 거만한 걸음걸이로 화산 사람들이 묵고 있는 주루 겸 객잔으로 가 점소이에게 지필묵을 달라 한 다음 몇 자 적고, 이층 객잔으로 향하는 계단을 막고 있는 화산 제자를 손짓하며 불렀다.

원경의 대제자 연수는 스승이 부상을 당해 기분이 상해 있었는데 재수없게 방상씨탈을 쓴 사람이 거만한 손짓으로 부르자, 별일이 아니면 혼을 내줄 작정으로 사제가 나서려는 것을 말리고 직접 하천에게 다가갔다.

"자네 얼굴에 수심이 가득하구먼. 이제 내가 왔으니 걱정 말고… 자, 이 배첩을 원경 도인에게 전해 주게. 안에 서신이 따로 들었어."

연수는 배첩을 살펴보니 '성수편작 강호제일신의'라 적혀 있어 안색을 바꾸고 급히 허리를 숙였다.

"예, 잠시만 기다리시면 사부님께 전해 드리고 바로 달려오겠습니다."

"그래그래, 급한 일이니 서둘러야 할 게야. 어서 달리게."

연수가 원경이 운기조식하고 있는 방으로 달려가자 입구를 경계하고 있던 원항이 막아섰다.

"어허, 네 스승이 몸이 아파 전 제자가 걱정인데 웬 호들갑이냐?"

연수는 급히 배첩을 내밀고 사정을 설명했다.

"방상씨탈을 쓴 사람이 이 배첩을 주며 사부님께 전하라 했는데, 이미 사부께서 한기를 당하여 고통받고 있다는 것을 아는 눈치였습니다. 안에 따로 서신이 들어 있다 합니다."

원항이 배첩을 살펴보니 생전 처음 보는 광오하고 무식한 명호인지라 수상하긴 했지만, 어차피 의원이라도 불러야 할 참이라 배첩을 들고 들어가 침상에 앉아 있는 원경에게 전해 줬다.

원경이 떨리는 손으로 배첩을 펼쳐 보니 안에 서신이 한 장 들어 있었다.

백회, 풍부, 장강.

서신엔 여섯 글자가 적혀 있었다.

원경은 깜짝 놀라 서신을 떨어뜨렸다.

"사형, 어서 이 의원을 모셔와 주십시오. 이 세 혈을 다쳐 지금 소주천도 제대로 하지 못하고 있는 형편입니다. 고인이 분명하니 정중히 모셔오셔야 합니다."

원항은 깜짝 놀라 급히 밖으로 나갔다.

"연수, 그분이 어디 계시냐?"

연수는 안색이 밝아지며 말도 하지 않고 급히 아래로 달려 갔다.

"어허, 쯧쯧! 저놈, 경망스럽기는."

원항은 혀를 차면서도 어쩌면 원경의 몸을 고쳐 줄 기인을 만날 수 있겠다 싶어 급히 연수의 뒤를 따랐다.

원항은 방상씨탈을 쓴 하천 일행을 보고 미간이 절로 찌푸려졌지만, 워낙 재주가 있는 신의니 얼굴이 알려지는 것을 꺼려할 수도 있겠다고 생각하고 정중히 허리를 굽혔다.

"대인, 정확히 맞추셨습니다. 자, 안으로 모시겠습니다."

하천은 큰기침을 하고 주위를 둘러보며 거만하게 일어났다.

"자네들은 내가 올 동안 꼼짝 말고 여기 앉아 있어."

원항이 방상씨탈을 쓰고 앉아 있는 영아와 소소를 쳐다보자, 하천은 다시 거만하게 말했다.

"내 제자들이오. 삼십 년을 넘게 가르쳤는데 이제 고작 입문편의 일 할 정도나 배웠을까, 처먹는 밥이 아까운 아이들이니 신경 쓰실 것 없소."

그러면서 영아와 소소의 머리를 쥐어박았다.

"이구, 이 돌머리들."

꽁! 꽁!

하천이 혀를 차며 계단으로 올라가자 두 사람은 머리를 쓰다듬으며 이를 갈았다.

"아우, 여기 한번 만져 봐. 혹이 제법 크지?"

영아가 머리를 내밀자 소소는 살짝 만져 본 다음 고개를 저었다.

"딱 제 것 반만 해요. 우제는 현기증까지 나는걸요. 괜히 따라나섰어요."

하천이 방문을 들어서자 원경은 앉아 있기도 불편한 듯 침상에 엉거주춤한 자세로 앉아 있다가 허리를 굽혔다.

"신의를 뵙습니다. 그런데 어떻게 세 혈이 상한 것을 아셨는지요?"

화산칠자 모두가 모여 주시하고 있었지만 하천은 손을 저으며 말했다.

"허리를 굽히지 마시오. 강한 음기와 조금 덜 강한 음기가 상충했으니 음기가 부족한 쪽이 피해를 보는 것은 자명한 이치, 도장이 펼친 마지막 검식은 절초이긴 하나 빙궁 사람에게는 절대 사용해서는 안 되는 것이었소. 빙궁의 무사들은 화산에서 음공을 사용하기만을 기다렸으니, 빙궁의 음모에 제대로 당하고 만 거요. 아주 교활한 놈들이오."

우연히 그렇게 된 것이었지만, 화산 사람들에게 빙궁의 말을 좋게 해줄 필요가 없었다.

하천은 바로 원경의 옷을 벗기고 금침을 한 주먹 꺼내 단번에 손을 떨쳐 금침을 뿌렸다.

스물네 개의 금침이 원경의 몸에 꽂히자 하천은 바로 환약 하나를 꺼내 원경의 입에 넣었다.

하천은 귀영문의 관문에서 요상침술은 익혔지만 약을 만들 정도로 고명한 의술은 익히지는 못했다.

환약은 아무 약포에서나 쉽게 살 수 있는 정신이 맑아지는 청심환에 불과했다.

만천화우와도 같이 자유자재로 침을 던지니, 누가 봐도 숙달되고 절묘한 금침 수법이라 화산칠자는 그저 공손한 자세로 하천을 지켜봤다.

화산칠자는 하천의 말을 듣고서야 칠절매화검식의 정수 암향부동화가 절초이긴 하지만 빙궁의 한빙검식에는 큰 약점이 있어, 오히려 독이 되었다는 것을 알게 되었다.

하천은 격공섭물의 수법으로 금침을 거두고 이번에는 현란한 손동작으로 추궁과혈을 해나가다가 원경의 명문혈을 살짝 쳤다.

원경은 몸을 꿈틀하며 입에서 검은 피를 한 모금 뱉어냈다.

"이제 절반은 끝났소."

다시 하천은 스물네 개의 금침을 날리고 다시 허공에 손을 휘둘러 금침을 거두기를 세 번이나 반복하고, 약간의 땀까지 흘렸다.

사실은 금침을 뽑는 것으로 이미 치료는 끝났고 한기는 금방 몰아낼 수 있었다.

하지만 그렇게만 하고 끝낸다면 크게 생색을 낼 수 가 없는데다가 여차하면 청심환을 명약으로 알고 귀찮게 할 수도 있으니, 내친김에 조금 힘을 들여 원경을 돕고 있었다.

"이제 구 할은 끝났고 남은 것은 소주천을 하는 일이오."

하천이 명문혈에 손을 대자 원경은 눈을 감고 소주천을 시작했다.

원경의 백회혈에서 김이 나고 창백했던 안색이 붉게 변하더니 하천이 명문혈에서 손을 떼자 원경은 원래의 안색으로 돌아왔다.

"오호―"

원항이 크게 환호를 하자, 하천은 실눈을 뜨고 원항을 노려보며 싸늘한 음성으로 입을 열었다.

"그게 무슨 소리요? 열심히 기를 받고 있는데 경망스럽게 바람 빠지는 소리를 내고 있는 거요? 누구요? 이리 가까이 오시오."

원항은 다른 사형제들이 자신을 책망하는 눈빛으로 보고 있자 어쩔 수 없이 하천에게 다가갔다.

하천은 손을 번쩍 들더니 원항의 머리를 쥐어박았다.

빡!

잘 익은 호박이 터지는 소리가 나고 원항은 다리를 휘청거리며 하마터면 바닥에 주저앉을 뻔하고 오줌까지 지리며 눈물이 저절로 흘러내렸지만, 장내 분위기로 봐서는 그냥 가만히 있을 수밖에 없었다.

"그저 송구할 뿐입니다."

원항이 사과를 하자, 하천은 거만하게 고개를 끄덕거렸다.

"빠진 기를 보충했으니 되었소. 자리로 가 입을 꾹 닫고 얌전히 서 있으시오."

하천이 양손을 들어 다시 무형지를 날리며 추궁과혈해 나가니, 원경은 눈을 감고 시원한 표정을 지었다.

일각이 지나 하천이 손을 내리니 원경도 눈을 번쩍 뜨고 침상에서 내려와 몸을 몇 번 움직였다.

원경은 허리를 깊이 숙이며 예를 갖추었다.

"기혈과 경혈이 막혀 답답하던 것이 뻥 뚫린 듯하고, 기가 충만한 것이 전화위복이 되었습니다. 신의께 어떻게 보답해야 될지 모르겠습니다."

하천도 눈을 번쩍 뜨고 고개를 끄덕이며 거만하게 말했다.

"원래는 이 정도면 은자 삼천 냥은 받아야 하오만, 당장 준비하기도 곤란할 터이니 그냥 무림에 명성을 떨치고 있는 화산칠자의 수결을 받아 가보로 물려주고 싶소. 어떻소? 대가로 적당하오?"

"아, 예."

하천이 워낙 거만하게 말을 하니 원경은 하천의 말을 따르지 않을 수 없어 바로 붓을 들어 수결을 했고, 나머지 여섯 사람도 붓을 들었다.

하천은 뒤에서 그 모습을 지켜보며 연신 입을 놀려댔다.

"좋은 필체요. 힘이 넘쳐요. 좋군, 좋아."

수결을 마치자 화산칠자는 묻고 싶은 것도 많았지만, 하천은 수결을 한 종이를 빼앗아 잽싸게 품에 넣더니 짧은 인사를 남기고 걸어나갔다.

"멍청한 제자들이 또 무슨 짓을 할지 모르니 나가봐야겠소. 자, 그럼 인연이 있으면 또 봅시다."

"아, 저, 신의께……."

원항이 뭐라 말하려 했지만 하천은 표홀신보로 유유히 사라지고 있었다.

"대단한 의술에 엄청난 무공까지 가지신 기인이야. 마치 구름을 탄 신선이 날아가는 듯한 신법이구먼. 의술에 무공까지 갖춘 기인이라면 그 누가 있겠나?"

원항이 감격의 눈빛으로 말을 하자 원경이 말을 받았다.

"정말 신선 같으신 분입니다. 화산은 좀 더 겸손해야겠습니다. 강호에는 정말 기인이사가 많다는 말이 허언이 아니었습니다. 무공은 청량방주와도 자웅을 겨룰 수 있을 정도로 보이니 출신입화지경(出神入火之境)에 들었다 할 수 있겠습니다.”

화산칠자가 수다를 떨고 있는 사이에 하천은 두 여인의 손을 잡고 주루를 나서고 있었다.
영아가 물었다.
“원하는 것을 얻었어요?”
“그렇소. 화산칠자의 수결을 얻었소. 이제 화산에 요구할 것이 있으면 이것을 들이밀면 될 것이오.”
“우리가 화산에 요구할 게 있을까요?”
소소가 묻자 하천은 고개를 끄덕거렸다.
“화산과 의견이 상충될 때마다 화산을 개 패듯 때려잡을 수도 없는 일이고, 살다 보면 화산에 요구할 일이 분명 있을 거야.”
“이제 빙궁 사람들을 혼내줄 건가요?”
소소가 다시 물으니 하천은 고개를 저었다.
“빙궁은 혼을 내주는 정도로 그칠 수 없어. 사룡회의 개파대전이 열리기 전에 빙궁 하나라도 재기 불능으로 만들어야 해.”

빙궁주가 소주에서 항주를 향하며 시간을 보내는 동안, 회계산 향로봉 석옥사 인근에 위치한 북해빙궁의 비처는 절단이 나고 있었다.

처음 쉽게 점령할 수 있을 것 같았던 빙궁의 비처는 입구가 폭포 뒤로 나 있고, 그 앞은 작은 못이 있어 청량방의 무사들은 도무지 접근할 수가 없었다.

폭포 위에서 아래를 내려다보며 감시하는 무사까지 있으니 그 위로 뛰어오른다면 피해가 많고 안에 있는 무사들이 놀라 도망이라도 간다면 큰일인지라 기회를 노릴 수밖에 없었다.

하지만 어느 날 기회가 왔다.

기녀 중에서도 조금 질이 떨어지는 하급 기녀로 보이는 여인 두 명이 마을에 내려왔다. 여인 두 명은 비녀와 필요한 양식, 물건을 사고 미곡상(米穀商)에게 작은 목패를 주고 배달을 부탁하고 있었다.

천박한 화장은 후통의 춘곽에서나 통할 법한 화장술이었고, 살집이 두둑한 것이 박색을 겨우 면한 정도였지만, 거만하게 노는 꼴을 보아하니 비처의 주인으로 보였다.

협귀는 저 여인이 빙궁주의 첩실이 아닌가 짐작했다.

야채와 고기, 소금까지 가득 실은 수레가 산을 오르고 있었다.

협귀는 신선 같은 차림으로 수레의 앞을 막고 좋은 말로 구슬려 미곡상을 앞장세우고 색귀와 살귀 두 사람이 일꾼으로 변장한 후 산을 올랐다.

이미 청량방의 무사들은 석옥사 부근에 숨어 선봉이 입구를 점령하기만을 기다리고 있었다.

미곡상이 수레를 끌고 폭포 뒤로 다가서자 폭포 위에서 사람이 나타났다.

미곡상은 목패를 꺼내 높이 쳐들자 입구를 막고 있던 석문이 미끄러지며 천천히 열렸다.

살귀가 살짝 고개를 내밀어 보니 문을 지키는 무사는 네 명이 전부였다.

한 사람은 위에 올라가 있었고 세 사람이 밖으로 걸어나오며 미곡상에게 말을 붙여왔다.

"수레는 안으로 못 들어가니 일단 입구에만 들여놔 주시오."

살귀는 짐을 지고 입구에 내려놓자마자 몸을 날려 폭포 위를 지키고 있는 경비무사를 제압했고, 나머지 세 사람도 순식간에 제압했다.

두 사람이 입구를 장악하자 순식간에 살귀와 색귀의 제자들이 달려가고 살귀의 수하들이 뒤를 따랐다. 악원과 악설이 이끄는 청룡당과 주작당 무사들이 또 그 뒤를 따랐다.

북해빙궁의 분타로 추정되는 전각에서 몇 사람이 달려나오긴 했지만 바로 무기를 버리고 항복했고, 그다음은 구석구석을 찾아다니며 숨어 있는 빙궁의 무사들을 포박하는 일이 전부였다.

별다른 고수가 없으니 고작 이십여 명 남짓 되는 무사들은 쉽게 제압되었고, 빙궁주의 첩실도 사로잡혔다. 귀천수는 천천히 입구를 둘러보며 기문진식과 암기가 매설된 기관을 설치하기 시작했다.

북해빙궁 사람들은 마시장이 열리자 간신히 말을 구해 항주로 출발했다.

그들이 항주로 향하고 있을 때 이미 하천은 항주에 도착해 있었다.

다행히도 석옥사 근처의 북해빙궁 분타를 접수하고 기문진식과 암기를 설치 중이라 하니 하천은 흡족해했다.

북해빙궁의 사람들이 항주에 들어 객잔에 머물고 있다는 하오문의 정보를 받고 하천은 영아와 소소를 데리고 그 객잔으로 향했다.

빙궁주는 아직도 다리를 절룩이고 있는 삼호법을 책망하고 있었다.

"자네는 그 꼴이 뭔가? 멀쩡한 다리가 왜 갑자기 아프다는 말인가?"

"발뒤꿈치가 발을 내딛을 때마다 뜨끔하니 제대로 걸을 수가 없습니다."

"또 엄살을 떠는 거 아냐? 자네는 꼭 중요한 일이 있을 때마다 늘 낭패를 보게 해. 어서 의원에라도 다녀오게."

삼호법이 입을 내밀고 가만히 있기만 하니 빙궁주는 더욱 역정을 냈다.

"보기 싫으니 어서 내 눈앞에서 사라지게."

삼호법이 밖으로 나오니 대호법이 불렀다.

"자네, 의원에 갈 돈은 있는가?"

삼호법은 눈을 지그시 감고 고개를 저었다.

"돈이라고는 동전 오십 문이 전부인데 이걸 들고 의원에 어찌 갈 수 있겠습니까?"

대호법은 한숨을 내쉬고 품에서 한 냥을 내밀었다.

"이게 내가 가진 전부일세. 조금만 참아. 중원에만 확고히 진출하게 되면 궁주께서도 그땐 생각이 있으시겠지. 우리라고 늘 이렇게 살겠는가? 그런데 정말 발뒤꿈치는 저절로 아픈 겐가?"

"힘줄이 늘어난 건지 어디를 다친 건지 잘 모르겠습니다. 어찌 걸으면 괜찮고, 어찌 내딛으면 다리가 끊어질 듯 저리니 이러다 형님께서 이번 길에 송장을 치르게 되지 않을까 염려됩니다."

"거참, 이상한 일일세. 걷기 힘들면 함께 가겠는가?"

"그래주신다면 고맙지요."

두 사람이 객잔에서 나와 의원으로 가는 듯하자 하천 일행은 두 사람을 미행했다.

빙궁의 호법들이 가진 돈이 없어 의원에도 가지 못할 형편이라니, 기가 막힌 일이었다.

두 사람이 의원으로 들어가 접수를 하는 동안 하천은 재빨리 의원 지붕으로 뛰어올라 의원의 진료실에 구멍을 뚫고 귀식대법을 펼치며 엎드리고 있었다.

막 대호법이 삼호법을 부축해 문지방을 넘어서는 순간, 하천은 대호법의 관원혈을 향해 무형지를 날렸다.

대호법은 단전이 따끔하자 인상을 찌푸렸지만 운기를 해보니 별 이상이 없는지라 고개를 갸웃하며 자리에 앉았다.

관원혈은 임맥의 요혈로 음한지기를 사용하는 빙궁의 사람에게는 내공 운용의 핵심이라 할 수 있는 중요한 혈도였다.

임산부가 관원혈을 맞으면 낙태를 하기도 할 정도였으니 관원혈을 맞은 대호법은 이미 정상적인 몸이 아니었다.

하지만 전력을 다해 발경하지 않은 상태에서는 몸의 이상을 알 수 없는 일이었다.

대호법은 아무래도 몸이 이상한지 삼호법이 침을 맞는 동안 밖으로 나와 몸을 움직이며 장력을 펼쳐 보고 검식을 전개해 봤다.

전력을 다하지 않았으니 별 이상은 없어 보였고, 그제야 대호법은 안심하고 다시 의원의 집무실로 들어갔다.

대호법이 자리를 비운 사이 다시 하천은 삼호법의 구미혈을 향해 다시 손가락을 튕겼다.

구미혈 또한 임맥의 요혈이고 명치 아래 있는 곳으로, 신경에 타격을 주는 중요한 혈도였다.

삼호법은 의원이 침을 놓는 순간 구미혈이 따끔하자 인상을 찌푸렸지만 별다른 이상이 없어 심호흡을 하고 금세 안색을 편안히 했다.

하천은 살짝 몸을 빼 사라져 버렸고, 삼호법과 대호법은 천천히 객잔으로 돌아갔다.

네 사람의 호법 중 두 사람이 정상적인 몸 상태가 아니니 그 정도면 충분했다.

　빙궁주 일행은 하루를 더 항주에서 보내다가 다음날 회계산으로 향했다.
　하천은 이미 회계산에 도착해 기문진식과 기관을 둘러보고 있었다. 입구의 석문을 막는다면 빙궁의 사람들이 침입할 수 있는 길은 폭포 위와 전각의 뒤편으로 천애의 절벽을 타고 기어오르는 두 길이 있었다. 귀천수는 입구가 좁은 폭포 위보다는 범위가 넓은 절벽 위에 더 신경을 쓰고 있었다.
　폭포 위로 침입하려면 많은 희생을 각오해야 하니 고수가 아니면 힘들었고, 절벽을 기어오를 가능성이 더 많아 보이긴 했다.
　빙궁주는 향로봉에 올라 석옥사를 지나 분타가 있는 폭포를 바라보며 흐뭇한 미소를 지었다.
　강짜를 부려대는 정실 부인의 눈을 피해 이곳에 숨겨둔 애첩을 만나 그동안 못다 한 정을 나눌 생각을 하니 벌써 아랫도리가 뻐근해져 왔다.
　비록 살집이 조금 두둑하다 싶긴 했지만 첩실의 움직임은 생전 보지 못하던 선계에나 있을 법한 것이라 빙궁주는 애첩을 천하에 다시없는 보물로 알고 있었다.
　넉넉하지 않는 빙궁의 재력으로 엄청난 돈을 들인 대사업이었다.
　빙궁주는 흐뭇한 미소로 폭포를 바라보며 손으로 입을 살짝 가리며 신호음을 보냈다.

"우우우—!"

북해에서 이리들이 무리를 부를 때 내는 소리라 빙궁 제자라면 단번에 알아들을 수 있는 신호였는데 폭포에서는 아무 기척이 없었다.

빙궁주는 애첩에게 무슨 일이 있는 게 아닌가 해서 불안한 마음을 떨칠 수가 없었다.

하지만 앞에는 큰 연못이 있고, 폭포 뒤로 향하는 길은 좁기만 했다.

위에서 암기라도 날려댄다면 화를 당할 수도 있었다.

수공에 조예가 없으니 실수로 연못에 빠지기라도 한다면 그런 망신이 없었다.

궁주는 주위를 살피다 그루터기에 걸터앉아 유유자적하는 양하며, 평소 미운 털이 박힌 삼호법을 불러 폭포 뒤로 다가가게 했다.

삼호법은 속으론 욕이 저절로 나왔으나, 내색하지 않고 네 명의 제자를 데리고 폭포 뒤로 조심스럽게 다가갔다.

다행히 아무런 일도 일어나지 않았고, 삼호법은 안도의 한숨을 쉬며 석문을 두드렸다.

하지만 폭포 위에서는 앙칼진 여자의 목소리가 들려왔는데, 무슨 말을 하는지 도통 알아들을 수가 없었다.

삼호법은 궁주의 애첩인 비녀 년이 그것도 벼슬이라고 포악을 떨고 있다 생각하고 손을 흔들며 말했다.

"까불지 말고 빙궁에서 왔으니 어서 문을 열어라."

그래도 여인의 앙칼진 목소리가 계속 들리자 삼호법은 욕을
해댔다.

"뭐라 지껄이는 게냐? 이 잡년, 어서 문을 열지 못하겠느
냐?"

그러자 바로 화살이 날아오고, 이름도 알 수 없는 암기가 한
무더기나 날아왔다.

삼호법은 간신히 피했지만 방심하고 있던 제자들은 머리와
어깨에 파편을 맞고 피를 흘렸다.

"이런, 이 무식한 것들이 무슨 짓이야? 우린 빙궁에서 왔다
니까. 당장 멈추지 못해?"

삼호법은 버럭 소리치며 오던 길을 되돌아 도망치려 했지
만, 우박처럼 쏟아지는 암기는 호신강기를 뚫고 몇 개가 몸에
박혔다.

이미 네 명의 제자는 목숨을 잃은 듯했고, 삼호법은 오던 길
을 되돌아가기에는 위험이 따라 어기충소의 신법으로 몸을 뽑
아 폭포 위를 살폈다.

여차하면 뛰어들려 하였으나 물안개에 가려 아무것도 보이
지 않고 암기만 날아왔다.

삼호법은 몇 번을 허공에서 몸을 뒤집은 다음 간신히 폭포
를 벗어났지만, 갑자기 구미혈이 뜨끔하면서 현기증이 났다.

'허억! 안 돼. 이건 꿈이야.'

꾸궁!!

　삼호법은 이대로 떨어지면 병신이 되기 십상이라 속으로 별 생각을 다하며 몸부림을 쳐봤지만 결국 바닥에 둔탁하게 떨어지고 말았다.

　의원에서 하천에게 구미혈을 맞았던 것이 치명적인 것이었다.

　“삼제! 정신 차리게.”

　호법들은 달려나가 삼호법을 받으려고 했지만, 수많은 화살과 암기가 날아오자 피하기에 급급해 그를 받아내지 못했다.

　삼호법은 다리가 부러진 듯해 보였고, 얼굴과 어깨는 피로 물들어 있었다.

　삼호법은 몇 번 몸을 꿈틀거리더니 그대로 사지를 뻗고 말았다.

　“이, 이게 무슨 일이야?”

　빙궁주는 당황하여 어쩔 줄 몰라 했지만, 앙칼진 여인의 웃음소리에 얼굴이 붉어지며 대로했다.

　도무지 알아들을 수 없는 말로 또 여인이 뭐라 말하자 화살과 암기가 그치고 주위는 쥐 죽은 듯 고요해졌다.

　궁주는 냉정을 회복하고 일단 삼호법의 상처를 살펴보니 이미 다리가 부러져 불구가 되기 십상이었다.

　“방법이 없으니 일단 하산하였다가 다시 오는 게 좋겠습니다. 삼제를 빨리 치료하는 일이 급선무입니다.”

　대호법이 그리 말하니 궁주는 당장에라도 쳐들어가 요절을 내고 싶었지만 수하들의 표정을 살피니 그렇게 했다가는 큰 원망을 살 것 같아 어쩔 수 없이 고개를 끄덕였다.

"빨리 삼호법을 의원에게 보여야 하니 분하지만 어쩔 수 없게 되었네. 어서 업게."

빙궁주는 늘 처우에 불만이 많고 시키지 않은 일은 하지 않고 몸을 사리는 삼호법이 미웠지만, 대세를 따를 수밖에 없었다.

빙궁의 사람들이 떠나가자, 폭포 위에서 악원과 함께 있던 남궁완청은 깔깔대고 웃었다.

남궁완청은 이미 악설을 아가씨라 부르며 악원의 정혼녀로 행세하고 있었다.

"상공, 거 봐요. 멋지게 성공했죠?"

"그래, 잘했소. 청 매가 최고요."

하천은 아래에서 두 사람이 하는 웃기는 짓을 보고 웃기만 했다.

빙궁주가 알아듣지 못한 말은 완청이 엉터리로 말한 남만 말이었다.

몸종 중 하나가 남만 출신이라 몇 마디 말을 배워 엉터리로 말한 것이었다.

산을 내려가던 빙궁주는 작은 모옥을 발견하고, 그곳에 사는 약초꾼에게 은 한 돈을 준 뒤, 정보를 얻으려 했다.

"노인장, 저 위의 석옥사 뒤 폭포에 있는 사람들은 도대체 누구요? 폭포 뒤를 유람하려는데 화살까지 쏘며 도대체 길을 열어주지 않는구려."

노인은 큰기침을 하더니 재빨리 은을 챙겨 넣고 천천히 입을 열었다.

"원래는 어디 북방에서 온 알 수 없는 사람들이 살았는데 지금은 남만의 여승들과 승려들이 함께 살고 있지요. 그곳 주인이 불심이 깊어 그들을 초대했다 합니다. 그들은 온순해서 스스로 나서서 안내까지 해주는데 어찌 그리 박절하게 굴었는지 모르겠소. 먼저 욕을 하거나 무례하게 군 건 아니오?"

빙궁주는 일이 어떻게 된 건지 도무지 종잡을 수 없었다.

남만의 승려들이 애첩을 속이고 분타를 점령한 게 아닌가 싶었다.

애첩이 불심이 깊다는 건 말도 안 되는 소리였다.

못된 중놈들이 자신의 애첩을 탐하고 있을지도 모르니 한시가 급한 일이었다.

산 아래로 내려가 의원을 찾아 삼호법을 치료하게 하고, 폭포를 돌아 뒤쪽 절벽을 기어올라 급습하는 수밖에는 없다고 생각했다.

빙궁주는 세 명의 호법을 불러놓고 절벽으로 향하는 길을 보여주고, 대충 주변을 살펴본 후, 새벽을 기해 함께 오르기로 했다.

절벽 위에서 암기를 날린다면 큰 문제이긴 했지만, 호법들과 자신의 무공이면 암기는 충분히 피할 수 있으리라 믿었다.

남만의 승려들이 무공이 높다는 소리는 들어본 바가 없었다.

축시가 넘어 빙궁의 무사들이 절벽을 기어오르기 시작했다.

선봉은 대호법이 맡았다.

절벽을 거의 다 올라올 때까지 아무 기척이 없자 대호법은 기뻐 어쩔 줄 몰라 하며 절벽을 올랐다.

생각했던 풍경과는 조금 차이가 있긴 했지만, 경비하는 사람도 보이지 않고 주변이 고요하자 아래로 신호를 보내고 남은 사람들이 절벽을 오르게 했다.

빙궁주는 대호법이라면 설사 절벽 위로 잡졸들이 몰려온다 하더라도 충분히 견딜 수 있으리라 믿고 천천히 절벽을 올라갔다.

대호법은 숨을 죽이고 아래를 내려다보며 경계하다가 모두가 올라오자 빙궁주에게 다가가 불빛이 보이는 쪽을 가리키며 말했다.

"저기 불빛이 보이시지요? 저곳이 그들의 거처인 듯합니다."

하지만 빙궁주는 인상을 찌푸렸다.

"아무것도 안 보이는데 불빛이 어디에 있다는 게야? 전각이 어디로 간 게야? 안개에 가려 아무것도 보이지 않는구먼."

대호법은 빙궁주에게 바짝 다가가 불빛을 가리키려 하니, 정말 안개만 보일 뿐, 불빛은 보이지 않았다.

"허, 이게 어떻게 된 일이지요?"

대호법은 고개를 갸웃하며 처음의 자리로 빙궁주를 데리고 갔는데, 불빛은 고사하고 바로 아래에 낭떠러지가 보이고 뱀

들이 기어오자 깜짝 놀라 뒤로 물러났다.

"헉, 이게 무슨 조화지요?"

그 순간 요란한 소리와 함께 암기가 날아왔고, 주변 하늘은 먹구름이 깔리기 시작했다.

"헉, 함정이야."

기겁을 한 빙궁주는 암기를 막으며 퇴로를 찾았으나 방금 자신들이 기어올라 온 절벽은 흔적도 없었고, 뒤에는 폭포가 떨어지고 있었다.

기가 막힐 일이라 빙궁주는 바로 옆에 있는 대호법을 불렀으나, 대호법은 자신을 보지 못한 듯 느닷없이 자신에게 검을 휘둘러 왔다.

빙궁주는 간신히 바닥을 굴러 대호법의 검을 피하고 자신을 배신한 대호법에게 살수를 전개하려 했으나, 대호법은 이미 수많은 암기를 빼곡히 맞아 살 가망이 없어 보였다.

대호법은 빈 허공에 검을 마구 휘두르며 피를 뿜고 있었다. 그러다가 버럭 소리를 지르며 내달리더니 천천히 앞으로 쓰러졌다.

며칠 전 하천에게 관원혈을 암습당한 대호법은 본신의 무공을 펼치려고 공력을 끌어올리다가 내공이 샅샅이 흩어지고 말았다. 때문에 암기를 막을 수가 없었던 것이다.

평소 싸움에 나서서는 뒤로 물러설 줄 모르던 대호법의 마지막 모습이었다.

빙궁주는 이것이 말로만 듣던 기문진에 빠진 것이라는 걸 알았다.

이제는 수하들을 걱정할 형편이 아니었다. 어떻게 해서라도 살아남아야 했다.

당장 눈에 보이는 허상에 현혹되지 않으려면 눈을 감아야 했다.

날아오는 암기 정도야 눈을 감고서도 막을 수 있었다.

눈을 감은 채 빙궁주가 암기를 막아내고 있자, 하천은 손을 들어 암기수들을 물러나게 했다.

이미 빙궁주와 두 호법만이 멀쩡한 마당에 더 이상 암기를 낭비할 필요가 없었다.

귀천수는 청룡당의 무사들과 후미로 달려가 퇴로를 막고 그때서야 진식을 해체했다.

빙궁주는 안개가 사라지고 시야가 밝아지자 주변을 살폈다.

여차하면 절벽 아래로 몸을 날리려고 했지만 이미 봉쇄되어 있었고 무사들이 암기를 겨누고 있으니 살아 돌아가기가 힘들다는 것을 알았다.

목청을 돋우어 소리를 질렀다.

"누구냐? 무림맹이냐?"

협귀가 앞으로 나섰다.

"무림맹이면 어떻고, 사룡회면 어떻단 말이오? 우리가 누구든 간에 당신은 살아남을 수 없소."

"흥, 비겁한 수작으로 수하들을 해쳤다고 나까지 어찌할 수 있다고 생각했다면 오산이다. 긴말이 필요없겠지?"

빙궁주는 협귀를 향해 달려가려는 척하더니 재빨리 몸을 튕기며 뒤로 날아갔다.

하지만 수전과 쇠뭉치가 날아오며 다시 몇 갈래로 터져 버리니 빙궁주는 이리저리 몸을 피하며 다시 뒤로 물러났다.

이미 몇 사람이 달려와 두 호법을 상대하고 있었다.

빙궁주는 도망갈 수 없을 바에야 원수 하나라도 더 죽이기 위해 이를 갈며 몸을 날렸다.

살아남은 사호법은 색귀가 상대하고 있었고, 오호법은 살귀가 맡았다.

빙궁주를 향해서는 하천이 다가갔다.

빙궁주는 초상비의 신법으로 젊은 무사가 달려오니 그때서야 그자가 청량방주라는 것을 알았다.

"노옴!"

빙궁주는 극성의 한빙검식을 전개하며 하천에게 날아갔다.

기선을 제압하지 못하면 중과부적이라 어차피 살아남지 못하니 빙룡번신(氷龍藩身)이라는 한빙검식 중에서도 필살의 검초를 펼쳤다.

하지만 눈앞에 보이던 하천은 어느새 저만치 옆에 가 있었고, 권영 몇 개만 눈앞에 번쩍이고 있었다.

빙궁주는 검막을 쳐 권영을 막으며 왼손으로는 빙백장을 날렸다.

구성의 공력을 실어 보냈건만 이번에도 하천은 뒤로 돌아가며 다시 권영을 날리고 있었다.

허실을 알 수 없어 주먹 그림자를 막지 않을 수도 없었다.

피하기엔 너무 빨랐고 신법을 사용해 이리저리 피한다면 내공의 소모가 많아 나중이 어려워지니 맞받을 수밖에 없었다.

맞받아친다 하더라도 공력에서 우위에 있으니 오히려 낭패를 당하는 쪽은 하천이라 생각했다.

하지만 권영은 점점 늘어나 이젠 일곱 개가 날아오니 그 권영을 다 막을 수가 없게 되었다.

온몸을 노리고 날아오는 권영 중 하나만이 진짜 공력이 실린 주먹이 분명했지만, 어떤 것인지 알 수가 없으니 이리저리 피할 수밖에 없었다.

허둥대며 피하는 와중에 오호법의 비명이 들렸다.

하지만 빙궁주는 냉정했다.

이 마당에 오호법의 비명이 문제가 아니었다.

내가 살아남아야 오호법이 중요하지, 내가 죽으면 모든 것이 허사였다.

다시 사호법의 처참한 비명이 들렸다.

빙궁주는 사호법마저 죽으면 혼자 남게 되니 절망적인 일이라 살짝 고개를 돌려 사호법을 바라봤다.

사호법은 코와 입, 귀에서 피를 흘리며 천천히 앞으로 넘어지고 있었다.

뒤로 주저앉는다면 살아날 가능성도 있었지만 저렇게 쓰러지니 즉사한 게 분명했다.

빙궁주는 이를 악물고 외곽을 돌며 주먹질만 하고 있는 하천에게 날아갔다.

부신약영의 신법이었다.

그리고는 다시 한빙검식의 절초 빙룡회류(氷龍廻流)를 전개했다.

하천은 예닐곱 가닥의 가느다란 검강이 회오리치며 날아오자 맞받을 생각을 못하고 옆으로 미끄러졌다.

강기는 하나로 합쳐지더니 벽력 같은 소리를 내며 옆으로 떨어졌다.

그 순간 빙궁주는 검신일체로 몸을 함께 날리며 하천을 피해 앞으로 내달리고 있었다.

협귀가 앞을 막아섰지만 빙궁주가 빙백장을 날리자 급히 몸을 피하고 말았다.

빙궁주는 날아오는 암기를 피해 정신없이 내달리고 있었다.

하천은 빙궁주가 전력으로 도망치자 쓴 미소를 짓고 앞으로 내달렸다.

빙궁주는 이미 폭포 위를 날고 있었다.

등을 보이고 도망친다는 것은 위험한 일이었지만, 빙궁주는 뒤를 돌아볼 생각도 못하고 정신없이 내달렸다.

하천은 바짝 따라붙어 빙궁주의 등에 무영권을 날릴 수도 있었지만 차마 그렇게 하지 못하고 빙궁주를 뛰어넘어 앞을 가로막았다.

빙궁주는 이미 짐작하고 있었던지 달려오는 탄력으로 빙백장을 날려왔다.

하얀 회오리가 몰아치며 장풍이 날아오자 하천은 쌍권을 내밀었다.

미처 피할 틈도 없었다.

꽈과광!

주변 나무뿌리까지 흔들리고 땅이 들썩이며 두 사람은 한 걸음씩 물러났다.

빙궁주는 탄력을 받아 날린 구성의 빙백장으로 하천을 어찌하지 못하고 오히려 권풍에 가슴이 울렁거리자 말없이 검을 빼 들었다.

하천도 천천히 검을 빼 들었다.

다시 빙궁주의 몸이 허공에 뜨며 부신약영으로 날았다.

하천의 몸도 떠오르며 같은 부신약영의 신법이 펼쳐졌다. 신법이 펼쳐지는 순간, 하천은 이미 검강을 날렸다. 소리도, 기척도 없는 무형의 가느다란 검강이었다.

동시에 빙궁주의 한빙검식 중 마지막 절초 빙룡삼현(氷龍三現)이 펼쳐졌다.

백색의 검강 세 가닥이 꿈틀거리며 하천에게 날아가려는 순간, 일점의 검강이 먼저 빙궁주의 목을 스치고 지나가고 있었다.

'늦었다.'

빙궁주는 눈을 부릅뜨고 하천을 쳐다봤다.

한빙검식 중에서도 궁주만이 익힐 수 있는 빙룡삼초의 마지막, 빙룡삼현은 쾌검이 아니었다.

살상 범위는 넓지만 공수를 겸비한 검막에 가까운 검초였다. 그것이 실수였다.

하천은 이미 빙궁주의 뒤편에 서 있었고, 빙궁주의 검강이 숲으로 날아가 아름드리나무 십여 그루가 하얗게 변하며 얼음처럼 갈라지고 있었다.

일점의 강기는 빙궁주의 목에 작은 구멍 하나를 뚫었을 뿐이었지만 무척 빨랐다.

'그래, 내 검식은 천하제일이야. 다만 이게 너무 빨랐을 뿐이야. 내 탓이 아니야.'

빙궁주는 끝내 자신의 무공을 탓하지는 않고 상대가 빨랐음을 탓하며 천천히 쓰러지고 있었다.

멀리서 색귀와 살귀, 영아와 소소, 협귀까지 달려오고 있었다.

하천은 빙궁주의 시신도 보지 않고 천천히 걸음을 옮겼다.

빙궁주에게 원한도 없었고, 빙궁주는 악인이라고 할 수도 없었다.

다만 적일 뿐이었다. 내가 살아남기 위해서는 적을 죽일 수밖에 없었다. 그게 바로 강호였다.

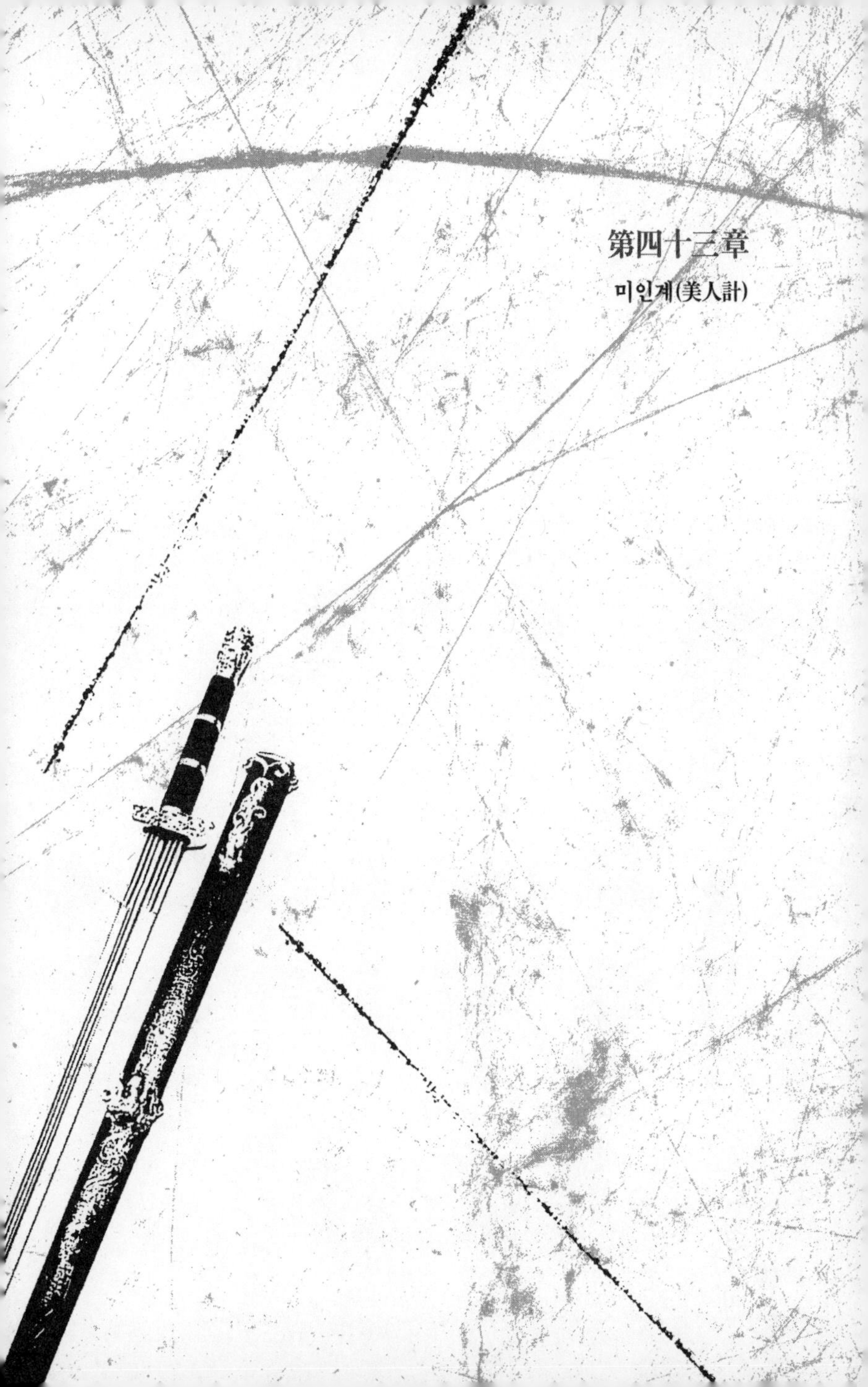

第四十三章
미인계(美人計)

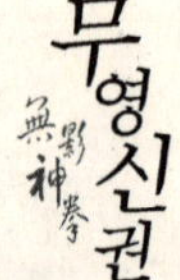

절벽을 기어오르던 빙궁의 무사들은 전멸하고 말았지만, 악원과 악설의 청룡당과 주작당 무사들은 산 아래까지 뒤져 빙궁의 무리들을 잡아들였다.

다리가 부러진 삼호법이 끌려왔다.

빙궁주에게 그다지 환대받지 못해 보이던 삼호법이었지만, 전멸해 버린 빙궁의 무사들을 보고는 뜨거운 눈물을 흘리고 있었다.

이미 빙궁주와 호법들의 시체는 관에 들어가 있었고 세 사람의 호법은 처참한 모습이었다.

빙궁주의 목에는 가느다란 혈점이 있었고 그것이 사인인 듯했다.

그토록 자신을 미워하고 구박했던 빙궁주였지만 삼호법은 무릎을 꿇고 혈루를 흘렸다.

세 달에 쌀 한 섬을 받고 살아온 삼호법이었지만, 그와는 달리 빙궁주는 수많은 첩실을 두고 황제와도 같은 호사를 누렸다. 하지만 지금은 죽어 초라한 목관에 들어가 있었다.

일 년에 넉 섬의 쌀이라면 중원의 화폐 가치로는 고작 한두 냥에 불과했다.

척박한 땅에 자리한 북해빙궁의 재정은 넉넉하지 못했지만, 그 와중에도 빙궁주는 온갖 사치와 엽색 행각을 멈추지를 않으니, 수하들의 대우는 형편없을 수밖에 없었다.

자신의 제자만 해도 열이면 여섯은 일 년을 견디지 못하고 도망치고 마니 고수를 양성하기 힘든 형편이었다.

그것이 북해빙궁이 중원 진출을 갈망하는 첫 번째 이유이기도 했다.

삼호법은 살짝 고개를 들어 눈물을 닦으며 청량방 무사들의 행색을 둘러봤다.

하급 무사라 할지라도 요대엔 옥으로 된 장식 노리개가 달려 있었고, 차고 있는 검만 해도 빙궁 무사들의 검과는 엄청나게 달랐다.

빙궁 무사들이 쓰는 검은 고작 한 냥도 못 되는 싸구려 검이었지만, 청량방 무사들의 검은 적어도 닷 냥은 넘어 보이는 좋은 검이었다.

신발이며 옷이며 모든 것이 자신과 천양지차였다.

삼호법은 지난날을 회상하니 후회막심이었다.

그는 원래 중원 출신이었건만 공연히 변방을 떠돌다가 북해 빙궁의 제자가 되었다.

마흔이 다 되어가지만 형편이 되지 못해 아직 혼례도 못 올렸다.

삼호법이 부러운 시선으로 주위를 둘러보고 있는데 청량방의 무사 두 명이 오더니 자신의 양팔을 붙들어 바짝 들어 올리더니 마차의 짐칸에 구겨 넣었다.

남경으로 돌아온 하천은 빙궁의 삼호법을 찾았다.

삼호법은 이미 두 다리가 부러져 병신으로 살아야 한다고 생각하니 하염없이 눈물만 나왔는데, 하천이 들어와 뒷짐을 지고 쳐다보자 두려움도 잊고 오히려 마음이 차분해져서 아무런 감정도 없이 마주 쳐다보았다.

하천은 히죽 웃으며 삼호법의 양다리를 살피더니, 소소를 데려오게 했다.

소소는 한참을 들여다보더니 하천에게 삼호법의 부러진 뼈를 맞춰 달라고 했다.

하천이 뼈를 맞추려 하자 삼호법은 버럭 소리를 질렀다.

"병 주고 약 주려는 게요? 차라리 고통을 주려거든 그냥 고이 죽여주시오."

"힘도 없는 사람을 관 값 아깝게 뭐 하러 죽이겠소? 좀 고통스럽더라도 고향 생각하며 참고 견디시오. 혹시 아오? 멀쩡하게 날고 뛰게 될지."

삼호법이 뭐라 대꾸하려 했으나 하천은 그의 입에 천을 뭉쳐 넣더니 다리를 지탱한 판자와 천을 풀고 무릎을 사정없이 주물렀다. 연골이 부딪치는 소리가 나며 삼호법은 비명을 질렀지만, 하천은 휘파람을 불어가며 다리뼈를 맞추고 있었다.

삼호법이 눈을 부릅뜨며 노려보았으나 하천이 손을 휘젓자 그는 혼절하고 말았다.

이틀이 지난 후 삼호법의 무릎은 퉁퉁 부어 있었는데, 하천은 오 촌이 넘는 거대한 거머리를 들고 와 무릎에 촘촘히 붙여 놓았다.

"고문을 하려는 게요? 아무것도 묻지 않고 다짜고짜 미물로 사람을 괴롭히는 건 너무 심한 짓이 아니오?"

삼호법이 눈을 부릅뜨고 소리쳤지만 하천은 껄껄 소리 내어 웃었다.

"빙궁주와 세 호법이 죽었고 북해빙궁은 청량방의 적수가 아닌데다가, 별로 아는 것도 없어 보이는 당신에게 내가 입만 아프게 뭘 묻겠소? 이 거머리는 당신의 죽은 살에 피를 돌게 해주는 데 꼭 필요한 것이라오. 행여 거머리가 도망하거든 잡아 꼭 원래의 자리에 놓도록 하시오. 이 거머리는 한 마리에 무려 금화 열 냥의 값어치가 있는 것이니 행여 죽이기라도 한다면, 아마 평생을 이곳에서 머슴살이를 해야 될 것이오. 알았소?"

삼호법은 거머리가 피를 빠는걸 느낄 수 있었고, 그것은 어느 정도 감각이 살아났다는 것이라 생각해 기뻐하며 하천을 쳐다봤다.

"뼈는 이미 잘 붙었으니 제대로 굳기만 하면 되고, 이제 살에 피만 돌기만 하면 한 달 내로 걸을 수 있게 될 거요. 다시는 분수에 넘치게 높게 뛰어오르지 마시오. 원래 내려서는 게 더 어려운 것이 신법이라오."

삼호법은 뭐라 반박하려 했으나 그러고 보니 정말 자신이 어기충소의 신법으로 높게 뛰어오른 뒤 정신없이 몸을 뒤집다 일순 정신을 잃고 실수를 하여 다친 것이지, 누가 자신의 다리를 부러뜨린 것이 아니었던지라 그냥 입을 닫고 말았다.

삼호법은 하천에게 암수를 당해 자신이 허공에서 정신을 잃었다는 것을 알지 못했다.

다시 이틀이 지나자 거머리는 통통하게 배가 불러 방 안을 기어다녔고, 다리는 부기가 가라앉고 감각이 돌아와 바로 일어서 걸으면 걸을 수도 있을 것 같았다.

하천이 들어와 거머리들을 잡아 병에 넣더니, 침을 꺼내 다리를 찌르자 검은 피가 흘렀고, 이내 빨간 피가 흘러내렸다.

부목까지 대자, 정말 벌떡 일어나 걸으면 걸을 수도 있을 것 같았다.

"아직은 걸을 수 없소. 완전히 아무는 데 한 달이 걸린다오. 가급적 움직이지 말고, 대소변은 이곳에서 해결하시오. 한 달 뒤, 걷게 되면 그때는 청량방의 뇌옥을 구경하게 될 거요. 지금이 봄날이니 잘 먹고 잘 쉬시오."

삼호법은 정말 하천이 자신에게 아무것도 묻지 않고 바라는

것도 없어 보이자 미안한 생각이 들었고, 매일 웃는 얼굴로 대
소변 통을 갈고 음식을 가져다주는 예쁜 여자아이에게도 미안
한 생각이 들었다.

적이라 할 수 있는 청량방도 이렇게 자신을 잘 돌봐주니, 이
미 죽어버렸지만 자신을 홀대해 온 빙궁주에게 미운 마음만
남았다.

천하제일의 무공이라 믿고 배웠던 북해빙궁의 무공은 청량
방 무사들에 비해 그리 높지도 않았다.

허접한 대우를 받으며 북해빙궁에서 살아온 세월이 분하기
만 했다.

삼호법은 매일 대하는 여자아이에게 점점 호감을 느꼈다.

아이는 부친이 병사하자 가세가 기울어 청량방 소유의 청루
에서 팔려온 아이였으나, 미색만 갖추었지 워낙 가무에 재능
이 없고 수줍음이 많아 홍학방 외당의 시비가 된 아이였다.

삼호법 구왕기는 원래가 하북 출신의 한족이었지만, 일찍
부모를 잃어 변방을 떠돌다가 북해빙궁의 제자가 되었다. 그
러나 혼혈의 빙궁 여인들에겐 도통 정이 가지 않았고, 사나운
여진 여자도 싫었다.

중원에는 나올 일이 별로 없어 배필을 만날 기회가 없었다.

구왕기는 매일 잠자리에서 예쁜 여자아이의 얼굴과 엉덩이
를 생각하며 몸을 꼬고 이리저리 뒹굴면서 나름대로 즐거운
하루하루를 보내고 있었다.

구왕기는 이제는 걸을 수도 있었고 예전의 무공도 회복했지

만, 아직도 완전히 회복되지 않은 양 절룩거리며 걷고 있었다.

회복만 되면 뇌옥으로 보내겠다 했으니 엄살을 부리며 예쁜 여자아이, 당당과 함께 지내고 싶었다.

그는 오늘도 자신을 수발하는 아이, 당당의 손을 잡고는 홍학방의 별원을 산책하고 있었다.

당당은 일찍 부친을 잃어 구왕기를 부친 대하듯 하며 정성을 다해 돌보다 보니 깊은 정이 들었고, 남녀가 한방에서 몸을 부딪치다 보니 곧 살을 섞는 사이가 되고 말았다.

구왕기는 당당과 산책을 하며 자신의 의중을 말했다.

"북해빙궁이 춥기는 하지만 그래도 살 만한 곳이니 나를 따라 함께 가지 않겠어? 짐승을 잡아 모피를 팔며 산다면 남부럽지 않게 살 수 있을 거야. 이곳 주인께서는 말로는 뇌옥에 가둔다 하지만 하는 모양을 보니 사룡회의 개파대전이 끝나면 풀어줄 것 같아."

하지만 당당은 머리를 흔들었다.

"힘들게 사는 어머니와 줄줄이 딸린 동생들을 두고 남경을 떠날 수 없어요. 매달 받는 은자 한 냥으로 어머니와 형제들이 살아가고 있으니 소녀가 없으면 어머니와 어린 동생들은 살길이 막막해져요. 우리 인연이 여기까지인 걸 어떻게 해요."

당당이 매달 은자 한 냥을 받는다 하니 구왕기는 깜짝 놀랐다.

당당이 슬피 울자 구왕기는 먼 하늘을 바라봤다.

당당을 놓친다면 평생을 후회할 것 같았다. 하지만 구왕기

또한 모아놓은 돈이 없었다.

그렇다고 감언이설로 당당을 속여 빙궁으로 데려갈 수는 없는 일이었다.

사소한 거짓말은 곧잘 하는 구왕기였지만, 인생이 걸린 대사에 거짓을 말할 수는 없는 일이었다.

당당보다도 한참을 적게 버는 처지를 깨닫게 되자 구왕기는 더욱 빙궁의 궁주가 미웠다.

그나마 친하게 지내는 협귀에게 얼마나 받는지를 물으니 은자 스무 냥이라 하자 구왕기는 기절할 듯 놀라고 말았다.

하천이 구왕기를 불렀다.

"이젠 완전히 나았으니, 뇌옥으로 가야겠소."

구왕기는 고개를 내젓고 뻔뻔스럽게 말했다.

"싫습니다. 소생이 무공이 약해 잡힌 것도 아니고 부상을 당해 잡혔는데, 청량방의 당주나 호법 한 사람과 겨루어 이기게 된다면 청량방에서 일하게 해주십시오. 만약 지게 된다면 그때는 군말하지 않고 뇌옥으로 가겠습니다."

구왕기가 뻔뻔스럽게 말하니 하천은 그의 어깨를 치며 호쾌하게 웃었다.

"하하하, 무공에 자부심이 상당한가 보오. 그럼 좋소."

하천은 지나가는 비녀 아이를 불렀다.

"장로원으로 가서 색 숙을 모셔오느라."

구왕기는 하천이 말하는 색 숙이 누구인지 몰랐다. 그런데 한눈에 봐도 인상이 험악하고 고수로 보이는 색귀가 걸어오니 바로 저자가 천불사의 악동 백보신불이라는 걸 알았다.

구왕기는 안색이 창백하게 변했다.

분명히 자신에게 호감을 보이는 것 같았는데, 도무지 하천의 의도를 알 수가 없었다.

저런 무식한 자와 비무를 하다가는 죽을 수도 있는 일이었다.

저 멀리 고목 뒤에 숨어 떨고 있는 당당이 보였다. 당당을 위해서라도 꼭 이겨야만 했다.

누른 이를 보이며 히죽 웃고 있는 악귀 같은 색귀를 보니 겁이 났지만 크게 호흡하며 당당히 마주 섰다.

이제 막 몸을 움직일 수 있게 되었는데 저런 강적을 붙여준다는 것은 자신을 죽이겠다는 의도가 분명한 것 같았다.

어느새 주위에는 많은 구경꾼들이 모여 있었다.

사룡회의 개파대전에서 빙궁의 잔당을 없애는 데 시범을 보이기 위한 자리 같기도 했다.

구왕기는 당당이 보고 있으니 비겁한 모습을 보일 수가 없었다.

그는 죽을 각오로 당당하게 임하리라 작정하고 먼저 일장을 날려갔다.

흰 서리와 함께 빙백장이 날아갔다.

색귀도 방심하지 않고 옆으로 피하며 권풍을 날렸다.

불상 모양과도 같은 그림자 대여섯 개가 날아오니 구왕기는 허실을 알 수 없어 정신없이 물러났다.

기선을 잡은 색귀가 마구 권영을 날려대니 허초인 줄 알면서도 피할 수밖에 없었다.

공연히 받아친다는 것은 공력만 낭비하는 꼴이었다.

구왕기는 빠른 신법으로 피하며 한빙검식을 날렸다.

북해빙궁의 대호법이 화산제일의 검수인 원경에게 내상을 입혔던 부동빙화(不凍氷花)였다.

그에 맞서 색귀는 구양신공의 절기를 펼쳤다.

검환이 날아오며 흰 빙화와 부딪쳤다.

꽈르릉!

뇌성벽력이 치는 소리가 나며 구왕기는 검을 쥔 손아귀가 저려왔지만 색귀는 아무렇지도 않은 듯했다.

"좋아, 좋아."

구경꾼들의 탄성이 들렸다.

삼호법은 뭐가 좋다는 것인지 알 수 없었다.

빙백장과 한빙검식으로 색귀를 상대해 봤지만 색귀에겐 북해빙궁의 음공과 상극이 되는 양공이 있었다.

이미 오십여 초를 넘게 공격해도 색귀는 여유있게 막아내기만 할 뿐, 공격해 들어오지 않았다.

이미 기력이 다한 구왕기는 금방이라도 주저앉을 것 같았지만 당당을 생각하며 간신히 버티고 있었다.

색귀의 노는 모양을 가만히 보니 자신을 죽일 것 같지는 않아 맹공을 펼쳤던 게 오히려 화근이었다.

색귀가 공격해 들어오면 이젠 더 이상 막을 방도가 없었다.

그런데 색귀는 누른 이를 보이며 히죽 웃더니 입을 열었다.

"동생, 오늘은 무승부로 해두고 몸이 다 나으면 그때 다시 겨뤄봐. 좋지? 내가 지금 급한 일이 있어서 그래. 급히 집에 가야 할 일이 있어."

구왕기는 색귀가 동생이라 부르며 엉뚱한 소리를 해대니 어리둥절했지만 엉겁결에 공손히 대답하고 말았다.

"아, 예. 그렇게 하시지요."

색귀는 구왕기의 대답도 듣지 않고 정신없이 달려가고 있었다.

그렇게 혼자 남은 그에게 하천이 다가왔다.

"구 형, 몸도 아직 불편한데 수고하셨소. 덕분에 청량방의 제자들이 북해빙궁의 음공을 상대하는 데 많은 도움이 되었소. 이기지도 지지도 않았으니 뇌옥에 보내려던 계획은 없었던 것으로 하겠소. 그냥 빙궁으로 돌아가시오."

하천이 웃으며 걸어가자 구왕기는 잠시 멍청히 서 있다가 어쩔 줄 몰라 하고 있는 당당을 바라보고는 하천에게 달려갔다.

구왕기는 하루빨리 돈을 벌어 당당에게 당당히 청혼을 해 혼례를 올리고 살 집과 세간도 마련해야 하니 놀고먹을 수가 없었다.

호법 자리는 아니더라도 당주 자리 하나쯤은 얻어야만 했다.

"저기요, 태상 방주님, 이기지는 못했지만 지지도 않았으니 약속대로 자리 하나를 내주셔야지, 그냥 가시면 어떻게 합니까?"

하천은 모른 척하고 걸어갔지만 구왕기는 결사적으로 따라붙으며 하천을 귀찮게 했다.

구왕기는 청량방의 돌아가는 사정을 제법 들어 하천이 청량방과 홍학방의 태상 방주이고 귀영문의 문주라는 것을 알았다.

셋 중 어디가 되었든 돈만 생긴다면 어떤 자리라도 수락할 생각이었다.

하천은 빙그레 웃더니 협귀를 불렀다.

"귀찮아서 안 되겠으니 이 친구에게 적당한 일자리를 하나 주시오."

구왕기는 나이도 어린 것이 자신을 이 친구라 부르는 것이 못마땅하긴 했지만 일자리를 준다 하니 협귀를 따라갔다.

결국 구왕기는 홍학방 외곽을 순찰하고 외곽을 경비하는 홍학방의 수문당주가 되었다.

마음에 들지 않는 자리였지만 그래도 한 달에 열 냥이나 준다 하니 날아갈 듯 기뻤다.

당주에겐 살 집도 내준다 하니 당당과 살림을 차릴 집도 생겼다.

구왕기는 협귀를 졸라 당당이 홍학방의 일을 그만두게 한 뒤, 그날 바로 물 한 사발을 떠놓고 혼례를 올려 신부로 맞았다.

하객은 협귀 한 사람이었지만, 구왕기는 천하를 얻은 것 같았다.

원래 당당을 내세워 미인계로 구왕기를 청량방의 사람으로 만들자고 주장한 게 협귀였다.

당당은 인물로만 보자면 경성지색 정도는 충분히 되었으니, 은은한 향과 나긋나긋한 몸짓만으로도 충분히 구왕기를 유혹할 수 있었다.

당당은 구왕기가 나이가 많기는 했지만 기적에 몸을 실었던 천한 몸이니 어차피 누군가의 첩실로 살아야 한다면 무림고수의 아내로 사는 것도 좋겠다고 생각했다.

북해빙궁의 잔당을 상대하는 데 필요한 정보를 얻고 고수까지 얻게 된다면 일거양득이라 협귀는 흡족한 미소를 지었다.

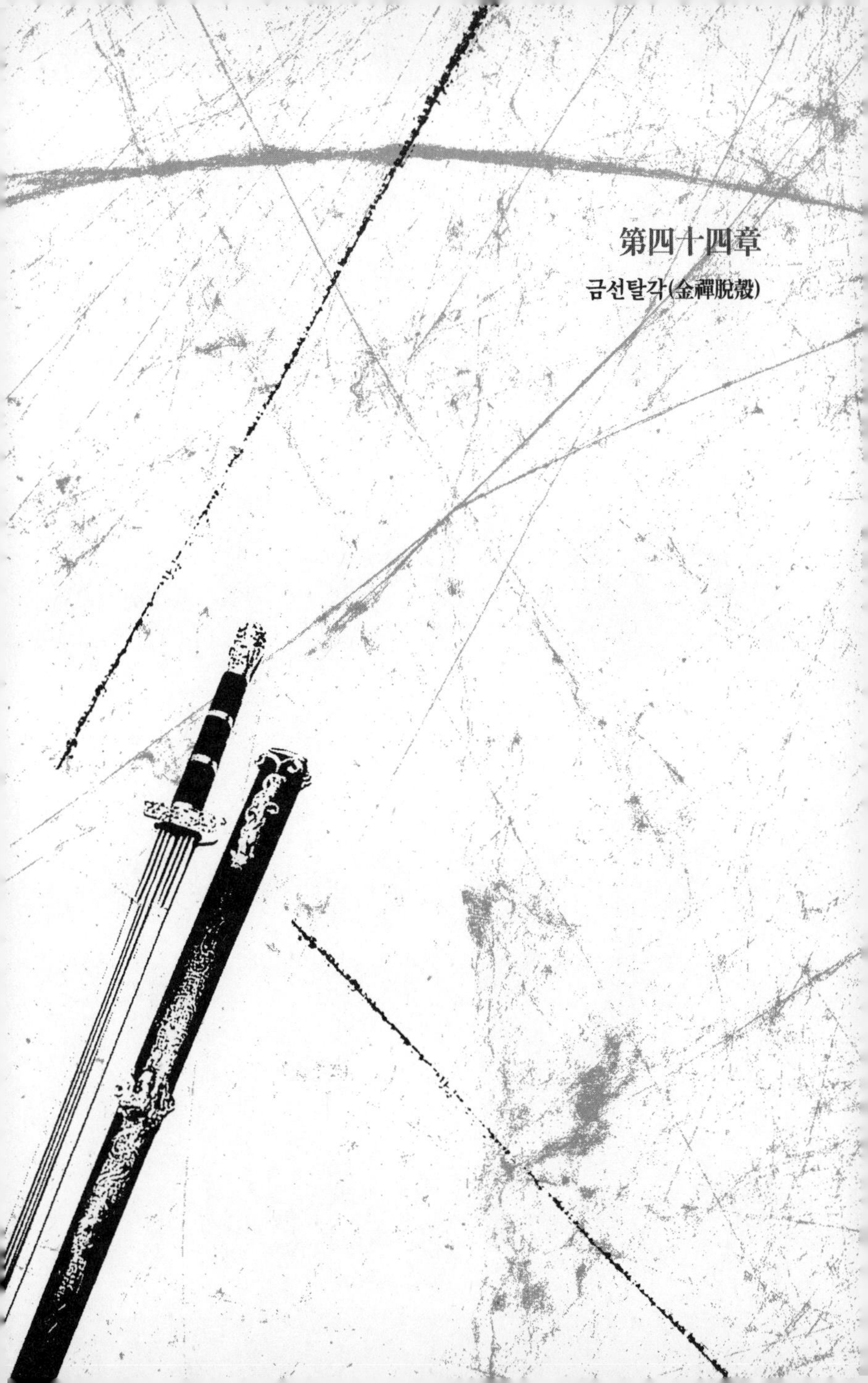

第四十四章

금선탈각(金禪脫殼)

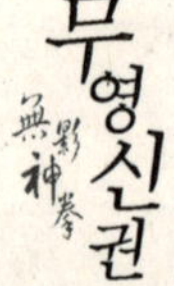

하천이 북해빙궁을 괴멸시키는 동안 합비에는 성경방이 도
착해 있었고, 혈련교는 조금씩 동진을 하며 세력을 넓히고 있
었다.

북해빙궁은 최정예가 괴멸되었다 하지만, 빙궁주의 아들들
과 제자, 이호법이 빙궁의 정예인 빙화당 무사들과 함께 구절
문에 도착해 있는지라 아직 완전히 괴멸된 것은 아니었다.

빙궁주의 아들들은 벌써 오월에 접어들어 도착해야 할 부친
이 오지 않자 이상하긴 했지만, 첩실에게 빠져 있다 생각하고
크게 걱정하지는 않았다.

빙궁주가 첩실에 빠져 대사를 돌보지 않는 것은 비일비재한
일이었다.

빙궁은 중원에는 아예 정보망이 없었고, 구절문의 정보망은 항주까지는 미치지 못했다.

그러니 항주 동남쪽에 자리한 회계산에서 일어난 일은 더욱 알 수가 없었다.

홍학방의 의사청에는 삼 파와 종남 사람들, 무림맹주인 양가장주 양경, 군사인 제갈동이 모여 있었다.

이들은 모두 무림맹의 핵심이었다.

모두가 하천의 입을 쳐다보고 있었다.

"혈련교가 섬서를 넘보고 있습니다. 이미 공동이 삼 년 봉문을 약속하며 싸워보지도 않고 꼬리를 내리고 말았기에 그들은 이젠 서안을 기웃대고 있습니다. 혈련교가 서안을 차지한다면, 이는 용납할 수 없는 일입니다."

화산 장문의 대리인 자격으로 무림맹의 회합에 참여한 원송이 말을 마치자, 종남 장문인 영원이 말을 받았다.

"서안을 내주면 종남은 물론이고 화산까지 혈련교의 사정거리 안에 들어갑니다. 사룡회가 개파대전을 열기도 전에 서안을 넘본다는 것은 오만방자한 짓이니 무림맹이 꼭 응징을 해야 합니다."

두 사람 다 말을 마치고는 하천의 눈치를 살피고 있었다.

하천은 잠시 생각에 잠겼다.

개파대전을 앞두고 영역을 확장한다는 것은 여러 가지 의미가 있었다.

무림맹이 사룡회의 개파대전에 신경을 쓰는 동안 허를 찌르겠다는 수작이기도 했고, 무림맹이 서안으로 무사들을 파견한다면 개파대전에 참석하는 무림맹의 힘이 약화되니 그 또한 사룡회의 입장에서는 좋은 일이었다.

사룡회의 개파대전은 무림맹에 대해 공공연한 도전이었고, 큰 전쟁이 벌어질 가능성이 많았다.

개파대전에서 사룡회는 발족 취지를 밝힐 것이고, 그것이 강호의 도의에 위배가 된다면 일촉즉발의 상태가 될 수도 있는 일이었다.

지금으로서는 도대체 어떻게 하겠다는 것인지 사룡회의 뜻을 알 수가 없었다.

그런데 혈련교가 서안을 차지하려 한다면 그 또한 용납할 수 없는 일이었다.

최선의 방법은 무림맹의 힘을 분산시키지 않으면서 혈련교의 음모를 분쇄하는 것이었다.

종남 장문인이 남경까지 달려와 하천의 입을 바라보고 있는 것은 청량방의 정예가 서안을 지켜주길 바라서였다.

귀천수와 귀법수, 협귀가 밀담을 주고받더니 하천에게 눈치를 보냈다.

"잠시 용무를 보고 오겠습니다. 계속 말씀 나누시지요."

하천이 좌중에게 고개를 까닥이고 세 사람과 함께 나가 버리자 좌중은 일순 침묵에 빠져들었다.

제갈동이 침묵을 깨고 입을 열었다.

"사룡회는 개파대전 이전에 자신들의 영역을 넓혀놓고 개

파대전에서 이미 확보한 영역을 인정받으려 하는 게 아닌가
싶습니다. 북해빙궁의 주력이 절강에서 잠적한 상태이고 혈련
교가 서북 방면에서 수작을 부리고 있습니다. 즉, 관심을 합비
로 쏠리게 한 뒤, 주변을 쳐 나가겠다는 암도진창(暗渡陳倉)의
계를 음모하고 있는 게 아닌가 합니다. 동서남북 사방에서 몰
아친다면 스스로를 지키기에 급급할 것이니 사룡회의 개파대
전에 무림맹은 제대로 대처하지 못하게 될 것입니다.”

　원송이 고개를 끄덕이며 다시 입을 열었다.

　“군사의 고견도 일리가 있습니다만, 가장 우려되는 것은 위
위구조(圍魏救趙)의 계입니다. 무림맹의 정예를 합비로 모여
들게 해놓고 사룡회에서 비어 있는 무림맹의 몇몇 문파를 치
는 병법이지요. 강한 적을 분산시켜 놓고 사룡회가 힘을 몰아
쳐부순다면 당해낼 문파가 있겠습니까? 삼 파나 청량방을 노
리고 사룡회가 수작을 부린다면 정말 교활한 책략이 되겠지
요.”

　제갈동과 원송 두 사람의 말은 둘 다 일리가 있어 사룡회의
의도를 모르고는 함부로 무사를 움직일 수 없는 상황인지라
좌중은 다시 무거운 침묵에 빠져들었다.

　밖에서 상의를 마친 네 사람 하천과 귀천수, 귀법수, 협귀가
들어왔다.

　소림과 무당은 합비에 구절문과 성경방, 북해빙궁이 버티고
있으니 서안으로 원군을 보내기 힘든 형편이었고, 화산과 종
남은 청량방만 믿을 수밖에 없는 처지였다. .

서안을 혈련교에게 빼앗긴다면 두 문파의 재정은 엉망이 되고 당장 문도들을 먹일 식량마저 문제가 될 수도 있었다.

서안에 자리한 속가 방파에서 보내오는 자금은 종남과 화산을 유지할 수 있는 큰 자금줄이었다.

화산 장로 원송과 종남 장문 영원은 가슴을 두근거리며 하천의 입을 보고 있었다.

"청량방의 군사 세 분과 의논한 결과, 적들은 합비로 무림맹의 정예를 유인해 놓고 함정을 파서 암습하거나, 그게 아니라면 사룡회가 합비를 비우고 몰래 무사들을 움직여 무림맹의 주요 거점을 기습할 가능성이 많다는 결론을 내렸습니다. 사룡회 개파대전의 초대에 무림맹이 정예를 보내 응하는 것은 그들의 안방에 무림맹이 들어가는 것입니다. 유월이면 화공을 하기에도 좋고, 독을 사용하기에도 좋은 시기입니다. 폭약을 매설했을 수도 있습니다. 대의명분을 따진다면 비난받을 수도 있습니다만, 무림맹에서는 합비에 무림맹을 대표해 몇 사람만을 보내 그들의 의도만 알면 될 일입니다. 공연히 위험을 무릅쓰고 호랑이 아가리에 손을 넣을 필요가 없습니다. 명분보다는 실리를 택해야 할 필요가 있습니다."

사룡회의 개파대전에 허깨비만 보내고 참석하지 않은 채 사룡회의 수작에 대비하겠다는 말이었다.

사람들은 일순 할 말을 잃고 말았다.

무림맹에 속한 사람 중 개파대전에 참석하지 않는다는 생각을 해본 사람은 한 사람도 없었다.

당연지사였고 상식적인 것이었다.

그런데 하천은 태연히 상식의 허를 찌르는 말을 하고 있었다.

"적은 분명히 무림맹의 정예가 개파대전에 참석한다는 전제하에 수작을 꾸미고 있습니다. 적이 강한 곳에서 싸움을 하기보다 적을 밖으로 끌어내서 상대하거나 강한 적이 빠져나간 빈 성을 공략하는 게 좋은 방법이 아닐까 싶습니다. 적이 사용하려는 위위구조의 계를 역이용하는 것입니다."

하천의 말이 끝나자 좌중은 모두가 인상이 구겨졌다.

개파대전에 초대를 받고 피한다는 것은 무림맹의 체면이 서지 않는 일이었다.

체면을 생각하고 명분을 따진다면 사룡회의 도발에 정면으로 대응해야만 했다.

하지만 적의 본거지에서 싸운다는 것은 위험한 일이기도 했다.

정파를 자처하는 무림맹에서 사룡회를 속이고 그들이 비운 빈 성을 공략한다는 것은 무림맹이 해오던 방식이 아니었다.

그 누구도 하천이 그런 말을 하리라고는 예측하지 못해 다시 좌중은 침묵에 빠져들었다.

소림 나한전의 수좌 범진이 헛기침을 하더니 입을 열었다.

"흠, 워낙 교활한 구절문주니 그럴 가능성이 충분히 있으니 오히려 그게 적의 허를 찌르는 묘책이 될 수 있겠습니다. 지금은 체면이나 명분을 따질 때가 아니라 무림과 나라를 먼저 생각해야 할 때이니 소림은 따르겠습니다. 하지만 적을 혼란스럽게 만들려면 합비로 향하는 시늉은 해야겠지요."

수행에 있어도 정법(正法)을 중시하고 술수가 없는 당당한 무도(武道)를 평소 지론으로 알던 소림의 범진이 그리 말하니 다른 사람들도 따를 수밖에 없었다.

소림에서 체면과 명분을 따지지 않는다는데 다른 문파에서 그 일을 말할 수는 없었다.

이제는 서안의 문제를 거론할 차례였다.

하천은 원송과 영원을 쳐다봤다.

"서안을 내줄 수는 없는 일이니 청량방의 정예를 보내겠습니다. 좌도방문(左道房門)이 현문(玄門)을 어지럽히는 일을 용납할 수는 없지요."

하천이 사룡회의 개파대전에 참석하는 일은 대의명분을 생각하지 않는다 하고서는 혈련교를 치는 일에는 대의명분을 내세우니 모순은 있었지만, 바라던 바이니 모두가 좋아했다.

합비에서 열리는 사룡회의 개파대전에 하천이 무림맹을 참석하지 못하게 하는 데는 그 이유가 있었다.

엄청난 양의 화약이 북경을 떠나 합비로 들어갔다는 통귀의 정보 때문이었다.

화약을 빼돌린 사람은 병부상서라 하니 구절문주가 병부상서와 공모하여 변란을 획책하고 있다는 반증이기도 했다.

병부상서 황원개는 선대 황제의 외척으로, 덕양군이라는 공신의 작위까지 받은데다가 문무를 겸비한 자라 어린 황제의 신임을 받고 있었다.

그런 병부상서가 구절문주를 돕는다는 것은 반란을 획책하고 있을 가능성이 농후했다.

하천은 이미 귀살수와 살귀 일행을 은밀히 북경으로 보냈다.

조정의 일에 개입하고 싶지는 않았지만, 조용히 병부상서를 제거한다면 구절문주에게도 타격을 주는 일이니 일거양득이었다.

병부상서가 제거된다면 구절문의 야망은 좌절되리라 생각했다.

구절문주가 군사를 몰아쳐 북경으로 향하는데 병부상서가 북경성 내에서 호응을 한다면 반란은 성공하고 말 것이니 병부상서와 그 추종자들은 필히 죽여야 할 자들이었다.

암살이 실패한다면 오히려 반역의 수괴로 모함받을 수도 있는 일이었다.

하지만 하천은 귀살수와 살귀, 그 제자들과 수하들을 믿었다.

이는 영아와 소소는 물론, 그 누구와도 상의도 하지 않은 일이었다.

하천은 단 한 번도 나라를 위해 자신이 무엇을 해야 하는지를 생각해 보지 않았다.

관직을 얻고 출사하는 일은 할 수 없었지만 자신의 힘으로 할 수 있는 작은 일은 해야 한다고 생각했다.

이미 청량방의 무사들은 서안으로 떠날 준비를 하고 있었고 원송과 영원이 동행했다.

협귀와 잡귀가 맨 앞에 섰고, 그 뒤를 순찰대 팔 개 대 무사들이 따랐다. 홍학방 외당의 매, 난, 국, 죽, 사 개 대 무사들이 또 그 뒤를 따랐다.

하나의 순찰대는 대주와 부대주를 제외하고 열두 명이었고, 외당의 사 개 대는 대주와 부대주를 제외하고 각각 스물네 명이었다.

이백 명이 넘는 대군이었다.

홍학방의 무사들은 방패와 단창으로 무장을 하고 수전과 검을 따로 소지하고 있는데다 외당 무사들은 고수를 상대하기 위한 합벽진을 익혔다.

고수의 내력을 방패로 막으며 암기와 합벽진으로 고수를 상대하는 수법이었다.

홍학방 외당 무사들은 많은 훈련을 거듭해 고수를 만나도 당황해하지 않았고, 많은 합벽진에 병진까지 익혀 열두 명이 펼치는 원앙진(鴛鴦陣)에 빠진다면 절대고수라 할지라도 승리를 장담하기 힘들었다.

원앙진은 몽고와 왜구를 격퇴하는 데 혁혁한 공을 세워 민족의 영웅으로 부각된 척계광(戚繼光)이 고안한 진법이었다.

원앙진은 가정(嘉靖) 39년(1560년), 척계광이 절강현(浙江縣) 참장(參將)으로 있을 때 왜구를 소탕하기 위해 저술한 기효신서(紀效新書)에 수록되어 있는데, 진의 정면에 등패를 든 군사

두 명을 앞세우고서 군사 열 명이 이 열 종대로 대오를 이룬 진형을 취하고 있어 마치 짝을 찾아 사는 새인 원앙과 그 모습이 비슷하다고 하여 붙여진 이름이다.

척계광은 당시 명의 가장 큰 근심의 하나였던 남방의 왜구를 토벌하기 위해 새로운 근접전 무기인 낭선, 당파, 장창, 등패 등을 채택하여 왜구의 장기인 큰 칼을 이용한 근접전에 대응할 수 있도록 하였다. 그리고 이 무기를 장비한 열두 명으로 이루어진 최소 부대 단위인 대(隊)를 편성하였다.

용감하고 날이 잘 선 쌍수도로 돌진하는 왜구들의 무위가 높으니 그에 비해 무위가 떨어지는 명의 군졸들이 합벽진으로 그에 맞설 수 있도록 고안한 척계광의 독창적인 병진이었다.

한 대에는 지휘자인 대장 한 명과 등패와 표창을 가진 등패수 두 명, 낭선을 가진 낭선수 두 명, 장창을 든 장창수 네 명, 당파와 화전(火箭)으로 무장한 당파수 두 명, 그리고 취사 등 잡일을 담당하는 화병(火兵) 한 명이 편성되어 있었다. 전투 시에는 화병은 빠지고 대장을 선두로 하여 등패수—낭선수—장창수—당파수의 순으로 서서 적군을 향해 나아가 낭선, 장창, 당파 등을 이용하여 전투를 벌이게 된다.

하지만 홍학방의 원앙진은 척계광의 원형과는 많이 달랐다.

진형은 비슷했지만 투로가 달랐다.

등패는 등나무로 만든 방패였지만 청량방의 원앙진은 선봉에서 쇠로 만든 방패를 사용하고, 이열에서 단창을 암기로 사용하면서 장창, 수전으로 적을 상대했다.

척계광이 병진에서 암기로 사용한 것은 표창이었지만, 청량방, 홍학방의 무사들은 단창의 날을 암기로 사용하고 방패로는 강침을 날리고, 후미에서는 수전까지 쏘아댔다.

아무리 고수라 해도 예측하지 못하는 가운데 기척도 없이 지척에서 날아오는 암기를 막기는 힘들었다.

지척에서 암기를 사용한다는 것은 무림의 도의는 아니었다. 정법이라 할 수는 없었고 전쟁에서나 통용되는 수법이었다.

하지만 하천은 무림인을 상대하는 데 전쟁의 방식을 사용하고 있었다.

청량방이 서안으로 간다면 합비의 구절문과 성경방, 북해빙궁 또한 혈련교를 지원하기 위해 서안으로 달려올 수 있는 문제였다.

하지만 사룡회의 개파대전이 얼마 남지 않았고, 사룡회가 개파대전에서 무림맹을 암습할 계획이라면 함부로 움직이지 못할 것이라는 게 귀천수와 귀법수, 협귀의 생각이었다.

하천도 세 사람의 의견에 머리를 끄덕였다.

하지만 하천은 이런 쪽으로도 생각했다. 사룡회의 주적은 삼 파가 아닌 바로 청량방이었다.

이미 구절문과 성경방은 청량방으로 인해 좌절을 맛봤고, 개파대전으로 무림맹의 주력을 합비에 모이게 해놓고 역으로 남경을 칠 수도 있었다.

그게 하천이 가장 우려하는 것이었다.

구절문과 성경방, 북해빙궁이 연합해서 청량방을 공격한다면 청량방으로서도 감당하기 힘들 것이었다.

혈련교가 서안에서 책동을 하는 것 또한 청량방의 병력을 서안으로 분산시키겠다는 의도일 수 있었다.

그 의도를 무산시키기 위해서는 절대 개파대전에 참석해서는 안 되고, 서안에도 정예를 보내서는 안 되는 것이었다.

개파대전에 무림맹이 참석하지 않을 경우도 마찬가지였다.

사룡회가 바로 남경으로 쳐들어온다면 청량방과 천경방, 남해문으로 사룡회를 막을 수밖에 없었다.

항주의 하오문과 단목세가, 양주의 양가장이 남경으로 달려와 준다는 보장은 없었다.

하천은 귀천수에게만 자신이 우려하는 바를 말했고, 귀천수도 동의했다.

귀천수는 홍학방에 진식을 설치하기 시작하면서 사룡회의 침공에 대비하고 있었다.

두 군데 다 지킬 수가 없으니 청량방은 버리고 홍학방에서 사룡회를 맞는 것이 유리한 점이 많았다.

홍학방은 천혜의 요지로 연미촌을 거쳐야만 진입할 수 있는 데다가 연미촌은 남해문의 집단 거주지였다.

그러니 남해문 사람들은 자신의 거주지를 잃지 않기 위해 필사의 각오로 싸울 것이고, 홍학촌은 곳곳이 진식이라 해도 좋을 만큼 이미 견고한 수비막이 형성되어 있었다.

홍학촌의 가옥들은 지붕과 담장에서 암기를 날리기 쉽게 지어져 있었다.

거기에 홍학촌의 사람들은 대부분이 홍학방과 청량방에 적을 둔 사람들이라 가옥을 고치고 담장을 만드는 일에 적극 협조할 수밖에 없었다.

홍학촌을 요새화하는 일은 벌써 오래전부터 준비해 오던 일이었다.

그런 홍학촌을 벗어나야 홍학방에 접근할 수 있었다.

하지만 다리를 건너야 하는데 수많은 희생이 아니면 건널 수 없을 것이었다.

이미 다리를 지키기 위한 무기도 만들어져 있었다.

적들이 다리를 건너 홍학방에 근접한다 해도 방 내로 진입하기는 쉬운 일이 아니었다.

높은 곳에 위치한 홍학방은 지형적으로 방어를 하기 유리한 곳이었고, 이젠 진식까지 설치될 것이니 홍학방에 근접한다면 그곳이 적들의 무덤이 될 것이었다.

그다음 연미촌 쪽에 매복해 둔 무사들이 협공을 한다면, 적들은 포위된 채 전의를 상실하고 투항하고 말 것이라는 게 하천의 전략이었다.

하지만 그건 하천의 일방적인 생각이고 바둑을 혼자 두는 것도 아니니, 사룡회가 하천이 원하는 대로 해줄 리는 만무했다.

하지만 일단은 그런 설계도를 가지고 진식을 펼치고 암기를 매복하고 있었다.

몇 겹으로 된 방어막을 뚫고 사룡회가 홍학방을 습격한다는 것은 잘못된 생각일 수도 있었지만, 홍학방의 수비막을 굳건히 하는 일은 어차피 언젠가는 해야 할 일이었고 해서 손해 볼 일이 아니었다.

연미촌에서 홍학촌으로 들어오는 다리를 막는다면 홍학방에는 외부인이 들어올 수 없게 되어 있었다.

이제 남해문 사람들이 연미촌에 머물고 있으니 그야말로 홍학방은 더욱 견고한 수비막이 생긴 것이었다.

홍학방의 외당 무사들을 서안으로 보낸 것은 어쩔 수 없는 일이었다.

홍학방이 웅크리고 있기만 한다면 분명 사룡회는 목표 지점을 바꿀 가능성이 많았다.

소림이 될 수도 있었고 화산이 될 수도 있었다.

외당 무사를 보내 적들의 눈을 속일 수 있다면 승부를 걸어 볼 만한 일이었다.

무사들이 홍학교를 가로막고 외부인의 출입을 통제하고 있을 때, 연미촌에서 홍학교를 건너려는 거한 하나가 있었다.

하천은 마침 주변을 둘러보는 중이라 무사들과 설전을 벌이고 있는 사내를 유심히 살펴보고 있었다.

홍학촌에 살던 사람들은 다 떠나가고 없으니 홍학방의 사람이 아니라면 들어올 이유가 없었지만, 무사들이 제지를 하자 거한은 막무가내로 몸부림치며 고함을 지르고 있었다.

"이곳은 내 고향이라 할 수 있고 친구들이 있소. 그런 홍학촌에 내가 들어갈 수 없다니, 이게 말이 되는 소리요?"

보통 사람보다도 머리 하나가 더 큰 그는 바로 하천의 죽마고우라 할 수 있는 오패였다.

열두 살에 홍학촌을 떠나 팔 년 만에 나타난 오패였다.

하천이 걸어가자 오패도 하천을 바라보고 있었다.

홍학방의 무사들은 눈치를 보아하니 오패가 하천과 친구로 보여 슬그머니 길을 비켰다.

"너, 너 정말……."

오패는 너무 많이 변한 하천을 보고 놀라고 있었고, 하천도 오패의 변한 모습을 살피고 있었다.

두 사람은 빙그레 웃으며 손을 마주 잡았다.

"팔 년 만이지?"

"그래, 네가 홍학방을 사들이고, 청량방의 방주라는 소문은 벌써 들었지만 좀체 믿을 수가 없었는데, 정말이었어."

하천은 팔 년 만에 만난 오패인지라 함께 홍학방으로 향하며 품에서 피리를 꺼내 불었다.

그것은 외인이 홍학방으로 들어가고 있으니 진식과 암기 설치 작업을 중단하라는 신호였다.

오패가 어릴 적 친구이긴 하지만, 이런 시점에 교묘하게도 홍학방을 찾는다는 것은 수상한 일이었다.

오패도 이상한 느낌이었는지 하천을 쳐다봤다.

"응, 귀빈이 가니 미리 음식을 준비하라는 신호야."

하천이 웃으며 말하는데 멀리서 협귀가 달려오고 있었다.

"죽마고우인데 팔 년 만에 고향을 찾았군요. 함께 술판을 벌여야겠습니다."

하천의 말에 협귀는 마치 자신이 총관이라도 되는 양 허리를 굽혔다.

"아, 예, 그럼 안으로 달려가 미리 준비하도록 아뢰겠습니다."

협귀는 말을 마치고는 나는 듯 달려갔다.

홍학촌은 크게 달라지지는 않았지만 모옥의 지붕에는 기와나 돌이 덮이고 담장이 석벽으로 되어 있어 깔끔하게 변해 있었다.

불이 나더라도 쉽게 번지지 않게 하기 위한 것으로 보였고, 새로 지은 가옥들도 많이 있었다.

홍학방으로 들어가는 다리도 조금 넓어지긴 했지만 크게 변한 모습은 아니었고 원형을 유지하고 있었다.

오패도 예전에 홍학방에 와본 적이 있어 옛 추억을 더듬으며 홍학방을 둘러보고 있었다.

후원에 자리한 홍운헌(紅雲軒)은 기둥과 대들보에 채색이 되어 있었고 곳곳에 등불이 매달려 있었다.

뒤쪽으로 산자락이 보이며 개울이 흐르고 온갖 꽃이 만발하니 무릉도원인 듯했다.

하천은 청량방으로 사람을 보내 맹군을 오라 하고, 소진도 불렀다.

어린 시절, 오패와 소진은 몇 번이나 홍학교를 두고 쟁패를 벌였던 홍학촌과 연미촌의 대장이었고 하천은 늘 소리만 지르고는 도망치는 졸병이었다.

네 사람은 홍학방을 나와 진회하로 향했다.

진회하는 하천의 외숙 마완이 장악하고 있어 그렇지 않아도 하천은 한번 들러볼 참이었는데, 마침 좋은 기회였다.

마완은 예림원의 주인 행세를 하며 진회하를 장악하고 정보를 수집하는 일을 하고 있었지만, 매일 기녀들을 탐하느라 정보를 수집하고 보고하는 일은 예림원의 총관이 하고 있었다.

마완은 진회하에서 한가락 한다는 기녀는 다 예림원으로 불러들였다.

진회하에서 마완은 황제와도 같은 존재였다.

그렇게 살아가는 게 마완의 꿈이라는 것을 하천은 어릴 때부터 잘 알고 있었다.

다소 시련은 있었지만 그래도 마완은 조카를 잘둔 덕분에 꿈을 이룬 사람이었다.

맹군과 오패는 죽이 잘 맞았다. 어릴 때도 그랬지만 지금은 더욱더 그랬다. 오패와 맹군은 영악한 편은 아니었고, 오히려 단순한 면이 있었다.

마침, 천상의 소리를 내는 남경제일의 명창 화련이 저 멀리서 겹겹이 쳐진 주렴을 들추며 다가오고 있었다.

흰 비단으로 만든 무복이 펄럭이며 춤사위와 함께 조금씩 다가오니 마치 봄바람에 구름이 밀려오는 듯했고, 화련의 노래는 천상에서 들려오는 듯했다.

화련이 금을 타며 부르는 노래는 고산유수(高山流水)라는 명곡이었다.

전설에 따르면, 진나라 이전의 금사(琴師)인 백아(伯牙)가 하루는 황량한 산에서 금을 타고 있었다. 그때 나무꾼 종자기(鍾子期)가 그 곡을 듣고는 '높고도 높도다. 뜻은 높은 산을 가리키는구나[巍巍乎志在高山], 넓고도 넓도다. 뜻은 흐르는 물을 가리키는구나[洋洋乎志在流水]' 라고 말하였다.

그러자, 백아는 놀라서 '좋도다. 그대의 마음이 나와 같다'고 말했다.

종자기가 죽자, 백아는 지우를 잃은 슬픔에 거문고의 줄을 끊어버렸다. 그리하여 '고산유수' 라는 곡이 남았다.

천하에 많은 명기가 있다 하지만 고산유수를 할 줄 아는 명기는 얼마 되지 않았다.

하천은 수도 없이 들어본 고산유수였지만 오패는 한 번도 들어본 적이 없는 듯했다.

하천이 보아하니 오패는 기방 출입에는 경험이 없어 보였다.

화련은 사실 특급 기녀로 활동하기에는 조금 나이가 많았고 그다지 미색도 뛰어나다 할 수는 없었지만, 아직까지는 외지인의 혼을 빼는 데는 진회하에서 제일이었다.

워낙 맑고 애절한 가락을 내는 소리꾼이니 오패는 넋을 잃고 화련을 쳐다보고 있었다.

그녀의 금음은 노래를 더욱 돋보이게 하고 있었다.

맹군도 멍한 표정으로 화련을 보고 있었지만, 하천은 화련에게 눈짓으로 오늘의 주인공이 누구인지를 가르쳐 줬다.

화련은 묘하게 허리를 비틀어 춘심을 자극하고 팔과 다리를 교묘히 움직이며 오패를 유혹하기 시작했다.

화련이 움직일 때마다 향긋한 말리화향이 진동했다.

오패는 눈이 붉어지고 심장이 뛰면서 손까지 가늘게 떨고 있었다.

말리화 향과 금음, 화련의 옥음, 동작 하나하나가 오패의 방심을 자극하고 있는 게 분명했다.

하천은 맨 처음 오패를 봤을 때 걸어오는 모습을 보고 귀영문과 같은 류의 무공을 익혔다는 것을 알았다.

구절문의 무공을 익혔다면 그럴 수 있었다. 오패는 애석하게도 하천의 적일 공산이 컸다.

오패는 천산에서 무명의 사부를 모셨고, 사부가 죽어 하산했다 했지만 천산에서 막 내려온 시골뜨기치고 오패의 차림새는 너무 속된 구석이 많았다.

그날 밤, 오패는 화련과 잠자리에 들었고, 하천은 다음날 아침 오패의 정체를 확실히 알 수 있었다.

화련의 보고에 따르자면, 오패는 천하제일의 무공을 지닌 기인의 제자라고 자신을 소개하고, 사부가 대업을 이루면 입신양명할 수 있다며 화련에게 자신을 따라나서자고 유혹했다는 것이었다.

화련은 오패에게 무려 천 냥이라는 거금이 있어야 기녀 생활을 청산할 수 있다며 거짓말을 하니 오패는 크게 실망하고 날이 밝자마자 떠나고 말았다.

하천은 오패가 구절문주의 제자라 생각하니 마음이 착잡했다.

구절문주가 오패를 보내 홍학방을 염탐한 것은 하천의 입장에서는 좋은 일이었다.

적이 강한 곳에서 싸움을 하는 것보다는 내가 강한 곳에서 싸움을 하는 것이 유리했다.

처음 홍학방을 사들일 때, 방어를 하기에는 천혜의 요지인지라 시세보다도 두 배나 비싼 값에 사들인 홍학방이었다.

이제 그 돈값을 하게 될지도 모르는 일이었다.

서안으로 떠난 홍학방의 무사들은 화산의 속가 방파인 낙안방에 머물고 있었고, 혈련교 무리는 서안으로 들어오지 않고 서남쪽에 있는 명봉령(鳴鳳嶺)에 자리한 장원에 머물렀다.

종남을 향하겠다는 건지 서안을 먼저 치겠다는 건지 알 수 없는 묘한 위치에 혈련교가 자리하고 있자, 종남은 자파를 지키기 위해 서안으로 제자들을 보내지 못하고 있었다.

협귀는 멀리서 명봉령의 지세를 살펴보긴 했지만, 선공을 하기에는 부담이 많았다.

혈련교는 목책으로 진지를 구출하고 망루를 세우고 곳곳에 매복을 하고 있을 게 빤하니 공격을 했다가는 많은 사상자가 날 수밖에 없었다.

협귀는 혈련교가 수비망만 구축하고 전혀 움직이지 않자, 적들이 수작을 부리고 있지 않는가 하는 의심이 들었다.

혈련교가 하급 무사들로 허장성세를 부리며 홍학방의 무사들을 붙들어놓은 다음 정예는 합비로 빼돌린다면 공연히 헛된 일에 무사만 낭비하는 꼴이었다.

종남과 화산, 홍학방의 무사들이 혈련교의 무지렁이 무사들에게 묶여 있다면 사룡회는 큰 짐을 덜게 될 것이었다.

몇 번 염탐을 보내봤지만 입구가 빤한 곳이라 도무지 접근할 수가 없었다.

보름만 더 있으면 개파대전이 열리는데 혈련교는 참석하지 않겠다는 것인지, 알 수 없는 일이었다.

더 이상 기다린다는 것은 적의 술수에 말려드는 일일 수도 있어 화산 장로들과 함께 명봉령으로 향했다.

적들이 목책으로 진을 치고 있는 곳까지는 갈 생각이 없었다.

그저 적당히 염탐만 하고 오면 되는 일이었다.

하지만 적들이 파렴치하게 다수로 공격해 올 경우를 대비해야만 했다. 십이호법대가 뒤를 따르고 팔순찰대가 대기하고 있었다.

화산에서는 원항과 두 명의 장로가 나섰다.

멀리 목책이 보이자 십여 발의 쇠뇌가 날아왔다.

협귀는 보란 듯이 한 손을 뒤로하고 오른손으로 동그라미를 그리며 화살을 사방으로 날려 버렸다.

무기도 사용하지 않고 손으로 십여 발의 화살을 막는다는 것은 고수의 솜씨인지라 화산 장로들도 놀라 협귀를 쳐다봤다.

"놈들이 쇠뇌를 날리는 걸로 봐서 제법 반듯한 무기를 가진 것 같소. 더 다가가면 위험하니 이 정도에서 멈춥시다."

앞장섰던 협귀가 멈춰서니 세 사람도 따라 멈췄다.

그러자 혈련교 쪽에서 붉은 연꽃 그림이 그려진 백두건을 쓴 무사가 크게 소리 질러왔다.

"물러나시오, 이곳은 혈련교의 성지요. 교주께서 계신 성지니 교도가 아닌 사람은 이곳에 접근할 수 없소."

원항이 앞으로 나서며 소리 질렀다.

"우리들은 화산과 무림맹 남타격대 소속 무사들이오. 무림맹에선 혈련교의 동진을 묵과할 수 없소. 이곳이 어딘데 혈련교의 성지로 만든다는 말이오? 책임자를 나오게 하시오."

원항의 말이 끝나자마자 이번에는 삼십여 발의 화살이 날아왔다.

화산 장로들은 어쩔 수 없이 검을 빼 들고 막았고, 협귀는 여전히 한 손으로 동그라미를 그리고 있었다.

"흠, 놈들이 쇠뇌까지 있을 정도니 오합지졸은 아닌 것 같소."

원항이 검을 휘두르며 나직이 말했지만 협귀는 고개를 저었다.

“아니오, 그 반대요. 오합지졸이니 비싼 쇠뇌를 지니고 있지, 혈련교의 정예라면 뭐 땜에 쇠뇌가 필요하겠소? 어쨌든 조금 더 다가가 봅시다.”

“열 놈이 삼십 발의 활을 쏘아대고 있소. 더 다가가면 위험하니 여기서 좀 기다려 봅시다.”

원항은 화산 장로 두 사람과 간신히 화살을 쳐내고 있었는데, 협귀가 한가한 소리를 하자 화는 났지만 꾹 참고 좋게 말했다.

협귀가 손을 들어 신호를 보내자 열두호법대와 팔대의 사자대가 달려왔다.

예정에 없었던 일이었고, 일이 이렇게 전개된다면 전면전이 벌어질 수도 있어 원항은 깜짝 놀라 소리를 질렀다.

“군사, 여기서 승부를 보자는 말씀이오?”

협귀는 고개를 끄덕였다.

“그렇소, 보아하니 놈들은 허깨비만 남아 있고 정예는 이미 이곳을 빠져나갔거나 아예 이곳에 오지 않은 것 같소. 고수가 있다면 벌써 달려나왔겠지요.”

백 명이 넘는 무사가 방패를 앞세우고 산을 오르자, 혈련교 쪽에서도 목책 뒤로 무사들이 달려나와 진형을 이루었다.

척계광의 삼재진(三才陣)이었다.

삼재진은 원앙진의 변형으로, 한 대(隊)를 세 대로 나눈 형태를 취하고 있었다.

이 열 종대인 원앙진과 달리 대장을 중심으로 하여 등패수 두 명이 좌우의 정면에 서고 이들의 주위에 장창수와 낭선수 등이 포진하는 일종의 횡대 진형이라고 할 수 있었다.

구체적인 형태는, 대장의 좌우에는 낭선수 두 명이 포진하고, 두 명의 등패수 좌우에는 장창수 두 명씩 서며, 당파수 두 명은 등패수 뒤에 각각 한 명씩 서도록 하여 전투 시에 서로 돕도록 했다.

이 삼재진은 약한 적군이 넓게 포진되어 있을 때 사용하는 진법이며 원앙진, 양의진과 함께 당금 명나라 군대의 가장 기본적인 진형의 하나였다.

척계광은 혁혁한 공을 세우고도 그 공적을 시기하는 간신들의 모함을 받아 만력제 때 면직되었고, 그러한 처치는 삼 년 후에 철회되지만, 그는 곧 실의에 빠져 죽고 말았다.

하지만 그의 병법서인 기효신서는 후세에 큰 영향을 끼쳐 척계광의 병진은 명군의 기본 병진이 되었다.

협귀는 아무리 생각해도 혈련교의 무리들이 군인들이 아닌가 싶었다.

변형된 삼재진이 아닌 척계광의 삼재진을 그대로 펼치는 것은 명의 군대 외엔 없었다.

협귀의 눈에는 척계광의 병진은 엉성하기 짝이 없었다. 그가 보기에 그것은 하급 무사를 상대로 펼치는 병진이었지 고수를 상대로 펼칠 합벽진은 아니었다.

무사들의 눈빛은 겁먹은 눈빛이었고, 여차하면 도망이라도 칠 기세니 협귀는 더욱더 자신의 판단을 확신하게 되었다.

쇠뇌와 암기로는 호법대와 사자대의 무사들을 어찌할 수 없었다.

협귀가 길게 피리를 두 번 불자 호법대와 사자대 무사들이 앞으로 달려갔다.

화살이 비 오듯 쏟아졌지만 방패를 뚫지는 못했다.

드디어 접전이 벌어졌지만 목책은 순식간에 무너졌다.

이미 목책을 뛰어넘은 호법대와 사자대 무사들이 안으로 진입하고 있었다.

칼을 든 어른이 작은 막대기를 든 열 살 난 어린아이들을 몰아세우는 것과 같은 일방적인 공격이었다.

혈련교의 무사들은 무기까지 내던지고 정신없이 도망치고 있었다.

원항과 화산 장로들은 염탐을 하러 왔다가 큰 전투가 벌어지니 당황하고 있었지만 의외로 혈련교의 무사들이 오합지졸이라 안도의 한숨을 내쉬고 뒤를 따랐다.

협귀는 이미 달려가 무사들을 지휘하고 있었다.

무기를 내던지고 잡히거나 투항한 자만 오십 명이 넘었다.

그들 중엔 나이 든 노인에서 이제 열다섯이나 됨직한 아이까지 있었다.

아무리 봐도 농사를 짓다가 무기를 들고 달려가는 명의 군대, 오합지졸의 군대가 분명했다.

척가군(戚家軍)이라 불리며 당시 왜구(倭寇)에 시달리던 동부 연해인 산동, 절강, 복건의 백성들의 희망이었던 척계광의

군대도 원래는 농민과 광산 노동자들이 모인 오합지졸에 불과
했었다.

전황이 유리하니 화산 제자들도 합류했고, 내친김에 바로
장원으로 쳐들어갔다.

장원은 아수라장이었다.

서로 먼저 도망치려고 난리가 아니었고 무기를 내던지는 것
은 기본이었다.

바로 이것이 명의 군대였다.

한번 사기가 꺾이면 걷잡을 수 없이 무너지고 백 명이 후퇴
를 하면 그중 구십은 영영 병영을 이탈하고 도망치고 마는 약
졸이었다.

장원에는 말 그대로 무혈입성을 했다.

식량이며 무기가 그대로 남아 있었고, 모두가 산 아래로 정
신없이 달아나고 있었다. 대략 사백 명은 넘어 보였다.

혈련교의 허장성세에 속아 한참을 붙들려 있은 생각을 하니
협귀는 기가 막혔고, 원항도 어이가 없었던지 껄껄 웃고 있었
다.

협귀의 짐작대로였다.

매미가 아무도 모르게 허물을 벗어버리고 날아간다는 금선
탈각(金禪脫殼)의 병법에 속은 것이었다.

사로잡힌 혈련교의 무사들을 심문한 결과, 역시 협귀의 짐
작 그대로였다.

그들은 원래는 감숙에서 변방을 지키는 군졸이었지만 혈련

교에 가입하여 반군이 된 자들이었다.

협귀와 화산, 종남이 혈련교의 오합지졸이 모인 명봉령에
발이 묶여 있는 동안 정예는 어딘가에서 무림맹을 노리고 있
을 게 분명했다.

일이 이렇게 된 이상 협귀는 더 이상 서안에 머물 필요가 없
다고 판단했다.

그렇다고 당장 기련산에 자리한 혈련교의 총단에 쳐들어갈
수는 없었다.

그것은 청량방의 일이 아닌, 혈련교가 눈엣가시인 화산이나
종남에서 해야 할 일이었다.

청량방에서는 이 정도면 화산과 종남에 충분히 생색을 낼
수 있었고, 그 정도로 족했다.

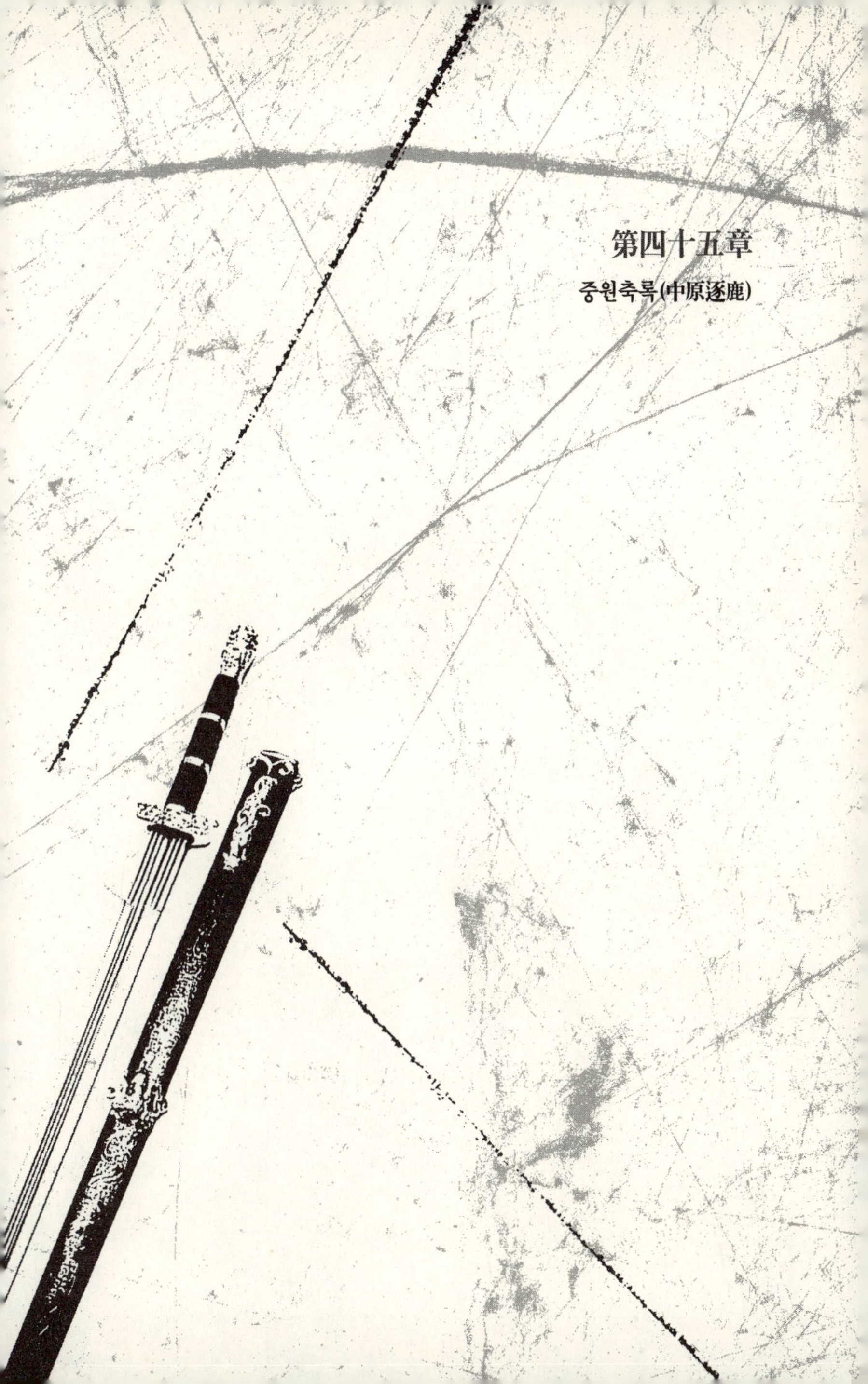

第四十五章

중원축록(中原逐鹿)

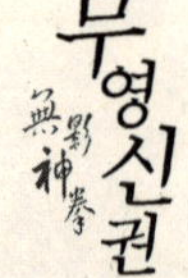

　무림맹에 속한 방파들은 나름대로 사룡회의 개파대전을 맞아 합비로 향하는 시늉을 하며 사룡회의 눈을 속이려 했지만, 구절문주는 이미 무림맹이 합비에 오지 않는다는 사실을 눈치채고 있었다.

　주정양이 눈을 내리깔고 단정히 앉아 있었고 그런 그를 향해 구절문주는 노기 띤 음성으로 소리 질렀다.

　"혈련교가 서안에서 쫓겨났으니 청량방의 무사들은 남경으로 돌아갈 게 아니더냐? 그렇게 되면 계획이 엉망이 돼."

　주정양은 부친의 노한 음성에도 동요하지 않고 차분하게 대답했다.

　"어차피 청량방에서 서안에 파견한 무사는 홍학방의 외곽을 경비하는 외당 무사들이라 정예라 할 수는 없었습니다. 순찰당의 사자대는 정예라 할 수 있지만 내당의 사 개 당 무사에 비교해서는 무위가 떨어지지요. 그들은 애초에 서안에 정예를 보내지 않고 남경을 지키려는 의도였습니다. 그러니 청량방에서는 이미 우리의 계획을 눈치채고 있다고 봐야 합니다.”

“허허, 홍학방의 경비가 그리 대단하지 않다는 오패의 정보에 기뻐했더니 다 소용없게 되었어. 그런데도 계획대로 움직여야 하겠느냐?”

오패는 역시 하천의 짐작대로 구절문주의 제자였고, 오패가 홍학촌을 찾은 것은 구절문주의 명령을 받든 것이었다.

“구절문의 정예에 성경방과 혈련교, 북해빙궁의 무사들까지 합세한 마당입니다. 개파대전 전날, 합비를 비우고 남경으로 쳐들어간다면 남경으로 원군을 보낼 수 있는 방파는 많지 않습니다. 항주의 단목가, 양주의 양가장 정도겠지요. 무림맹에 속한 방파와 구대문파는 자신을 지키는 데 급급하니 맨 먼저 청량방주의 거처인 홍학방을 쳐야만 합니다. 그자가 살아 있는 한, 아버님의 꿈은 이루어질 수 없습니다.”

주정양의 말이 끝나고도 구절문주는 한참을 멍하니 있더니 손짓을 했다.

“그래, 나가보고 정관을 들라 해라.”

주정양은 공손히 대답하고 물러났다.

정관은 주정양보다 겨우 한 달 먼저 태어났지만 정실의 소생이니 주정양은 깍듯이 형님이라 불렀다.

정관은 마침 밖을 어슬렁거리고 있어 주정양은 바로 그에게 다가갔다.

"형님, 아버님께서 부르십니다."

"흠, 그래. 혈련교가 서안에서 쫓겨온 것 때문에 아버님 노여움이 크시지? 아버님께서는 뭐라고 하시더냐?"

정관은 맏이인 정균과 달리 사리분별이 있고 총명한 편이라 주정양은 정관에게 충성을 하고 있었다.

어차피 서출이니 구절문에서 살아남으려면 정관이나 정균 중 한 사람을 택할 수밖에는 없었다.

정균은 아직도 자신을 형이라 부르지 못하게 하고 무시하는데다가 경계까지 하고 있으니, 주정양으로서는 정관을 택할 수밖에 없기도 했다.

주정양은 안에서 부친과 나누었던 일을 다 말해주고 정관이 미리 대처할 수 있게 했다.

"그래, 네 생각과 내 생각이 일치하는구나. 멍청한 형은 청량방을 우회해야 한다고 장로들을 부추긴다 하니 참으로 한심한 일이다. 한 콩깍지에서 나왔는데 어찌 그리 다른지 알 수가 없는 노릇이다. 양아, 명심해라. 우린 이제 한 배를 타고 먼 길을 가야 한다. 풍파도 있겠지만 목적지까지 함께 가자. 넌 하나뿐인 아우니 내가 후사를 잇게 된다면 일인지하 만인지상의 자리에 설 수 있게 될 것이다."

"예, 형님, 충성을 다해 받들어 모시겠습니다."

주정양은 멀어져 가는 정관을 바라보다 먼 하늘을 바라봤다.

청량방을 우회하는 것이 옳은 일이 될지도 몰랐다. 처음에는 자신도 그렇게 주장했다. 하지만 큰형인 정균이 그렇게 주장하고 나서니 그렇게 말할 수가 없었다. 이젠 상황이 바뀌었다. 성경방과 혈련교, 북해빙궁이 합세를 했다. 그 정도 무력이면 충분히 청량방을 격파할 수 있으리라 생각했다.

부친이 새로운 황조를 세우고 황제가 된다면 그때는 정관과 후계 자리를 놓고 다투면 될 일이었다.

처음에는 욕심이 없었지만 점점 욕심이 생겼다.

어쩌면 장차 황제가 될 수 있을지도 모르니 주정양은 가슴이 벅차올랐다.

정관은 부친에게 주정양의 주장을 그대로 말하고 살짝 자신의 의견을 첨가했다.

"청량방을 우회해서는 화근이 됩니다. 혈련교와 북해빙궁, 성경방이 함께 남경을 급습한다면 청량방은 중과부적이니 당할 수밖에 없습니다. 그다음은 웅크리고 있는 구파를 차례로 연파하고 섬서와 감숙에서 군사를 모아 북경으로 향하면 될 일입니다. 지금이 기회입니다. 대군을 일으켜 북경을 치면 성문을 지킬 군사는 많지 않습니다. 모아놓은 자금으로 이젠 군비를 확장하고 그날을 대비하셔야 합니다."

정관의 사려 깊고 조리있는 말에 구절문주는 흡족한 미소를 지었다.

"그래, 날이 갈수록 노련해지는구나. 정양이 한 수 앞을 내

다본다면 너는 다섯 수 앞을 내다보고 있어. 내 생각도 그와 같아. 청량방을 제거하면 무림은 우리 손아귀에 들어오지. 그럼 자금성을 치는 일은 여반장이야. 청국과는 적당히 타협해서 산해관 북쪽 땅을 내주면 될 일이고, 북해빙궁은 중원에 정착할 수 있는 터전을 잡아주면 될 일이지. 혈련교주는 이미 내 수하가 된 거나 같으니 적당한 자리를 주면 될 일이고 말이야. 너는 정균처럼 야박하게 굴지 말고 수하를 덕으로 다스리고 정양을 곁에 두고 그 아이의 많은 경험을 참고하도록 해라.”

부친의 말은 이미 후사를 자신에게 넘기겠다는 말인지라 정관은 날아갈 듯 기뻤지만 내색하지 않고 물러났다.

구절문주가 자금성을 치는 일이 여반장이라 한 것은 병부상서인 황원개와 이미 내통했기 때문이다. 북경으로 진군한다면 황원개 휘하의 장수들과 환관들이 줄줄이 투항할 것이니 황제를 잡아 죽이고 대명국을 무너뜨리는 일은 무림을 일통하는 것보다 더 쉬운 일이었다.

오합지졸이 모인 군대는 두렵지 않았다. 다만 무림이 문제였다.

소림이나 무당 같은 문파가 기치를 들고 일어나고 청량방이 전면에 나선다면 자금성을 차지한다 해도 삼일천하로 끝날 수도 있었다.

청량방이 절강과 강소에서 군사를 모으고, 소림이 하남에서, 무당이 호북에서 호응한다면 감당할 수 없는 일이었다.

더구나 절강과 강소의 민심까지 얻고 있는 청량방을 그냥 두고 북경으로 향한다면 두고두고 화근이 될 터였다.

구절문주는 오래전부터 혈련교와 내통하면서 자금을 지원하고 변방의 군사를 모아왔다.

헐벗고 굶주린 군사들은 형제로 대해주고 잘살게 해주겠다는 혈련교의 공세에 속속 넘어왔다.

어려운 일에 나서주고 잘살게 해준다는데 좋아하지 않을 사람은 없었다.

개방에도 많은 자금을 지원하며 유리걸식하며 어렵게 지내는 개방 제자들의 힘을 얻으려 했지만 개방은 결국 자신을 배반하고 말았다.

정보도 더 이상 얻지 못하고 돈까지 낭비한 생각을 하면 화가 치밀었지만 개방을 치기 위해 멀리까지 달려갈 수는 없는 형편이었다.

사룡회의 개파대전을 닷새 앞둔 날이었다.

북경으로 떠난 귀살수와 살귀는 오랫동안 병부상서 황원개의 일거수일투족을 낱낱이 감시하여 반란의 추종자가 누구인지 소상히 알아냈다.

먼저 협수부총병(協守副總兵) 장환이 애첩을 끼고 자다가 복상사로 죽었다.

같은 시각, 장환의 오른팔, 분수참장(分守參將) 조덕평은 측간에서 일을 보다 눈을 부릅뜨고 죽었다.

그 소식을 들은 하북 도지휘사사(都指揮使司) 이억은 병부상서 황원개의 집으로 향하다가 최근 고용한 자신의 보표에게 목을 찔려 죽었다.

병부상서 황원개는 아무것도 모른 채 집에서 기생첩을 끼고 술을 마시다가 발작을 일으키며 피를 토하고 죽고 말았다.

그밖에도 곧 섬서 도어사순무(都御使巡撫)로 파견될 예정이던 황원개의 조카 황영곤이 후원을 거닐다가 담장 밖에서 날아온 돌에 머리를 맞아 죽었고, 황원개와 가까웠던 태감 몇 사람이 밤사이 목이 졸려 죽어 있었다.

모두가 하룻밤에 일어난 일이었다.

그 일로 북경성에 난리가 나고 금의위가 성문을 막고 검문을 했지만 그 시각 귀살수와 살귀, 살귀의 네 제자와 열두 수하들은 이미 북경을 벗어나 남하하고 있었다.

개파대전을 사흘 앞두고 구절문주는 청천벽력과도 같은 소식을 들었다.

병부상서 황원개와 그 수족들이 하루 사이에 떼죽음을 당했다는 것이었다.

황제의 측근에 있던 태감들도 죽었고, 북경에 있던 끈이라는 끈은 모두 잘라지고 말았다.

특급 살수의 솜씨였다. 황원개를 죽인 것은 절독이었다.

무색무취한 독이니 황원개가 술잔을 들이켰을 것이고, 그런 독이라면 당문의 독일 가능성이 많았다.

서장무림군을 격파한 청량방에서 당문의 암기 제조법과 용독법을 얻었다는 것을 구절문주는 알고 있었다.

그렇다면 청량방의 소행일 가능성이 많았다.

구절문주는 침음을 삼키고 침상에 몸을 눕히고는 사흘 뒤 철저하게 응징해 주리라 다짐하면서 잠이 들었다.

북경성에 호응하는 무리가 없다 하더라도 감숙과 섬서, 산서의 군대로 몰아치면 북경성은 함락시킬 수 있다고 생각했다.

사룡회의 개파대전이 열리는 날, 합비의 구절문에는 무림맹과 무관한 일부 방파 사람들이 몰려들긴 했지만 구절문에는 하급 무사만이 남아 있었다.

사룡회는 개파대전을 통해 청량방을 무림의 공적으로 선포하고 자신들이 진정한 무림맹이며 무림에서 청량방을 제명하겠다고 말했다.

하지만 그때 이미 사룡회의 무사들은 남경에 진입하고 있었다.

청량방의 외당 순찰대를 선두로 한 외당 소속 무사들이 관도 상에 목책을 몇 겹으로 치고 사룡회의 앞을 가로막고 있었다.

장창과 단창, 도와 검, 수전과 쇠뇌로 무장한 청량방 무사들이 펼치고 있는 병진은 얼핏 보기에는 척계광의 원앙진 같아 보였다.

구절문주와 혈련교주, 성경방주는 청량방 무사들이 마치 성을 쌓듯이 몇 겹이나 되는 목책진으로 막고 있자, 목책진을 뚫으려면 많은 피해가 날 것이라 우려되는 바도 있었다.

청량방에서 미리 준비하기 전에 빨리 남경으로 달려오느라 무사들이 지쳐 있기는 했지만, 무림맹에서 원군이 오기 전에 남경을 점령하려면 다소 피해가 있더라도 속전속결의 방식이 필요했다.

청량방의 암기에 대비해 방패를 앞세우고 사룡회의 무사들이 천천히 전진했다.

그러자 목책 뒤에서 쇠뭉치가 날아오르며 허공에서 터지기 시작했다.

화약이 터지며 질려(疾藜)와 화로서(火老鼠)까지 파편으로 날아가는 신종 천뢰구(天雷球)였다.

땅에 떨어진 질려를 밟으면 발을 다치니 사룡회의 무사들은 위아래를 살피느라 정신이 없을 지경이었다.

사룡회의 무사들은 머리 위로 방패를 들어 파편을 막느라 좀처럼 전진할 수 없었다.

그때 목책이 열리며 분온선(轒轀船:장갑선)이 돌진해 왔다. 분온선의 앞과 양옆은 수많은 창날이 튀어나와 있었고, 삼면이 철갑으로 덮여 있었다.

공성전을 할 때 성문 앞까지 도달하기 위한 분온선까지 등장하자 사룡회는 전방이 뚫리며 진영이 금방 허물어지기 시작했다.

그 틈에 다시 공중에서 쇠뭉치기 날아와 터져 버리니 사룡회의 진영은 아수라장으로 변했다.

네 개나 되는 분온선이 밀고 들어오니 전열은 점점 밀려나기 시작했고, 앞이 밀리니 뒷 열은 밀려 넘어지고 밟히고 있었다.

그 와중에 이번엔 쇠뭉치가 터지는 천뢰구가 아니라 그 안에 폭약이 든 진천뢰(震天雷)가 날아오기 시작했다.

꽈광! 꽝! 꽈과광!

사방에서 폭음이 터지고 파편이 날았다. 그대로 있다가는 전멸할 수도 있을 것 같았다.

성경방주는 즉각 퇴각 명령을 내렸다.

눈치를 보고 있던 혈련교주도 나팔을 길게 불어 퇴각 명령을 내리니 구절문주도 어쩔 수 없이 퇴각 신호를 보냈다.

부상자는 청량방의 무사들이 달려나와 재빨리 포박하고 있었고, 사룡회 무사들은 정신없이 달아나기 바빴다.

청량방에서는 철갑기마대까지 뛰어나와 등을 돌리고 도망치는 사룡회의 무사들을 무자비하게 살상하고 있으니 참담한 지경이었다.

그나마 구절문주로서는 정예인 호법대와 척살대, 사자대를 전면에 내세우지 않은 게 천만다행한 일이었다.

구절문주는 청량방의 천뢰구에 대비해 튼튼한 방패까지 준비했지만, 철갑을 두른 분온선이 있을 줄 몰랐고, 진천뢰까지 사용할 줄은 몰랐다.

무림에서 폭약을 사용하면 안 된다는 금기를 청량방에서 깬 것이었다.

구절문주 또한 죽은 병부상서 황원개에게 폭약을 받아놓긴 했지만 진천뢰와 같은 폭탄은 아니었다.

매설을 하고 도화선에 불을 붙여야 되는 단순한 화약이었던 것이다.

십 리를 도망쳐 전열을 정비하고 보니 삼분지 일의 무사들이 죽거나 부상당하고 말았다.

참담한 패배였다.

병기에서 현저한 열세에 있었는데, 이렇게 전쟁의 방식을 택한 게 화근이었다.

야영하는 중에도 청량방은 그냥 있지 않았다. 번을 세워 경계를 철저히 했지만 멀리서 불화살이 날아왔다.

무려 천여 발의 화살이 날아오니 신기전(神機箭)이 분명했다. 백 발의 화살을 한꺼번에 쏠 수 있는 신기전기(神機箭機)를 열 개나 가지고 있는 게 분명했다.

무려 삼백 장을 날아오는 신기전이니 지금 반격한다 해도 적이 도망가 버리면 그뿐이었다.

신기전기는 수레에 놓여 있을 테고 말이 끌고 달아난다면 쉽게 잡을 수도 없었다.

사룡회 무사들은 잠도 자지 못하고 또 후퇴해야 했고, 신기전을 막으려면 초병을 삼백 장 밖까지 세워야 하니 그 또한 병력의 소모가 많은 일이었다.

도검을 들고 싸우는 단순한 무림전이 아니었다.

잠들만 하면 다시 신기전이 날아오니, 사룡회 사람들은 한잠도 자지 못하고 아침을 맞고 말았다.

수하들의 사기는 바닥으로 떨어졌다.

그러자면 누구 한 사람이 책임을 져야만 했다.

남경의 방비가 허술하다는 보고를 한 오패가 끌려 나와 구절문주 앞에 무릎을 꿇었다.

구절문주는 제갈량이 친구인 마량의 동생인 마속을 울며 참했다는 읍참마속(泣斬馬謖)의 흉내를 냈다.

구절문주는 수하들 앞에서 눈물을 보이기 위해 모친이 죽었을 때 슬펐던 모습을 떠올리며 눈물을 쥐어짜 간신히 두 줄기의 눈물을 흘렸다.

구절문주는 오패가 충직한 제자이긴 했지만 떨어진 사기를 끌어올리기 위해서는 어쩔 수 없는 일이라 생각했다.

그러자 마치 자신이 제갈량이라도 된 듯했고, 기분이 제법 좋아지고 있었다.

하지만 아침을 지어 먹을 틈도 없이 또다시 천여 발의 신기전이 날아오니 사룡회 무사들은 다시 오 리 밖으로 달아났다.

이런 식으로 쫓겨다니다가는 기진맥진해서 정면으로 대결한다 해도 본신공력의 삼분지 이밖에는 발휘할 수 없을 것이라 밥을 먹고 휴식을 취하기 위해서는 행렬을 길게 늘어뜨릴 수밖에 없었다.

병력을 분산시키다 보면 우회하여 습격하는 적에게 낭패당할 수도 있지만 당장은 쉬어야 하니 어쩔 도리가 없었다.

선잠이라도 자고 밥은 먹어야 했다.

혈련교 무사들의 이탈이 제일 심했다. 원래 오합지졸을 모아놓은 혈련교였으니 세가 불리하면 달아날 수밖에 없었다.

어차피 달아난 무사들이라 해봐야 오합지졸이었으니 큰 타격은 아니었지만 전체의 사기에 미치는 영향은 컸다.

교대로 선봉을 맡다가 막 북해빙궁 무사들이 선봉으로 나서는데 다시 신기전이 날아오고 기마대의 말발굽 소리가 요란하게 들려왔다.

두두두둑!

빙궁주의 두 아들과 이호법, 빙화당 무사들은 오와 열을 맞춰 병진을 형성하고 기마대를 맞을 준비를 했다.

북해빙궁의 절진인 빙화대진이었다.

하지만 삼십여 장 앞에 다가온 기마대는 먼저 진천뢰를 날려왔다.

꽈과광! 꽈광!

빙화당의 무사들이 이리저리 몸을 날리니 빙화대진은 단숨에 흩어지고 그 뒤를 기마대가 달려왔다.

기마대의 양옆에는 두 사람의 수전수가 바짝 붙어서 수전을 쏘아대니 빙화당의 무사들은 기마대를 상대하기도 전에 화살을 피하느라 정신이 없었다.

화살을 피하는 새 다가온 기마대는 장창으로 무사들을 찔러왔고, 그렇지 않으면 단창에서 창날이 날아왔다.

어쩌다 기마대에게 공격이라도 해볼라 치면 기마대의 방패에서는 강침이 날아오니 빙화당의 무사들은 본신의 무공을 펼쳐 보지도 못한 채 이리저리 도망 다니고 있을 뿐이었다.

무사들이 워낙 사방으로 흩어져 버린 뒤라 빙궁주의 두 아들은 후퇴 명령도 미처 내리지 못하고 정신없이 도망치고 말았다.

백팔 명의 빙화당 무사 중 무사히 도망친 사람은 고작 삼십 명이 채 못 됐고, 이호법마저 단창과 화살을 맞아 사경을 헤매고 있었다.

백 명이 넘는 기마대에 이백 명이 넘는 수전수를 상대했으니 중과부적이었고, 병기의 우열이 뚜렷하니 어쩔 수가 없었다.

빙궁주의 두 아들은 부친의 생사도 알지 못하는 판국에 빙궁의 정예까지 상당수를 잃고 말았으니 도망가지도 못하고 어쩔 줄을 몰라 하고 있었다.

성경방의 무사들이 원병으로 달려왔지만 그때는 이미 청량방의 기마대는 돌아가 버린 뒤였다.

성경방주와 북해빙궁주는 북방의 패권을 놓고 한때는 다투기도 했지만 서로 영역을 정하고 타협한 이후에는 친하게 지내며 호형호제하는 사이였고, 이번에 북해빙궁이 나선 것도 성경방주의 권유가 있었기 때문이다.

"백부님, 이놈들이 신출귀몰한 병법을 구사하니 이대로 가다가는 계속 공격만 당하다 전멸하고 말 것 같습니다. 아버님 소식이라도 알면 당장에라도 북해로 돌아갔으면 합니다."

빙궁의 소궁주 단정이 풀이 죽어 말하니 성경방주는 가까이 다가가 그의 어깨를 두드렸다.

"현질, 너무 상심 말아. 부친께서는 꼭 무사히 돌아오실 게야. 원래 유람을 즐기는 사람이 아닌가? 어쩌면 남경으로 바로 올지도 모르니 조금만 더 기다려 보세. 정면으로 부닥치지도 않았는데 벌써 수하의 절반을 잃었으니 이제 그 원한을 갚아야겠어. 적이라고 폭약과 신기전이 무한정으로 있지는 않을 거야. 명의 군대도 자금이 없어 사용하지 못하는 무기를 일개 방파에서 얼마나 가지고 있겠나? 조금만 기다려 보세."

성경방주는 위로를 한다고 했지만 빙궁의 소궁주는 고개를 저었다.

"아무래도 아버님께서는 벌써 변을 당하신 듯합니다. 시신도 수습하지 못하고 이대로 돌아가면 불효가 되지만, 더 머뭇거리다가는 빙궁의 대가 끊길 것 같습니다. 백부님, 이미 정예가 무너져 버렸으니 빙궁은 더 남아 있어봐야 폐만 됩니다. 죄송하지만 이만 떠나야겠습니다. 와신상담해서 훗날을 기약할 수밖에요."

빙궁의 소궁주가 떠난다 하니 성경방주도 도망치고 싶은 마음이 간절했다. 하지만 홍타이지(皇太極:청 태종)를 볼 면목이 없었다.

중원무림을 장악하는 것은 여반장이라며 상당한 자금까지 얻어 남하한 마당에 빈손으로 도망친다는 것은 목숨이 위태로운 일이었다.

"현질, 조금만 더……."

성경방주의 말을 듣지도 않고 빙궁의 소궁주는 수하들을 지휘해 숲을 뚫고 도망치고 있었다.

성경방주가 망설이고 있을 때 구절문주가 달려오고 있었다.

"방주, 놈들의 폭약과 신기전이 이제 바닥이 났다 하오. 간자가 보내온 소식이니 이젠 두려워할 게 없소."

성경방주는 구절문주의 말을 믿지 못해 신중한 태도를 취했다.

"아직은 알 수 없으니 며칠 외곽을 머물며 상황을 보는 게 좋겠습니다."

"허어, 그렇지가 않습니다. 놈들은 이미 홍학방을 수비하기 위해 철군을 하고 있다 하오. 폭약과 신기전이 없으면 놈들은 목책진에서 버티지를 못하오. 지금이 기횝니다."

성경방주는 구절문주에게 몇 번이나 속아 신용을 할 수 없었는데, 구절문주는 간자가 보낸 서신을 보여줬다.

서신에는 분명히 그렇게 적혀 있었고 아직 먹도 채 마르지 않은 상태인지라 성경방주는 마지막으로 속는 것이라 생각하고 고개를 끄덕였다.

"그럼 놈들의 분온선을 먼저 부숴야 하니 궁병과 창병을 지원해 주십시오. 성경방의 기마대가 철퇴로 분온선을 상대하겠습니다."

성경방주는 기마대의 무공은 별게 아니니 잃어도 좋았지만, 고수를 잃을 수는 없어 약은 제안을 했다.

하지만 구절문주는 호쾌하게 웃으며 좋아했다.

"하하하하, 성경방의 기마대는 천하제일이지요. 그럼 척살대를 내세워 엄호하겠습니다."

다시 전열을 정비한 구절문과 성경방은 목책진을 향해 진군했다.

목책진에는 정말 이전보다는 수비하는 무사가 적었고 분온선 세 대만 선봉에 서 있었다.

분온선은 창날로 덮여 있고, 뚫린 구멍으로 화살이 날아오긴 했지만, 말을 달리며 철퇴로 내려친다면 충분히 부술 수 있을 것 같았다.

성경방의 기마대가 달려가고 구절문의 척살대가 수전과 방패, 장창을 들고 기마대를 엄호했다.

결국 많은 사상자가 나긴 했지만 일각 만에 세 대의 분온선을 모두 부술 수 있었다.

분온선에 타고 있던 청량방의 무사들은 모두 도망치고 말았지만, 분온선을 부쉈다는 것은 사룡회 무사들의 사기를 높이는 데 큰 역할을 했다.

사룡회 무사들은 연이어 목책진으로 쳐들어갔다.

분온선을 잃은 목책진은 역시 일각도 못 되어 허물어지고 청량방의 무사들은 정신없이 달아나고 있었다.

거리 곳곳에 목책진이 있어 사룡회 무사들은 목책진을 돌파하는 데 많은 시간이 걸렸고 많은 사상자가 났지만, 해질 무렵에는 모든 목책진을 돌파하고 홍학방의 목전에 당도할 수 있었다.

연미촌에서 다리를 건너면 바로 홍학방이라 사룡회의 무사
들은 연미촌에서 밤을 보내고 있었다.

홍학촌으로 들어가는 다리만 지키고 있으면 홍학방에 갇힌
청량방의 무사들은 도망칠 곳도 없으니 날이 밝으면 총공세를
기할 작정이었다.

평야가 많은 연미촌은 숙영지(宿營地)로는 적지였고, 사룡
회의 무사들은 오랜만에 편안하게 잠들 수 있을 것 같았다.

하지만 삼경이 넘어 땅속에서 튀어나온 일단의 무사들이 사
룡회의 초병들을 살해하고 막사에 불을 놓고 살인을 하며 난
동을 부리고 도망쳤다.

바로 해남도의 무사들이었다.

밤마다 잠을 못 자게 괴롭히니 짜증이 나기도 했지만, 구절
문주는 날이 밝기를 기다리며 다시 잠자리에 들었다.

날이 밝아 드디어 홍학교로 향했다.

폭이 좁은 다리라 고수의 대결로 승부가 날 것이 분명했기
에 성경방과 구절문의 호법들이 앞장을 섰다.

홍학교는 목책진으로 막혀 있었고, 보기에도 험상궂은 색귀
가 닭 다리를 뜯으며 선봉에 서 있었다.

구절문에서 먼저 검귀가 앞으로 나섰다.

검귀가 천천히 걸어오자 색귀는 화들짝 놀라더니 얼른 목책
진 안으로 들어가 버렸다.

"네 이놈, 검귀야, 사문을 배반하고 구절문의 앞잡이가 되어
선봉에 서다니, 하늘 보기에 부끄럽지도 않느냐?"

검귀는 구절문주의 강압에 못 이겨 맨 먼저 나서기는 했지만, 한때는 사제였던 색귀에게 욕을 먹으니 마음이 편할 수는 없었다.

"무인이 무공으로 승부하면 되지 말이 무슨 필요가 있겠느냐? 누구라도 나를 막을 자신이 있다면 앞으로 나서라."

검귀가 소리 높여 외쳤지만, 응답은 색귀가 먹고 있던 닭 뼈다귀와 수십 발의 수전이었다.

검귀는 수전을 검으로 쳐내며 천천히 목책진으로 다가갔고 그 뒤를 성경방의 호법들이 따랐다.

다리를 막고 있는 목책진은 순식간에 무너져 버렸다.

검귀와 성경방의 오호법이 목책진으로 뛰어들자 청량방의 무사들은 도망치기에 바빴다.

구절문주와 성경방주는 오랜만에 통쾌하게 웃으며 천천히 앞으로 향했다.

구절문주는 홍학방으로 향하려면 꼭 지나쳐야 하는 홍학촌의 입구에서 수하들을 멈추게 했다.

"흥! 놈들이 어설픈 팔진도로 우리를 맞으려 하다니 가소롭구나. 모두 태워 버려라."

구절문주의 명령이 떨어지자 궁수들이 달려나와 불화살을 날리기 시작했다.

홍학촌의 초입에 있는 수십 채의 가옥들은 금세 불바다가 되었다.

한 시진이 지나자 불길은 잦아들었지만 돌로 된 담장과 지붕, 뼈대는 그대로 남아 있었다.

구절문주는 다시 검귀가 선봉에 서게 했다.

검귀는 이미 구절문주가 자신을 방패막이로 사용하고 버리려 한다는 것을 알아 기분이 상했지만 당장은 어찌할 수 없어 앞으로 나섰다.

검귀가 앞장서 걸어가고 구절문의 호법들과 성경방의 호법들이 무사히 촌락을 벗어났다.

혹시라도 살수들이 매복하고 있을지도 모르니 구절문의 척살대가 뒤를 따랐다.

척살대 역시 살수 훈련을 받은 집단이었으니 살수의 기습을 막을 수 있으리라 생각했다.

역시 구절문주의 짐작대로 아무도 없었던 촌락의 지붕과 담장에서 화살이 날아오기 시작했다.

삼연사가 가능한 쇠뇌였는데, 내력으로 화살을 날리는지라 방패도 뚫어 구절문 정예들의 비명 소리가 수시로 들려왔다.

청량방의 십이호법대였다.

단지 열두 명뿐이었지만, 가까이 다가가면 사라지고 보이지 않으니 숨바꼭질을 하는 것처럼 척살대 무사들은 여기저기서 나타났다. 청량방의 십이호법대 무사들에게 길이 막혀 많은 사상자를 내고 있었다.

화가 치민 구절문주는 장검을 빼 들고 직접 몸을 날렸다.

살수의 무공을 익힌 자는 살수의 무공을 익힌 자신이 제일 잘 알고 있었다.

　그러자 성경방주도 직접 몸을 날려 팔진도가 펼쳐진 촌락으로 뛰어들었다.

　하지만 다가가면 사라지는 통에 청량방의 살수들을 잡을 수가 없었다.

　미로와 같은 팔진도 안을 무작정 뛰어들 수도 없는 일이라 이리저리 쫓아다니며 한 시진을 허비하고 말았다.

　땅 속으로 뚫린 암로를 발견하고 불을 지르고 호법대와 추밀당 무사들까지 투입하고서야 청량방의 살수들을 쫓을 수 있었다.

　하지만 백팔 명의 척살대 무사 중 멀쩡한 자는 반도 되지 않았다.

　하지만 구절문주는 고명한 팔진도를 그 정도 희생으로 뚫었으니 다행이라 생각하며 스스로 위안했다.

　멀리 홍학방이 보였고, 또다시 다리가 보였다.

　이번에는 아예 목책이 아닌 철갑진이 다리를 막고 있었다.

　많은 희생이 날 것 같았다.

　하지만 다리만 건너면 바로 홍학방이니 이제 다리만 돌파하면 되는 일이었다.

　먼저 분온선을 쳐부순 것과 같이 철퇴를 앞세우고 성경방의 기마대가 돌진을 하고 척살대가 엄호를 했다.

　하지만 몇 겹으로 된 철갑진은 하나가 무너지면 후미에서 다른 하나가 다가와 재빨리 보완하니 이 진을 뚫으려면 희생이 얼마나 날지 알 수 없는 일이었다.

그렇다고 고수를 선봉에 세울 수도 없는 일이었다.

고수라 해서 철갑진을 뚫을 수 있는 것은 아니었다. 지척에서 암기가 날아오는 난전에 고수를 희생시킬 수는 없었다.

시간이 좀 걸리더라도 그저 적당한 무사들의 희생이면 족했다.

그러나 어느 정도 뚫었다 싶으며 철갑진이 다시 몰려오니 구절문주는 울화가 치밀었다.

이미 성경방의 기마대는 전멸하고 말았고, 척살대 역시 살아남은 자는 몇 명뿐이었다.

그렇다고 여기서 물러날 수는 없었기에 추밀당의 다섯 대 중 금행대를 내세웠다.

금행대는 중병기로 무장해 철갑진을 뚫을 수 있는 유일한 수하들이었다.

대부로 파제박부식(破制搏斧式)을 익힌 금행대는 얇은 철갑 정도야 얼마든지 뚫을 수 있었다.

이제는 더 이상 정예를 아낄 시점이 아니었다.

또 금행대를 엄호하기 위해 성경방에선 서천대가 나섰다.

성경방은 북천대와 남천대, 동천대, 서천대의 사 개 대가 있었는데, 호법대보다는 못했지만 성경방의 최정예였다.

성경방의 서천대가 방패를 들고 앞을 가리고, 구절문의 금행대가 대부를 들고 뒤를 따랐다.

철갑진이 뚫릴 만하면 천뢰구가 날아왔고, 그사이 다시 철갑진은 복원되고 있었다.

천뢰구는 방패까지 뚫어버리니 이미 성경방의 정예 서천대 무사들은 많은 사상자를 내고 있었고, 구절문 금행대의 피해도 만만치 않았다.

하지만 결국 청량방의 철갑진은 무너지고 있었다.

한쪽이 뚫리며 금행대가 돌진하자 청량방의 철갑진은 단번에 십여 장 뒤로 물러났다.

다리는 통과했지만 또다시 철갑진이 펼쳐져 있었다.

색귀가 고개를 내밀고 주먹을 날리며 욕을 해대고 있었다.

"에라, 이 몰인정한 놈아, 고작 다리 하나를 차지하려고 수하들을 그렇게 죽이냐? 천하에 다시없는 멍청한 놈이로다. 자, 이제 또 시작해 볼까?"

구절문주는 다리는 차지했지만 다시 철갑진으로 막혀 있자 또 같은 짓을 해야 한다 생각하며 치를 떨었다.

하지만 한 번 뚫은 철갑진이니 다시 못 뚫을 리는 없었다.

다만 희생이 조금 따를 뿐이었다.

주먹 감자를 날리며 연신 욕을 해대는 색귀를 잡아서 꼭 찢어 죽이리라 다짐하며 구절문주는 명령을 내렸다.

다시 금행대와 서천대의 무사들이 돌진했다. 이번에는 다리 위에서보다 상황이 더 안 좋았다.

오르막에 철갑진이 있는 터라 아래에서 위를 공격하니 자연히 힘이 들었다.

다리 위에서보다 더 많은 사상자가 났다.

하지만 철갑진을 뚫기만 하면 홍학방까지는 고작 백여 장 거리이니 이번이 마지막 고비라 생각했다.

한식경이 지나 철갑진은 다시 뚫렸다.

하지만 고작 십여 장밖에 전진하지 못했고, 다시 철갑진이 앞을 가로막고 있었다.

금행대 오십 명 중 멀쩡한 자는 고작 십여 명뿐이었고, 성경방의 서천대 무사 또한 사십팔 명 중 십여 명만이 남아 있었다.

하지만 옆으로는 홍학방의 담장이 보이고 있었고, 비록 담장이 높기는 하지만 조금만 더 전진하면 담장을 기어올라 홍학방에 진입할 수도 있을 듯했다.

그때 연미촌을 지키고 있던 혈련교주가 전령을 보내왔다.

"헉, 헉, 큰일 났습니다. 지금 후미를 십대세가 놈들이 가로막고 있습니다."

구절문주와 성경방주는 화들짝 놀랐다.

자기 집을 지키고 있어야 할 십대세가 놈들이 퇴로를 막고 있을 줄은 상상도 하지 못하던 일이었다.

"그럴 리가 없는데, 분명 십대세가 놈들이 확실하더냐?"

구절문주가 다짐을 받았지만 전령은 고개를 끄덕였다.

"분명합니다. 양가장의 철갑기마대가 선봉에 서 있고, 남궁세가를 제외한 십대세가의 깃발이 휘날리고 있습니다. 교주님께선 목책을 끌어다가 적들을 상대할 진을 만들고 있습니다."

"이, 이런……."

구절문주의 말이 끝나기도 전에 홍학방의 담장 위에서 천뢰구가 날아오기 시작했다.

이번에는 한두 개가 아니라 마치 우박이 쏟아지듯 무더기로 날아오고 있었다.

꽈광! 꽝! 꽝!

사방에서 천뢰구가 터지고 철갑진이 갑자기 전진해 오기 시작했다.

철갑진의 후미에서 단창의 창날이 무수히 날아오고 수전이 날아왔다.

어느새 홍학방 안에서 무사들이 잔뜩 달려나와 암기를 던지고 있었다.

속이 뒤집히는 듯한 역한 냄새를 내는 검은 액체가 날아오고 불화살이 날아왔다.

검은 액체는 서역에서 난다는 불이 붙는 기름이었다. 땅에도 나무에도 불이 붙었다.

누가 퇴각하라 명령하지도 않았지만, 구절문과 성경방 무사들은 정신없이 뒤로 내달리고 있었다.

구절문주와 성경방주도 서로 먼저 몸을 날려 홍학교로 달리고 있었다.

갑자기 시야가 흐려지며 안개가 끼기 시작했고, 산천초목이 변하며 사방이 불바다로 변했다.

사방에서 아우성 소리가 들렸다.

구절문주는 진식이 발동되고 있다는 것을 알았지만 어떤 것을 부숴야 할지 알 수가 없었다.

“허상이다! 눈에 보이는 것을 믿지 말고 다리까지 퇴각해
라!”

말은 그렇게 했지만 구절문주조차 허상과 실상을 분간할 수
없었다.

간신히 홍학교를 넘은 사룡회 사람들은 연미촌으로 들어섰
다.

이미 혈련교 무사들은 십대세가 사람들과 접전을 벌이고 있
었는데, 형편없이 밀리고 있었다.

홍학방에서 기마무사들이 달려나와 이제는 퇴각하는 길만
이 유일한 활로였다.

구절문주는 무사들을 독려하며 계속 소리를 질렀다.

“낙성교에서 집결한다! 낙성교다! 당주와 대주들은 들어라!
낙성교에서 집결한다!”

이제는 죽기 살기로 퇴로를 뚫고 오십 리 떨어진 낙성교에
서 집결할 수밖에 없었다.

구절문주와 구절문의 호법, 성경방주와 호법들이 앞장을 서
니 간신히 퇴로가 열렸다.

멀리 장창을 번쩍이며 사룡회의 무사들을 도살하고 있는 양
충과 양경이 보였지만 구절문주와 성경방주는 이를 갈며 몸을
날렸다.

홍학방에서 고수가 뛰쳐나오기 전에 도망치는 길이 그나마
피해를 줄이는 길이었다.

낙성교에 모인 무사들은 원래 병력의 십분지 일도 채 되지 않았지만, 고수라 할 만한 자들이었으니 구절문주와 성경방주는 그나마 위안이 되었다.

구절문에선 호법대와 추밀당 무사 일부만이 남아있었고, 성경방은 호법대와 북천대를 비롯한 사대천대 일부만이 겨우 남아 있었다.

이젠 다시 합비나 남창으로 돌아갈 수밖에 없었다.

하지만 정신없이 합비로 향할 때 합비에서 전령이 달려오고 있었다.

합비는 이미 소림과 개방이 점령해 버렸다는 전갈이었다.

그동안 개방에 들이민 돈만 해도 엄청났는데, 이렇게 뒤통수를 맞을 줄은 몰랐다.

그러나 전령은 더 기가 막히는 말을 했다.

"남창까지 이미 화산과 종남, 무당에서 점령했다는 전갈을 받았습니다."

구절문주는 정신이 아득해 오며 현기증까지 났고, 성경방주와 혈련교주는 서로를 바라보며 망연자실한 표정을 지었다.

돌아갈 집이라도 있으니 그나마 사정이 나은 것은 혈련교와 성경방이었다.

"적들의 추격이 시작될 것이니 먼저 떠나겠습니다."

성경방주가 눈을 감고 있는 구절문주에게 일방적으로 말하고 가버리자 혈련교주 또한 같은 말을 하고 떠나가 버렸다.

하지만 구절문주는 돌아갈 집이 없어져 버렸다.

다행히도 만약의 경우를 대비해 돈과 무기, 골동품을 따로 감춰둔 것이 천만다행이었다.

그곳에는 구절문의 원로들이 있었다.

처와 첩실들의 생사도 궁금했지만 지금은 그런 걸 신경 쓸 때가 아니었다.

주정양과 주정관, 주정균의 부축을 받고 구절문주도 몸을 일으켰다.

구절문주는 남은 백여 명의 수하를 이끌고 유일하게 남은 자신의 거점으로 몸을 날렸다.

검귀는 멀리서 그 모습을 바라보다가 반대편 숲으로 몸을 날렸다.

가진 모든 것을 잃었다. 이제 검귀에게 남은 것이라고는 손에 든 검 한 자루가 전부였다.

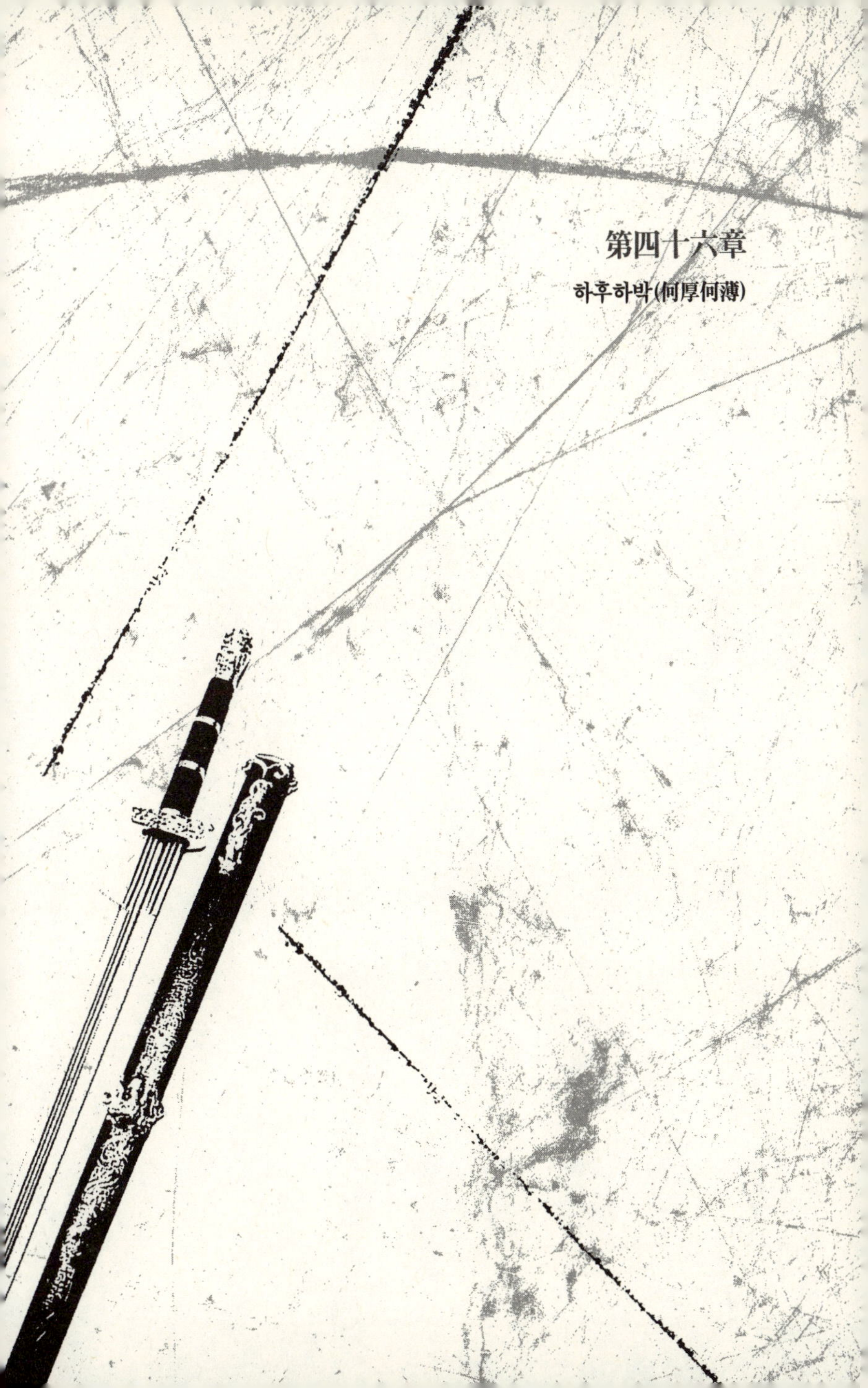

第四十六章

하후하박(何厚何薄)

성경방주는 백기를 내걸고 앞을 가로막는 무림맹 사람들에게 전의가 없음을 밝혔지만, 무림맹은 성경방 사람들이 그냥 가게 내버려 두지 않았다.

앞을 막은 무리는 양가장의 기마대였다.

성경방주는 점잖게 나섰다.

"아무 짓도 하지 않고 성경으로 돌아가겠으니 비켜주시오."

성경방주는 뒤를 추격하고 있는 청량방이 두려웠지 양가장이 두려운 것은 아니었다.

하지만 앞을 막은 양충은 한껏 거만하게 말했다.

"온갖 나쁜 짓을 다 하고는 그냥 집으로 가겠다면 보내줄 성싶었소? 목을 내놓으시오."

성경방주는 직접 검을 들고 양충에게 달려갔다.

양충은 말에서 뛰어내리며 춘뢰진노(春雷震怒)를 펼쳤다.

창영이 난무하며 팔방에서 예리한 한기가 날아왔지만 성경방주는 검을 크게 돌리며 맞받아쳐 갔다.

회풍난무(廻風亂舞)의 강맹한 검식이었다.

채쟁! 꽈광!

파공음과 폭발음이 들리며 두 사람은 한 발씩 물러났다.

양충은 구성의 공력으로 선공을 했음에도 불구하고 성경방주의 공력이 만만하지 않자 하평창(下平槍)으로 가볍게 찔러가며 성경방주를 유인한 뒤, 청룡출수(靑龍出水)의 창법으로 성경방주를 몰아갔다.

하지만 성경방주는 마치 기다리고 있었다는 듯 옆으로 돌며 해저소월(海底掃月)의 검식으로 역습해 왔다.

중심이 앞으로 쏠린 양충은 간신히 몸을 틀어 검날을 피했다.

기선을 잡은 성경방주는 맹호도동(猛虎跳洞)의 검식을 세 번이나 펼치며 양충을 몰아갔다.

간신히 피한 양충이 창대를 고쳐 잡으려 했지만 이미 성경방주는 검신합일로 검강을 뻗어오고 있었다.

양충은 창로 안으로 뛰어든 성경방주를 창으로는 막기는 이미 늦은 터라 재빨리 몸을 날려 옆으로 굴렀다.

"흥!"

하지만 성경방주는 크게 냉소하며 다시 검을 찔러왔다.

쨍!

막 검날이 양충의 목을 찔러올 때 청아한 소리와 함께 성경방주의 검이 부러지고 말았다.

검을 격타한 것은 작은 철환이었다.

"어떤 놈이 감히……."

성경방주는 재빨리 수하의 검을 빼앗아 들고 뒤를 돌아봤다.

뒤에는 방상씨탈을 쓴 사람 하나가 양손에 철환을 들고 있었다.

양충은 방상씨탈을 쓴 사내가 하천이라는 것을 알았지만 모른 척하고 재빨리 몸을 일으켰다.

방상씨탈을 쓴 사내가 양손을 뿌리자 일곱 개의 철환이 날아왔다.

성경방주는 이리저리 몸을 피하고 간신히 철환을 쳐냈지만, 다시 일곱 개의 철환이 날아오자 어쩔 수 없이 몸을 굴렸다.

하지만 철환은 성경방주의 양 무릎에 박혀 버리고 그 순간 양충의 창날이 성경방주의 목을 찔러오고 있었다.

"헉!"

그것이 성경방주의 마지막이었다.

성경방의 호법들과 사천대 무사들은 이미 정신없이 달아나고 있었고, 양가장의 무사들이 뒤를 추격하고 있었다.

"흠, 누군지 알지만 모른 척해야겠지요? 구명지은에 감사드립니다."

양충이 방상씨탈을 쓴 사내에게 웃으며 말하자 그는 고개를 끄덕였다.

"이젠 혈련교주와 구절문주를 추격해야겠습니다. 선배님, 궁서설묘(窮鼠齧猫)라 했으니 성경방을 너무 궁지로 몰지 말고 적당히 살길을 열어주시길 부탁드립니다."

궁한 쥐가 고양이를 물 수도 있다는 말이니, 양충은 겸연쩍은 미소를 지었다.

하마터면 성경방주에게 목숨을 잃을 뻔했다.

무공에 대한 자부심이 높았던 양충이었지만 오늘 하늘 위에 또 하늘이 있다는 것을 알았다.

하지만 이미 성경방주는 죽어버렸으니 기분이 좋았다.

"예, 조심해서 호기를 부리는 일이 없도록 하겠습니다."

"보중하십시오."

양충의 말이 끝나자마자 방상씨탈을 쓴 사내는 한마디 말을 남기고 몸을 날렸다.

마치 한 마리 비조와도 같은 날렵한 신법이었다.

전의를 상실하고 도망치는 성경방의 무리를 쫓는 일은 북무림맹의 차지가 되었고 양가장 사람들은 다시 방향을 바꿔 혈련교와 구절문의 뒤를 추격했다.

처음에는 큰 무리를 지어 도망가던 사룡회의 잔당들은 객상을 가장하여 작은 무리를 이루며 도망을 치니 잡기가 어려웠다.

하천 또한 성경방주를 죽인 것으로 위안을 했다.

금성문과 해하방, 금화방의 삼대상단 상인들이 수상한 객상의 무리를 알려오기는 했지만 피라미들뿐이었고, 혈련교와 구절문의 수뇌들은 잡을 수 없었다.

혈련교는 기련산으로 향하고 있으니 그나마 추격이 쉬웠지만 구절문 사람들은 도대체 어디로 향하는지 알 수 없게 산지사방으로 흩어지고 있어 추적이 힘들었다.

하천은 구절문이 종적을 감춘다 한들 멀리 가지는 못할 것이니 상관없었지만 혈련교주는 농민군의 수뇌이기도 하니 꼭 잡아야 했다.

기련산과 섬서로 숨어버린다면 혈련교주를 다시 만나기란 어려운 일이었다.

혈련교주와 구절문주의 목에는 무림맹에서 내건 현상금이 자그마치 천 냥이었으니 마지막으로 기대할 것은 현상금을 노린 혈련교 반도들의 고변이었다.

역사적으로 반역을 일으킨 수괴는 현상금이나 포상을 노린 그 수하에 의해 죽임을 당한 경우가 많이 있었다.

진나라 말기, 농민 반란군의 수괴 진승(陳勝)이 그랬고, 당나라 말기의 황소(黃巢)가 그랬다.

반군 수괴의 목에 엄청난 현상금을 걸어놓는 것은 여러 가지 의미가 있었다.

농민반군은 오합지졸의 집단이었고, 여러 집단에서 모이다 보니 수괴에 대한 충성심이 덜했다.

그렇기에 많은 돈은 큰 유혹이 될 수 있었다.

그렇게 되면 수괴는 수하를 믿을 수가 없게 되니 곁에 두지 못하게 되고 시간이 지날수록 고립무원의 지경에 빠지게 되는 경우가 많았다.

하천은 서안에 머물며 혈련교의 잔당을 기다리고 있었다.

서안까지 오는 동안 많은 혈련교의 잔당들이 주살되거나 잡혔지만 혈련교주의 행적은 묘연했다.

심지어 혈련교의 핵심이라 할 수 있는 장로들까지 교주의 행방을 알지 못했다.

얼굴이 알려지지 않은 혈련교주였으니 잡기가 불가능한 일로 보였다.

그런데 하천이 머물고 있는 화산 속가 방파인 낙안방으로 소년 하나가 찾아왔다.

소년은 혈련교주의 행방은 모르지만 잡을 수 있는 방법이 있다며 소란을 피우고 있었다.

하천은 어린 소년이 현상금이 탐나 헛소리를 하는 것이라 생각해 관심을 두지 않았지만 문득 소년의 어깨 위에 앉아 있는 청매를 바라봤다.

"그래, 알았다니까. 하루에도 그런 말을 하는 사람이 열 명은 넘는다. 좋은 말 할 때 얼른 가라."

문을 지키는 수문무사가 소년을 쫓아내려 했지만 소년은 막무가내로 소리를 질렀다.

"아, 정말이라니까요? 높은 사람을 만나게 해줘요. 내 말이 거짓이면 이 청매를 주겠어요."

하천은 소년의 어깨 위에 앉아 있는 청매는 동북방에서 잡
히는 귀한 사냥매로, 값어치로 따진다면 삼십 냥이 넘는 것이
었는데 소년이 거짓이면 청매를 내놓는다 하자 소년을 불렀
다.

수문무사는 멍청한 용모로 역용하고 있는 하천을 청량방 사
람이라고만 알고 있었지만 하천이 소년을 부르니 그냥 내버려
두었다.

하천은 소년을 데리고 안으로 들어갔다.

"어떻게 혈련교주를 잡을 수 있지? 혈련교주를 잡게 된다면
현상금이 천 냥이다. 평생을 호의호식할 수 있는 큰돈이지.
자, 말해봐."

소년은 눈을 굴리며 주위를 둘러본 뒤, 아무도 없자 천천히
입을 열었다.

"원래 저는 혈련교 서안 분타주의 시동이었고, 서안 분타주
는 혈련교주의 애첩이었습니다. 그런데 지난번 청량방에서
분타주를 죽여 버렸지요. 솔직히 이 청매는 혈련교주의 것이
었습니다. 사냥을 좋아하는 놈이니 이 청매가 꼭 필요하겠죠.
하지만 서안 분타에 들린 연놈들이 운우지락을 나눌 때마다
제가 이 청매를 맡다 보니 이젠 제 말을 더 잘 듣게 되었습니
다."

소년의 말이 사실로 보여 하천은 활짝 웃으며 일단 금 한 냥
을 꺼내 손에 쥐어주었다.

혈련교주의 얼굴을 알고 있는 것만으로도 소년은 이용가치

가 있었다.

"그래, 그것만으로도 좋은 정보니 일단 값을 치르마. 이젠 어떻게 혈련교주를 잡을 수 있는지 말해주겠어?"

하천은 소년이 사설을 늘어놓자 빨리 말하라고 금 한 냥을 주었지만 소년은 계속 긴 이야기를 해댔다.

"이 청매에게 혈련교주의 신발 냄새를 맡게 했지요. 혈련교주는 철혜(鐵鞋:쇠 신발)를 신고 있습니다. 그놈의 신발 앞부분은 철로 만들어져 있어 놈은 신발을 신주단지 모시듯 하지요. 놈의 각법이 위력을 발휘하려면 신발은 꼭 필요한 무기이기도 합니다. 이 청매가 놈의 신발 냄새를 기억하니 놈의 신발 밑창 냄새를 맡게 한 뒤, 청매를 날리면 놈이 있는 곳으로 날아가게 될 것입니다."

하천은 인내심을 가지고 소년의 말을 다 듣고는 밝게 웃었다.

"그래, 밑창은 지금 가지고 있어?"

소년은 품을 뒤져 흰 천에 쌓인 천 한 조각을 꺼내 들었다.

"놈의 신발 밑창에서 조금 떼어낸 것이지요."

하천은 이제 겨우 열두어 살이나 됨직한 소년이 영악하기도 하니 혀를 내둘렀지만, 소년의 말대로 된다면 혈련교주를 잡을 수 있을 것 같았다.

하천이 밖으로 달려나가 청량방의 모든 무사들을 끌어모으니 화산 장로 원항도 달려왔다.

"무슨 일인가요?"

"혈련교주를 잡으러 갈까 하오. 화산에서도 나서시겠소?"

화산으로서는 혈련교가 화근이었으니 원항은 당연하다는 듯 고개를 끄덕였다.

"잠시만 기다리시오. 모든 제자들을 불러 모으겠소."

일각이 지나고 모든 준비가 끝나자 소년은 청매에게 신발 밑창 냄새를 맡게 하고 하늘 높이 날렸다.

가는 실로 청매를 묶어놓아 멀리 날려 하면 소년은 익숙한 솜씨로 줄을 잡아당겼다.

청매는 뜻밖에도 서안의 번화가인 동대가(東大街)로 날아갔다.

청매가 골동품을 파는 점포의 깃발에 날아내리니 청량방과 화산 사람들은 그 점포와 주변을 물샐틈없이 포위했다.

점포의 문을 박차고 청량방의 무사들이 뛰어들어 가자 이층 창문이 부서지며 한 사람이 비조같이 날아 나왔다.

무려 칠, 팔 장을 날아 서안성의 남문인 명덕문(明德門) 쪽으로 날아갔다.

길목을 막는 무사들을 뛰어넘어 단숨에 포위망을 뚫고 날아가는지라 하천도 당황했지만 바로 몸을 날려 뒤를 따랐다.

깊은 숲으로 뛰어든데다가 엄청나게 빠른 신법이라 종적을 놓치는 일이 많아 일각을 달려도 따라잡지 못했지만 점점 거리가 좁혀들기 시작했다.

하천은 철환 두 개를 빼 들고 앞서 달려가는 사내의 귓전을 향해 날렸다.

파공성이 일며 양 귓전으로 철환이 날아가자 사내는 우뚝 멈춰 서더니 뒤돌아 무릎을 꿇고 절을 올리고 있었다.

"오래전부터 흠모하였으나 이제야 뵙게 되었습니다. 소생은 섬서 미지(米脂) 사람으로, 이자성(李自成)이라 합니다."

하천은 혈련교주가 아니라 맥이 빠졌지만 이자성 또한 농림 봉기군의 수괴로 침왕(闖王)이라고 자칭하며 섬서를 어지럽히는 인물이라 감언이설로 수작을 부린다 생각하고 단번에 죽여버릴 작정으로 천천히 다가갔다.

하지만 바닥에 무릎을 꿇고 양손을 바닥에 단정히 대고 있는 이자성은 죽음에 대한 두려움이 조금도 없는 차분한 눈빛을 하고 있는지라 하천은 들었던 손을 내렸다.

철혜(鐵鞋:쇠 신발)를 신고 있지 않으니 혈련교주가 아닌 게 분명했다.

"혈련교주가 그곳에 있어 고수를 유인하기 위해 몸을 날렸습니다. 이 한 몸 바쳐 백성이 편안할 수 있다면 제 역할은 마친 것이니 죽여주십시오."

하천은 그가 대장부인 양 허세를 부린다 생각하고 천천히 손을 들어 올려 아래로 내려쳤다.

하지만 이자성은 조금도 자세가 흔들리지 않고 조용히 눈을 감고 있었다.

하천은 저절로 한숨이 나왔다.

이런 사람을 죽인다는 것은 살인이었다.

두립타혈의 수법으로 일곱 군데 혈도를 제압하고 이자성을 일으켜세웠다.

"하고 싶은 말이 많겠지만 서안 관아에 가서 하도록 하시오."

하천은 아혈까지 봉쇄된 이자성을 옆구리에 끼고 몸을 날리다가 문득 아래를 살피니 그의 옷은 군데군데 기워져 있고 남루한 것이라 우뚝 멈춰 서며 아혈을 풀어주고 바닥에 내려놓았다.

침왕이라 자처한 사람이 이런 남루한 옷을 입고 있다는 것은 호의호식하고자 봉기를 한 게 아니라 생각했고, 농림군에 대해 잘 알지 못하니 사연이라도 들어보고 싶었다.

"잠시 쉬었다 갑시다. 그런데 스스로를 침왕이라 했으면서 왜 이리 남루한 옷을 입고 있는 게요?"

하천의 말에 이자성은 쓴 미소를 지으며 입을 열었다.

"천자께서 간신 위충현(魏忠賢)을 죽일 때는 선정을 베풀어 굶주린 백성들이 잘살 수 있는 세월이 오나 했습니다. 하지만 당금의 천자 또한 위충현 못지않은 간신배인 환관의 무리를 중용하며 황실의 재산만 늘려가고 백성이야 죽든 말든 상관하지 않는 사람이라는 것을 알게 되었습니다. 농민이 잘살고 청국이 이 강산을 삼키지 못하게 하려면 주씨 천하는 더 이상 지속되어서는 안 된다 생각했지요."

"당신이 섬서를 교란하니 청국이 대명을 넘보는 게 아니겠소?"

"그렇지 않습니다. 이미 명 황실은 그 운명을 다했습니다.

소생이 아니라도 농민봉기는 계속될 것이고, 소생은 나라가
도탄에 빠지는 것을 막기 위해 일어선 것입니다."

하천은 말만 유창한 사람이라 생각하고 다시 혈도를 제압하
려는데 이자성은 계속 말을 했다.

"황실의 재산 절반만 풀어도 부국강병한 나라가 될 수 있습
니다. 백성이 다 죽은 다음, 황실의 재산이 무슨 소용이 있겠습
니까? 소생은 귀천을 가리지 않고 농지를 균등하게 배분할 것
이고, 삼 년간 세금을 거두지 않겠다는 공언을 하고 농민군을
일으켰습니다. 그러니 스스로 재산을 모아서는 안 되고, 재물
이 생긴다면 농민에게 돌려줘야 한다는 게 신념입니다. 또한
소생이 이끄는 농민군은 살인하지 말고 재물을 탐하지 말며
간음하지 말고 약탈하지 말라는 것을 군령으로 내세우고 있습
니다."

하천은 눈을 들어 먼 하늘을 바라봤다.

이자성의 말대로 된다면 정말 백성들은 잘살 수 있을 것이
고, 군령이 바로 선다면 공명정대한 강군이 될 것 같았다.

죽이기에는 아까운 사람이었다.

하천은 많은 재물을 모으고도 백성을 위해 뭘 할 것인지 생
각해 보지 않았는데, 이자성은 백성을 위해 어떻게 할 것인가
를 생각해 본 사람이니 최소한 자신보다는 나은 사람이라 생
각했다.

그러나 말만 그렇게 하는 것인지 정말 실천을 하는 것인지
는 알 수 없었다.

하지만 섬서와 감숙의 농민군은 백성을 약탈하는 파렴치한
은 아니었다. 약탈과 간음은 오히려 관군에 의해 자행되고 있
는 형편이었다.

관군의 군령이 농민군보다 못하다면 그 나라는 망할 수밖에
없었다.

이자성이 아니라 해도 대명국이 오래가지 못하리라는 것을
하천 또한 알고 있었다.

"부디 가진 힘을 힘없는 백성들을 위해 사용해 주십시오. 무
영신권이란 대명은 변방에서도 신과 같은 존재이지요. 방주님
께서 백성을 위해 활검을 드신다면 만백성이 따르게 될 것입
니다. 방주님께서 일어나신다면 반년 안에 이 강산의 주인이
되실 수 있습니다. 그렇게만 된다면 소생 이 자리에서 죽어도
한이 없겠습니다."

이자성은 눈물까지 흘려가며 반란을 거론하고 있는지라 하
천은 버럭 소리를 질렀다.

"그만하시오. 대명국 또한 농민군이 세운 나라이긴 하오만
황조가 오래가다 보니 이 지경이 되지 않았소? 누가 그 자리에
앉아도 마찬가지라오."

"하지만 오랑캐에게 이 강산을 넘겨주어서는 안 되겠기에
소생이 일어난 것입니다."

하천은 어떻게 해야 좋을지 몰랐다.

하천이 보기에는 이자성이란 인물이 최소한 소인배는 아니
었고, 공명정대(公明正大)한 사람이라 생각했다.

하천은 이자성의 눈을 바라보며 말했다.

"당신의 목숨보다 혈련교주의 목숨이 소중하다는 말이오? 왜 이런 짓을 했소?"

이자성은 손을 들어 눈물을 닦고 하늘을 바라보더니 입을 열었다.

"혈련교 또한 사교니 마교니 말들 하지만, 그건 잘못된 것입니다. 서로를 돕고 의지하며 살아가자는 것이 어찌 사악한 일이 될 수 있습니까? 많이 가진 자가 조금 가진 자를 위해 기쁜 마음으로 돈을 내놓는 것이 어찌 잘못이라 말입니까? 천자가 백성을 돌보지 않으니 혈련교에서 백성을 돌보겠다는데, 어찌 그게 마교가 됩니까? 혈련교를 마교라 부르는 것은 위정자들의 술책에 백성들이 부화뇌동하는 것입니다. 그러니 소생보다는 혈련교주가 살아야 하지 않겠습니까?"

하천은 벌떡 일어났다.

혈련교주가 죽었는지 살았는지 빨리 확인해야 했다.

하천은 손가락을 튕겨 이자성의 귀 안에 천리미향을 날리고 손을 저어 나머지 혈도를 풀어줬다.

"가시오. 부디, 당신이 말한 것처럼 그렇게 살고, 내가 있는 절강과 강소는 얼씬거리지도 마시오. 나 또한 이제부터라도 가난한 백성을 위해 할 수 있는 일을 찾아보겠소. 오늘 우리 두 사람이 만나고 나눴던 이야기는 없었던 일이오. 명심하시오. 나는 천리미향으로 당신을 찾을 수 있고 언제라도 당신을 죽일 수 있는 사람이오. 구절문주와는 아예 상종을 마시오. 그놈은 천하에 다시없는 간악한 소인배요.”

“잘 알고 있습니다. 구절문과 소생은 아무런 연관이 없습니다. 대자대비하신 방주님께서 베푸신 대은, 결코 잊지 않겠습니다. 부디 살펴 가십시오.”

이자성은 말을 마치고 사배를 올린 뒤에야 천천히 떠나갔다.

하천은 차마 농민군의 수괴를 죽일 수가 없었다.

하천은 재빨리 몸을 날려 다시 동대가로 돌아왔지만 이미 상황은 끝이 나 있었다.

바닥에는 철혜를 신은 사람의 주검이 보였다.

어깨와 목, 이마에 수전을 맞았고, 가슴에는 검상이 있었다. 격렬하게 저항하다가 죽은 게 분명했다.

그 외에도 많은 사람의 시신이 있었다. 소년이 다가와 설명을 했다.

“이곳이 혈련교의 거점이었나 봅니다. 교주를 비롯해 사대호위가 다 모여 있었고, 안에는 그들의 재산이 엄청나게 있으니 이곳이 그들의 보고였던 게 분명합니다.”

정말 소년의 말대로 안에는 많은 보물이 숨겨져 있었고, 호법대와 살귀의 수하들이 보물을 살펴보고 있었다.

이자성은 그런 사람이 아니었지만, 혈련교주는 사리사욕에 눈이 먼 사람이 분명했다.

하천은 첩실을 두고 교도를 위하는 척하며 재산을 숨겨온 혈련교주가 잘 죽었다고 생각했다.

살귀가 손짓하자 한구석에 모여 숨을 죽이고 있던 섬서 관아 사람들이 쪼르르 달려와 혈련교주의 시신과 수하들의 시신을 수습하기 시작했다.

하천은 소년을 불러 무림맹에서 내건 현상금 천 냥을 건네줬다.

소년은 보물을 찾았으니 더 줄 것으로 기대하고 있었지만 하천은 소년과 눈도 마주치지 않았다.

영악한 아이니 장차 큰 인물이 될 게 분명했다. 하지만 백성에게 득이 되는 인물이 아닌 독이 되는 인물로 자랄 것 같았다.

하지만 짐작만으로 지금 당장 소년을 어찌할 순 없었다. 가까이 두기에도 싫으니 돈만 내주고 아예 쳐다보지 않았다.

자신의 주인을 판다는 것은 가장 치졸한 것이고 소인배의 짓이었다.

소년은 그날 밤을 넘기지 못하고 저녁 즈음에 후미진 곳에서 시체로 발견되었다.

하천의 마음을 읽은 살귀의 짓이 분명했지만 하천은 아무 말도 하지 않았다.

저녁에는 화산칠자가 모두 모여 낙안방으로 하천을 초대했다.

화산칠자는 이번 기회에 혈련교의 본거지인 기련산을 토벌하자고 제안했다.

화산칠자는 혈련교가 눈엣가시와 같았으니 논리정연하게 혈련교의 패악을 말하기 시작했다.

하지만 혈련교를 친다는 것은 농민군을 친다는 말과도 같았다.

별 무력도 없는 농민군을 토벌한다는 것은 살인이나 같았다.

하천은 말없이 품을 뒤져 종이 하나를 내밀었다.

북해빙궁의 대호법에게 내상을 입은 원경을 치료해 주고 받았던 화산칠자의 수결이었다.

화산칠자는 방상씨탈을 쓰고 원경을 치료해 준 기인이 하천인 것을 알고 박장대소를 하며 웃었다.

하지만 하천은 정색을 하고 말을 시작했다.

"공을 내세우자는 것은 아닙니다만, 그 수결을 돌려받으시고 기련산을 토벌하는 일은 없는 일로 해주십시오. 굶주리고 헐벗은 농민이 모여 있는 곳입니다. 굳이 기련산을 쳐 중원으로 그들을 내몰 필요는 없을 것입니다. 교주와 사대호위까지 죽은 마당에 그들도 더 이상 서안을 넘보지는 못하겠지요."

화산칠자도 웃음을 멈추고 진지하게 듣고 있었다.

잠시 침묵이 흐르고 원송이 입을 열었다.

"청량방주님의 뜻이 그렇다면 화산에서 어찌 거역하겠습니까? 하긴 기련산의 혈련교보다는 섬서의 농민군이 더 문제이긴 하지요."

하천은 원송이 섬서의 농민군을 거론하자 이자성을 놓아준 일이 생각나 가슴이 철렁했지만 금세 마음을 진정시켰다.

원항이 원송의 말을 받았다.

"농민군이 휩쓸고 지나가면 그다음엔 관군이 들이닥쳐 난리를 쳐대니 죽어나는 것은 농민들뿐입니다. 간음과 약탈은 농민군이 하는 게 아니라 관군이 하는 실정입니다. 정말 어찌해야 좋을지……."

하천은 원항을 바라보고 웃으며 말했다.

"조정에서 나서야 할 일이지요. 무림인이 어찌 농민군을 핍박할 수 있겠습니까? 농민군이 화산을 넘보는 일은 없을 것이니 화산에서는 인근 농민을 위해 진휼미(賑恤米)라도 내놓는 게 한 방도가 아닐까 싶습니다."

하천이 진휼미를 거론하자 원항은 즉각 말을 돌렸다.

"자, 이 자리는 서안을 평정한 청량방주님의 공덕을 칭송하는 자리이니 이제 화제를 바꿉시다. 그런데 방주께서는 언제 의술을 익히셨습니까?"

하천은 원항이 원경을 구해준 일을 거론하니 그저 웃고 말았다.

화산에서는 말로는 강호 정의를 내세우면서도 인근의 농민을 도울 생각은 전혀 없는 듯하니 하천은 한숨을 내쉬었다.

화산 같은 도관은 면세를 받고 농민은 많은 세금을 물어야 한다는 것도 강호 정의는 아니었다.

이제 남경으로 돌아갈 일만 남았다.

구절문주는 귀영문의 원수이기도 하니 좌시할 수는 없었고 남은 일은 구절문을 상대하는 일이었다.

많은 폭약과 신기전을 사용해 구절문의 정예를 없애기는 했지만 고수라 할 수 있는 자는 아직 많이 남아 있을 것이니 청량방의 화근은 구절문이랄 수 있었다.

하천은 남경으로 돌아가자마자 무림맹의 이름으로 구절문주의 목에 현상금을 내걸었다.

자그마치 오천 냥이었다. 오천 냥 정도라면 구절문의 내부에서도 구절문주의 목을 노리는 자가 생길 법도 한 거금이었다.

하천은 총관 하홍을 불러 청량방의 옆에 큰 의원을 짓고 용한 의원들을 초빙해서 무상으로 빈민을 치료해 주게 했다.

또 남경 외곽 네 군대에 진휼소를 만들고 빈민들에게 양식을 무상으로 주게 했다.

농지를 잃고 떠도는 유랑민에게 일자리를 주고 장강 유역의 농지를 사들여 소작을 주기도 했다.

천경방을 비롯한 남경의 방파들도 뒤를 따르고 금화방주도 하천을 따라 빈민을 구제하기 시작하니 절강과 강소에는 유랑민과 부랑자가 급속도로 줄어들었다.

섬서와 하남까지 농민군이 난리를 쳐댔지만 강소와 절강은 평온을 유지할 수 있었다.

　　악원은 남궁완청을 맞아들여 혼례를 올렸고, 남궁가에서도 참석해 혼례는 성황을 이루었다.

　　악원은 비록 서출인 악운건의 아들이긴 했지만 학문도 제법 익힌데다 무예도 출중했으니 남궁가주도 그리 싫은 기색은 아니었다.

　　이 혼례를 계기로 청량방과의 구원도 청산할 수 있었으니 남궁가주의 입장에서는 오히려 환영할 일이었다.

　　청량방이 무림을 호령하는 시절이 꽤 오래가리라는 것을 남궁가주는 짐작하고 있었던 것이다.

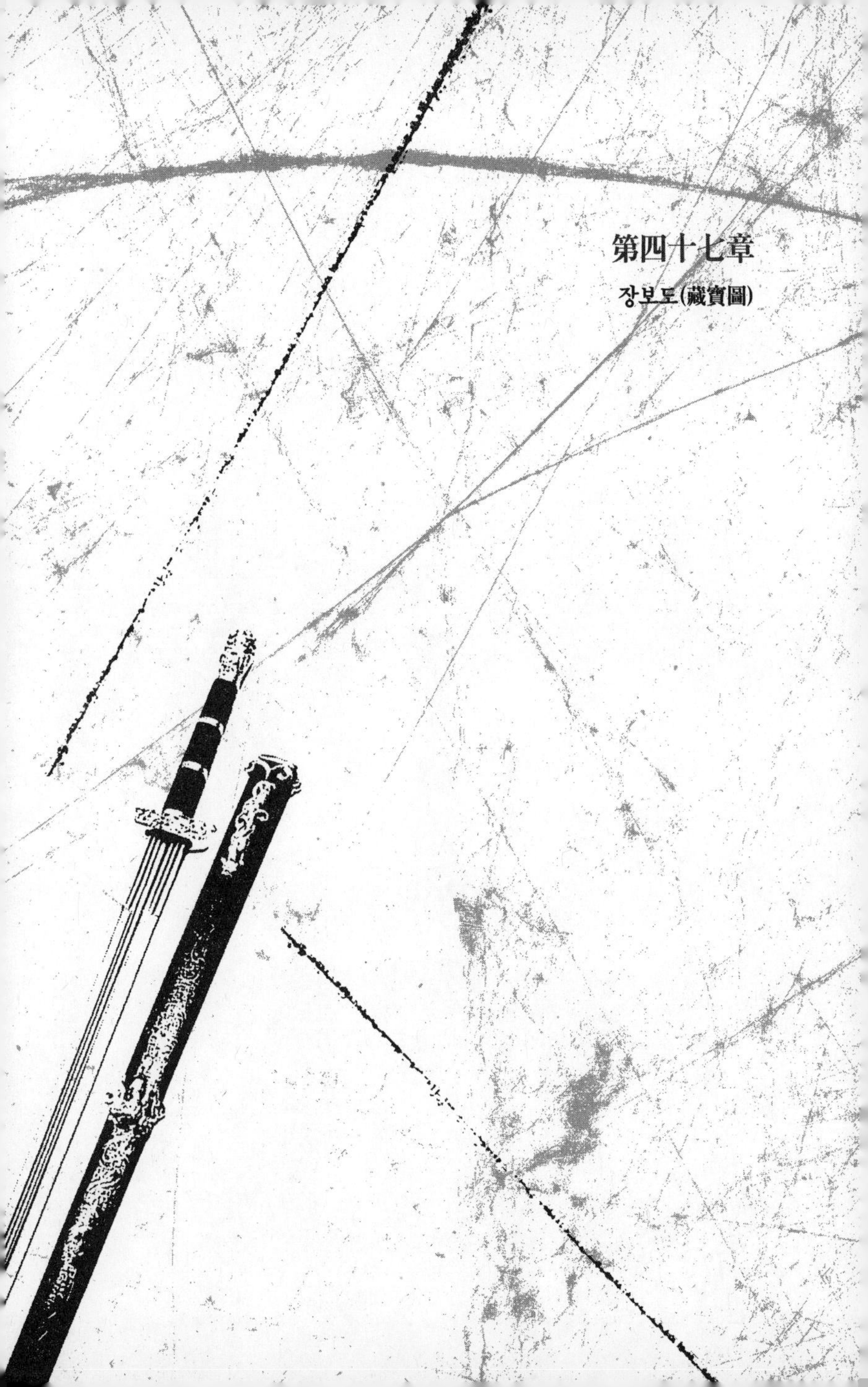

第四十七章

장보도(藏寶圖)

해가 바뀔 무렵, 장보도(藏寶圖)가 나타나 다시 무림은 혼란
에 빠져들었다.

장보도를 차지하는 자, 천하제일의 고수가 되고 천하제일의
갑부가 될 수 있다는 소문이 널리 퍼졌고, 이젠 공공연한 사실
처럼 되고 말았다.

새외의 온갖 무림인이 강호로 들어와 장보도를 찾아 헤맸
다.

장보도가 처음 나타난 곳은 합비 소요방이었다.

소요방의 정문으로 장보도를 손에 쥔 벽안의 무사 하나가
뛰어들었다.

벽안의 무사는 자신의 손에 쥔 것이 장보도임을 말하고 신

변 보호를 요청했지만 말을 마치고는 바로 숨을 거두고 말았다.

벽안무사의 뒤를 따르던 인물은 살수의 무공을 익힌 듯한 복면인이었다.

복면인은 즉각 소요방으로 뛰어들어 자신이 원래 장보도의 주인이라 말하며 장보도를 돌려줄 것을 요구했는데, 소요방에서 돌려줄 리가 만무했다.

복면인의 무위는 엄청났지만 중과부족이라 소요방의 무사들과 혈전을 벌이다가 부상을 당하고는 도망치고 말았다.

소요방주는 무당의 속가제자라 즉시 무당으로 전서구를 날리고 원군을 요청했다.

전서구가 당도하는 데만도 이, 삼 일은 걸릴 것이고 무당 또한 소요방에서 차지한 장보도가 진짜 장보도라면 무림이 경천동지(驚天動地)할 일이라 즉시 제자들을 보낼 게 분명했다.

하지만 무당에서 합비까지는 준마를 타고 달려도 오 주야는 걸리는 먼 거리, 소요방으로서는 무당을 믿고 칠, 팔 일을 넘게 기다릴 수가 없었다.

묘수가 없다면 당장 오늘 밤, 소요방은 화를 당하고 말 것이었다.

소요방주는 이미 소요방이 장보도를 노리는 무림인들로 사방이 막혀 있어 탈출하기도 불가능하다는 것을 알고 있었다.

문간에서 그 난리를 하는 통에 모든 방파 무사들이 그 사실을 알았고 비번인 무사들까지 전부 소집해 봤지만 방 내에 있는 무사는 고작 삼십 명에 불과했다.

소요방주는 같은 무당 속가인 태화방에 구원을 요청했다.

태화방주는 소요방주를 만나 장보도로 얻는 무공서와 보물의 이 할을 차지한다는 조건으로 소요방을 돕기로 했다.

태화방의 무사들이 소요방으로 달려오자 그때서야 소요방의 무사들도 몰려들기 시작했다.

백여 명의 무사가 소요방에 모였고, 양 방주는 무사들에게 처우 개선을 거론하며 무사들의 사기를 높였다.

두 사람은 밀실에 들어앉아 마지막 의견 조율을 하고 있었다.

"무당에서 얼마나 많은 제자가 올지는 모르지만 무당의 힘만으로는 이 장보도를 지켜낼 수는 없을 것 같소. 지금이라도 청량방에 전서구를 날리는 게 어떻겠소?"

소요방주가 걱정이 되어 말했지만 태화방주는 고개를 저었다.

"조금만 견디면 무당에서 사람이 올 텐데 무슨 걱정이 그리 많소. 밖에 몰려 있는 무리라 해봐야 다 낭인 조무래기들이나 관외, 새외의 잡배들이 아니오? 백 명이 넘는 무사가 있는데 설마 제 놈들이 어쩌겠소? 공연히 청량방을 불러들이면 좋은 일은 청량방 차지가 되고 말 것이오. 보물의 절반은 달라 할 텐데, 그럼 남는 게 뭐가 있겠소?"

태화방주는 강적이 없으면 그냥 지키고 있으면 되고, 강적이 몰려오면 도망가 버리면 되니 한가한 소리를 했다.

소요방주도 가만히 생각해 보니 서장무림이 아니라면 강적이라 할 만한 집단도 없으니 무당에서 사람이 올 때까지는 견딜 수 있을 것 같아 외곽 경계만 강화하고 말았다.

하지만 바로 그날 밤, 흑두건을 쓴 한 떼의 무사들이 바로 소요방으로 들이닥쳤다.

소요방과 태화방의 무사들은 제대로 싸워보지도 못하고 도망치기 바빴고 소요방주는 간신히 가족들을 이끌고 후문으로 도망쳤다.

심야에 말발굽 소리가 요란하며 추격전이 벌어졌다.

소요방을 에워싸고 있던 무림인들은 신법을 전개하여 뒤를 따랐고 합비는 장보도로 인해 큰 혼란에 빠지고 말았다.

소요방주와 그 가족들은 합비도 벗어나지 못하고 결국 시체로 발견되었고, 장보도는 흑두건을 쓴 무사들의 손에 들어가고 말았다.

대별산을 근거지로 하던 흑도 문파인 호도문이었지만, 그들 역시 하루를 넘기지 못하고 장보도를 빼앗기고 말았고, 장보도는 하루에도 몇 차례나 주인이 바뀌며 그렇게 사흘이 지났다.

뒤늦게 청량방에서 나섰지만 이미 장보도의 행방은 묘연해지고 말았다.

며칠이 지나 무당에서도 합비로 달려오고 소림과 화산에서도 나섰지만 장보도의 흔적은 찾을 수 없었다.

많은 사람이 장보도를 보긴 했지만 거기엔 아무런 글씨도 적혀져 있지 않고 보물이 묻힌 지점과 지형만 표시되어 있다

했다.

다시 며칠이 지나자 이젠 사방에서 장보도가 나타나기 시작했다.

누군가가 무림을 혼란에 빠뜨리기 위해 여러 장의 장보도를 유출시키는 게 분명했다.

하지만 무림인들은 장보도를 손에 넣기만 하면 강호제일의 고수가 되고 갑부가 될 수 있다 말하며 장보도를 손에 넣기 위해 혈안이 되어 있었다.

하천은 이미 두 장의 장보도를 손에 넣었고, 그 두 장은 똑같은 재질에 같은 지형이 그려져 있었다.

이미 풍수와 명리학에 통달한 잡귀와 귀법수가 장보도를 살피고 있었다.

"보자, 산세는 강남의 산세요, 물줄기는 장강의 물줄기고, 남경이랑 비슷한데? 조산(祖山)에서 주산(主山)을 거쳐 혈장에 이르는 맥의 연결이 생기발랄하고, 또 연화부수형(連花浮水形)의 지형인데다가… 어라, 자금산인데?"

귀법수가 한참을 들고 있다가 말문을 열자 잡귀도 안색이 흑빛으로 변하며 소리를 질렀다.

"사부님, 자금산일 뿐만 아니라 바로 이곳, 홍학방을 표시하고 있습니다."

귀법수는 깜짝 놀라 장보도를 다시 살피더니 고개를 끄덕였다.

"그렇구나, 바로 홍학방이야. 그것도 내당의 내전을 가리키고 있구나.”

하천도 깜짝 놀라기는 했지만 기가 막혀 웃음이 절로 나왔고, 귀법수도 껄껄대며 웃었다.

“이거, 어느 잡놈이 청량방을 골탕 먹이려고 만든 지도잖아. 홍학방에 한번 와본 사람이라면 보물이 묻힌 곳이 어디라는 걸 다 알게 생겼군.”

“구절문이나 혈련교가 수작을 부린 게 분명해요.”

잡귀가 말하자 귀법수도 고개를 끄덕였다.

“그래, 그게 아니라면 서장 감단사나 여진의 성경방일 수도 있지. 방주, 웃고 있을 때가 아니오. 이 장보도가 얼마나 나돌아다니는지 모르나, 어지간한 풍수가라면 이곳이 홍학방을 표시하고 있다는 것을 곧 알게 될 것이오. 빨리 대책을 강구해야 하오.”

이미 하천도 그 생각을 하며 생각에 잠겨 있었다.

천하제일의 무공과 천하제일의 재물이라면 정인군자의 눈까지도 멀게 할 수 있는 큰 유혹이었다.

그때 집사가 화급하게 달려와 제갈가에서 사람이 왔다고 했다.

하천이 나가기도 전에 제갈동이 집사를 밀치며 들어오고 있었다.

“방주, 큰일이오. 산동에서 장보도 하나를 손에 넣었는데, 그 장소가 바로 천불사요.”

하천은 천불사가 귀영문의 지부라는 것을 아무에게도 말하지 않았지만, 제갈동은 짐작으로 알고 있는 듯했다.

"어디 한번 봅시다."

제갈동이 장보도를 내밀자 귀법수는 재빨리 지도를 살폈다.

"틀림없군. 천불사야. 이런 고약한 놈. 구절문의 소행이 분명하오. 강호에서 천불사의 정체를 아는 사람이고, 우리의 적이라면 딱 한 놈이 있을 뿐이지."

하천은 안색이 창백하게 변했다.

천불사는 개파 조사를 모신 곳이고 문주의 관문이 있으니 포기할 수 없는 곳이었다. 하지만 홍학방과 천불사 두 군데를 지키려면 인원이 분산될 수밖에 없을 것이니 공격하는 쪽은 큰 득을 볼 수 있었다.

십중팔구는 구절문의 소행이 분명했다. 하지만 구절문이 은거하고 있는 곳을 알지 못하니 당장 어찌할 수도 없었다.

화급한 일은 천불사를 지킬 무사를 보내는 일이었다.

다행인 것은 이미 제갈가에서 천불사로 무사들을 보냈고, 황보세가에서도 천불사로 무사를 보냈다는 소식이었다.

귀법수가 청량방에서 입수한 장보도를 보여주자 제갈동은 한참을 살피더니 깜짝 놀랐다.

"이, 이건 홍학방이 아닙니까?"

"그렇다네. 구절문주가 간악해도 어느 정도가 있어야지, 아주 고약한 놈이야."

하천도 화가 난 표정으로 입을 열었다.

"오천 냥으론 적었나 봅니다. 구절문주의 목에 만 냥을 걸

고, 그놈의 세 아들 목에 천 냥씩을 내걸어야겠습니다. 또 구절
문의 호법과 장로 중 귀순하는 자에게 이천 냥의 포상금을 내
린다면 구절문의 붕괴는 더욱 빨라지겠지요.”

“거참, 명안이오. 구절문이 그리 넉넉하지 못하고 구절문주
가 수하를 다루는 방법이 아주 용렬하다 하오. 그러니 현상금
과 포상금이 그 정도라면, 구절문주는 곧 고립무원의 지경에
빠지고 말 거요. 무림맹의 이름으로 각 세가와 방파에서도 곳
곳에 그 벽서를 적어 붙이게 하겠소. 그렇게 된다면 놈은 발붙
일 곳이 없게 될 거요.”

제갈동이 좋아하며 적극 호응을 하니 하천은 총관 하홍을
불러 즉시 시행하게 하고 악운건에게 호법대를 맡기고, 악원
의 청룡당, 악설의 주작당을 천불사로 보냈다.

며칠이 지나지 않아서 홍학방의 외곽을 경비하는 수문당주
구왕기는 하루에도 몇 명씩 수상한 자를 포박하고 있었다.

북해빙궁의 삼호법이었던 구왕기는 시비였던 당당과 결혼
한 이후, 방의 일에 늘 솔선수범하고 몸을 아끼지 않으니 수하
들도 잘 따르고 있었다.

천불사 또한 몇 차례나 괴한들이 침입해 왔지만 모두가 간
단히 제압되었다.

하지만 시간이 지날수록 천불사와 홍학방을 맴도는 무림인
은 늘어만 갔다.

침입자들은 대부분 낭인이거나 녹림도, 관외나 새외의 떠돌

이 무림인이었지만, 흑도의 무리들이 서로 연합해서 천불사와 홍학방을 노린다는 하오문의 정보가 들어왔다.

또, 서장 감단사가 은밀히 사천에 들어왔고 이미 사천을 떠나 호북으로 들어섰다는 당문의 기별이 있었다.

흑도의 무리들은 별게 아니었지만 감단사의 라마승은 만만치 않았다.

이미 홍학방에 감단사의 승려 다문을 잡아두고 있으니 감단사에서는 좋은 핑계가 될 수도 있었다.

이번에는 감단사의 사대천왕 중 하나인 증장이 두 제자를 이끈 채 아무 시비도 일으키지 않고 조용히 동진 중이라 했다.

눈에 보이는 것은 세 사람뿐이었지만 몇 명이나 오고 있는지는 알 수 없는 일이었다.

그러나 홍학방으로 향해 오고 있다는 것만은 분명했다.

감단사의 라마승들이 호북을 벗어나기도 전에 홍학방에는 하나의 명첩과 함께 한 장의 서신이 전해졌다.

증장의 이름으로 하천에게 보내는 도전장이었다.

구절문주와 천하제일을 다투는 하천에게 비무를 요청할 정도라면 증장 또한 무공에 대한 자부심이 상당한 자인 것 같았다.

형당 당주가 증장에 관한 정보를 얻기 위해 감단사의 포로들을 심문한 결과, 증장은 사대천왕 중 으뜸인 것은 물론이고, 나머지 세 명의 천왕이 합공해도 몇백 초를 버티는 서장제일의 고수라 했다.

하지만 증장은 한 번도 중원에 발을 내딛은 적이 없어 그 무공이 어떤 것인지는 전혀 알려지지 않았다.

하천은 전쟁이 아닌 비무의 형식이라면 다행이라 생각했다.

이미 구양진결의 오의를 완전히 깨달아 구양신공을 극한으로 펼칠 수 있었고, 따로 검이 필요없는 심검의 단계에 들어 있는지라 아무리 증장이 서장제일의 고수라 해도 자신의 경지에는 이르지 못한다고 확신하고 있었다.

하천이 무공 수련을 열심히 하고 있는 가운데 홍학방에는 두 사람이 찾아왔다.

오래전 귀영문을 버리고 구절문으로 투신했던 귀도수와 귀부수였다.

귀천수와 귀법수가 두 사람을 맞았다.

두 사람은 자신들의 잘못을 사과하고 다시 귀영문에 복귀하고 싶다는 말을 했다.

귀천수와 귀법수는 자신들이 결정할 일이 아니라 하천에게 알렸다.

하천은 석실에서 나와 두 사람을 맞았다.

두 사람은 장문을 대하는 예로 하천을 맞았고, 하천은 문하제자를 대하는 예로 두 사람을 맞았다.

그것으로 이미 하천의 속내를 보인 것이라 두 사람의 안색은 밝았다.

　두 사람은 귀검수에게 속아 귀영문을 떠난 일을 사과하고, 구절문주의 용렬함과 옹졸함을 욕한 다음에 구절문의 사정을 말하기 시작했다.

　"합비와 남창을 잃은 구절문주는 자신의 목에 현상금이 내걸리자 제자들을 뿔뿔이 흩어지게 하고 측근과 최정예만을 데리고 구화산으로 숨어들었습니다. 우리 두 사람은 이미 구절문주와는 멀어져 있어 구화산에 들지 못했지요. 그래서 항주에 머물고 있었는데 항주 분타주는 문주가 보내온 장보도를 퍼뜨리는 일을 맡았습니다. 문도 중 서역 출신인 자를 골라 장보도를 지니게 하고 합비로 가게 했지요. 그게 장보도로 난리가 나게 된 첫 시작이었습니다. 그 외에도 양주에 또 하나의 분타가 있으니 하루빨리 항주와 양주의 분타를 섬멸하는 것이 좋겠습니다."

　하천은 두 사람이 진심으로 귀순하는 게 확실해 보이자 흡족한 미소를 지었다.

　"벽서에 붙은 대로 두 분께서는 각각 이천 냥을 받게 될 것이고, 귀영문의 원로장로를 맡게 되실 겁니다. 따로 집을 마련해 드릴 것이니 가족들을 부르시고 이젠 귀영문을 위해 일해 주십시오. 혹, 항주와 양주 분타의 소재를 알고 계십니까?"

　하천은 두 사람을 시류에 영합하는 소인배로 생각하고 깊은 이야기를 하고 싶지 않아 사무적인 이야기를 했고, 두 사람도 하천의 마음을 알아차리고는 더욱 조심스럽게 말을 받았다.

　"지난 과오를 만회하기 위해 견마지로를 다하겠습니다. 물론 분타의 소재지와 인물 면면을 환히 알고 있습니다. 우리 두 사람을 앞장세워 주신다면 하나도 남김없이 잡아들여 화근을 없애겠습니다. 분타 재산까지 몰수한다면 그렇지 않아도 재정이 빈약한 구절문주는 큰 타격이 될 것입니다.”

하천은 흡족한 미소를 짓고 두 사람의 손을 잡으며 위로의 말을 했다.

두 사람이 진심으로 귀영문에 귀순한 마당에 마음 한구석에 불안한 마음을 갖게 할 필요는 없었다.

“과거 귀영문은 십이파로 나누어지고 문주조차 힘이 없어 누가 문주고 누가 문도인지 모르는 시절도 있었습니다만, 이 젠 아닙니다. 청량방이 곧 귀영문이고 귀영문이 곧 홍학방입니다. 귀영문과 청량방, 홍학방은 절강과 강소를 기반으로 이미 강호제일의 방파가 된 지 오래되었습니다. 누가 구양 대협의 뒤를 잇느냐 하는 것은 중요한 것이 아닙니다. 강호정의를 수호하고 무림의 수호사자로서 귀영문은 새로 태어난 것입니다. 천하제일의 문파 귀영문의 원로장로로서 직분을 다해주시길 바랍니다.”

두 사람은 다시 충성을 맹세하고 회한의 눈물을 흘려대며 솔직한 말을 했다.

“저흰 구절문주를 몰아내고 검귀를 구절문주로 앉히려고 했습니다만, 검귀는 지난번 홍학방을 치려다 대패한 이후 바로 자취를 감추고 말았습니다. 폭약과 암기에 검귀가 죽었다고는 생각하지 않습니다. 검귀는 구절문주의 이복동생이긴 하지만 구절문의 핵심에 있지 않았습니다. 그저 구절문주의 충견 노릇을 했을 뿐이지요. 또 한 가지, 구절문주의 오성은 그다지 뛰어나지 못해 본신무공은 별게 아닙니다만, 그에게는 모든 잠력을 격발시켜 일각을 버틸 수 있는 역천귀원대법(逆天歸元大法)이 있습니다. 물론 한번 잠력을 격발시키면 일각이 지난 후에는 한 달 동안 공력의 절반밖에는 사용하지 못한다는 단점이 있기는 합니다만, 구절문주가 역천귀원대법을 펼친다면 내공이 두 배로 불어나서 그 순간만큼은 천하제일의 고수가 될 수 있습니다. 만약 절체절명의 순간이 온다면 구절문주는 역천귀원대법을 펼치게 될 것입니다. 그때는 빠른 신법으로 피해야만 무사할 수 있습니다. 맞부딪쳐서는 낭패를 당하게 됩니다. 역천귀원대법을 펼칠 때는 눈이 치켜 올라가고 머리털이 곤두서는 등, 사람의 형상이 아니니 바로 알게 되실 겁니다."

귀도수가 말을 마치자 평온하던 하천의 안색은 창백하게 변해 있었다.

하천은 자신의 무공에 자신이 있었는데, 구절문주가 역천귀원대법으로 일각 동안 본신공력의 두 배를 쓸 수 있다 하자 놀라지 않을 수가 없었다.

귀천수와 귀법수의 안색도 창백하게 변하고 있었다.

분명히 역천귀원대법이라는 사악한 비법이 존재하기는 했다. 하지만 귀천수가 알기로는 그 대법을 시행하면 혈류가 역류하고 근맥이 뒤틀려 죽음의 고비에도 이를 수 있었고, 죽음을 면한다 해도 광인이 될 수도 있는 사마의 비법이었다.

구양 대협의 무공에는 역천귀원대법이 분명히 없었다.

역천귀원대법은 서역에서 들어온 것으로, 달마가 말하는 사마외도(邪魔外道), 좌도방문(左道旁門)의 무공이었다.

순리를 역행하고서 몸이 멀쩡할 수는 없었다.

하천에게는 금화방주에게 얻은 용린갑이 있었다. 하지만 무상지보의 용린갑으로도 역천귀원대법을 펼치는 구절문주의 강기를 막아낼 수 있다는 보장은 없었다.

천하제일의 무공, 그것은 사람이 장담할 수 있는 것이 아니었다. 무공의 끝이 어딘지 하천으로서도 알 수 없는 일이었다.

심성이 포악하고 소심한 구절문주가 만약의 경우 자신의 몸을 돌보지 않고 역천귀원대법을 펼칠 가능성은 충분히 있었다.

소인배일수록 가슴에 새겨진 원한은 깊은 법이었고, 목적을 위해서는 수단, 방법을 가리지 않는다.

그렇다고 하천이 따로 할 수 있는 일은 없었다.

그저 평상심으로 본신의 무공을 갈고닦는 것 외에는 달리 방도가 없었다.

증장과의 대결을 닷새 앞두고 귀천수는 귀도수와 귀부수를 앞세우고 소진과 곡아의 백호당과 현무당 무사들을 지휘해서 항주와 양주에 있는 구절문의 분타를 공략하기 위해 떠났다.

천불사로 청룡당과 주작당을 보낸 데 이어 내당의 사 개 당 모두가 홍학방을 떠나고 나니 정예 병력은 순찰사자대만 남아 있었다.

이미 진천뢰와 신기전은 다 소모해 버렸고, 빈민을 구제하는 데 많은 돈이 들어가 더 이상 무기를 만드는 데 쓸 돈이 없었다.

천불사의 보고에 있는 보물을 팔아 만들 수도 있었지만 더 이상 큰 전쟁은 없다고 생각해서 하천은 대량 살상 무기를 더 이상 만들지 못하게 했다.

천하의 빈민을 구제한다는 것은 어려운 일이었다. 더구나 약포와 의원까지 무료로 운영하니 무한정으로 돈이 들어갔다.

장보도에 관해서는 구절문이 청량방을 모함해서 있지도 않은 것을 만들었다는 소문이 퍼지긴 했지만, 그래도 일부 무림인은 홍학방과 천불사에 무상지보가 숨겨져 있다고 믿었다.

광동의 수라문(修羅門)은 해남도 무사들이 떠나간 뒤 단숨에 광동을 장악한 광동의 패자였다.

수라문주 정지룡은 광동을 장악하는 것만으로 만족할 수 없었다.

수라문주는 원래는 동영의 무사였지만 중원으로 건너와 절영도의 무사들을 굴복시키고 낭인을 불러 모아 화남제일의 문파가 되었다.

남해의 해적들 또한 수라문의 눈치를 보고 다달이 상납금을 보내는 처지이니, 수라문주는 화남에서는 황제 부럽지 않은 위치에 있었다.

이미 해상 밀무역으로 많은 돈을 벌었고, 충분한 돈과 수하
가 있었다.

남들이 보기에는 더 바랄 게 없어 보였지만, 수라문주에겐
한 가지 소원이 있었다.

바로 청량방을 누르고 천하제일의 문파로 우뚝 서는 일이었
다.

장보도로 세상이 어지럽고 청량방이 무림의 표적이 된 이
시점이 청량방을 누를 절호의 기회라 생각했다.

마침 서장 감단사의 고수 증장이 청량방주 진하천에게 도전
을 하는 일은 청량방주의 무공을 견식할 수 있는 좋은 기회였
다.

자신의 애도 수라도는 천하제일의 신병이었다.

육 척 오 촌의 장도가 번쩍일 때 잘려지지 않을 무기는 없었
다.

그는 수라문의 최고수인 팔대호장과 수하, 자신의 직할 호
위대를 거느리고 남경으로 향했다.

관망하다가 증장을 맞아 청량방주가 부상이라도 입는다면
그보다 더 좋은 기회는 없으리라 생각했다.

증장과 대결을 하기로 한 삼월 초하루를 나흘 남겨두고 하
오문주는 수라문주가 북상하고 있다는 정보를 보내왔다.

같은 날, 금화방에서도 같은 정보를 보내왔다. 이미 안휘를
벗어나 강소로 접어들었다 하니 오늘 내일이면 남경에 당도할

것이었다.

하천은 욱일승천하는 수라문이 언젠가는 청량방의 적이 될 줄은 알고 있었지만 이렇게 빨리 본색을 드러낼 줄은 몰라 잠시 당혹스러웠다.

화남에 근거지가 없는 관계로 수라문주에 대한 정보는 금화방과 하오문에 의지할 수밖에 없었는데, 여우같이 교활한 자이고 수라도라는 보도를 가지고 있다는 것만 알고 있었다.

그러니 증장과의 대결에서 부상이라도 당한다면 낭패가 될 수 있었다.

대결을 사흘 앞두고 증장은 이미 남경에 도착해 다시 사자를 보내 대결 조건을 알려왔다.

자신이 승리하면 아무 조건 없이 다문과 그 제자들을 석방해 달라는 단순한 것이었고, 자신이 지게 된다면 향후 십 년간은 감단사가 중원을 넘보지 않겠다는 조건이었다.

대결 장소는 연미촌의 사방가(四方街)로 하고 외인의 출입을 막는다는 조건이었다.

서장의 무공을 청량방을 제외한 다른 무림인에게 보이지 않겠다는 것이긴 했지만 홍학방의 관할 지역이라 해도 좋을 연미촌을 대결 장소로 정한 것은 하천으로서도 의외였다.

주관인도 참관인도 없는 마당에 다수로 핍박하면 어쩌려고 그러는지 알 수 없는 일이었다.

증장이란 라마승은 미련하거나 그게 아니라면 대인의 풍모를 가진 사람이라 생각했다.

장보도에 관한 언급은 한마디도 없었다.

그런 조건이라면 하천도 환영하는 바라 바로 승낙했다.

대결 장소가 연미촌으로 정해지고 외인이 출입할 수 없게 되자 그 대결을 구경하기 위해 몰려든 무림인들은 큰 실망을 했다.

가장 실망한 자는 바로 수라문주였다.

수라문주 역시 하천을 한 번도 본적이 없었고, 당연히 무공을 알 수 없었다.

하지만 소문을 들어 증장이 내건 조건은 알 수 있었다.

결전을 이틀 앞두고 홍학방으로 귀천수의 전서구가 날아왔다.

항주 구절문의 분타를 완전히 괴멸하고 양주로 향한다는 서신이었다.

이미 수라문의 사람들이 머물고 있는 장원을 청량방 사람들이 감시하고 있었지만, 수라문주는 상관하지 않고 남경 중심가를 돌아다녔다.

날이 새면 결전의 날이었지만, 그날 밤 일단의 무사들이 연미촌에 다가가고 있었다.

연미촌의 초입을 지키고 있는 무사들은 한 무리의 무림인들이 다가오자 지체없이 쇠뇌를 날렸다.

구왕기는 즉각 신호탄을 쏘아 올려 외적의 침입을 알렸다.

해남도 사람들이 벌 떼 같이 달려나갔고 홍학방에서 순찰사 자대가 달려나갔다.

살귀와 색귀, 암귀와 협귀, 잡귀와 황사가 달려나갔다.

서북 흑도 방파와 연합한 하남 살수문의 습격이었다.

살수문은 살막에 버금가는 명성을 지닌 강북제일의 살수 집단이었고, 서북의 흑도 방파 셋과 연합하여 삼백 명이 넘는 인원이 남경으로 달려왔지만 청량방의 저력을 과소평가하고 있었다.

내당 전체 무사가 빠져나간 홍학방이라 하지만 팔대의 순찰사자대는 내당 사 개 당의 사 개 대와 비슷한 무위를 지녔다.

게다가 연미촌은 청량방의 속하 문파라 할 수 있는 남해문의 근거지였다.

살수문주는 격돌하자마자 일이 크게 잘못되었다는 것을 알았다.

경비무사의 무공만 하더라도 살수문 일급살수와 비슷한 무위를 지니고 있었다.

더구나 주위로는 기문진식이 펼쳐지고 있었다.

사방이 운무로 덮이면서 돌무더기에서 암기가 우박 쏟아지듯 날아오고 있었다.

완벽한 함정에 걸려든 꼴이었다.

급히 퇴각 명령을 내려봤지만 이미 퇴로마저 막히고 말았다.

살수문주는 자신만이라도 살기 위해 이를 악물고 후미를 뚫었지만 후미를 막고 있는 남해문의 무사들은 한 발자국도 비켜서지 않았다.

살수문주는 남해문의 광검이 펼치는 이상한 무공에 그만 목을 잃고 말았다.

광검은 중원의 무공에 익숙했고, 살수문주는 광검의 무공에 익숙하지 않았다. 두 사람은 무위에서 큰 차이가 없었지만 바로 경험의 차이가 승부를 갈랐다.

살수문이 연미촌을 들어선 지 불과 일각 만에 일어난 일이었다.

문주를 잃은 살수문 사람들은 바로 무기를 집어 던졌다.

주력군인 살수문이 투항을 하니 서북 흑도 방파 연맹군 또한 바로 무기를 던졌다.

소란을 틈타 수라문주는 멀찍이서 구경을 하고 있었지만 운무에 가려 상황을 자세히 알 수는 없었다.

하지만 침입한 살수문과 흑도연맹이 무참하게 당하고 있다는 것은 짐작할 수 있었다.

함성이 잦아들고 홍학방 무사들이 호령하는 소리가 들리자 상황이 끝나 버렸다는 것을 알았다.

안에서 무슨 일이 벌어졌는지는 알 수 없지만 강북무림을 공포로 몰아넣었던 살수문이 불과 일각 만에 참패를 당했다는 것은 알 수 있었다.

경비무사들이 횃불을 들고 다가오자 수라문주는 조용히 몸을 날렸다.

청량방과 홍학방의 무사들이 암기로 무장하고 조련이 잘되어 있다는 소문은 듣고 있었지만 저 정도일 줄은 몰랐다.

전면전을 벌인다면 승리할 공산이 별로 없었다. 더구나 수라문은 낭인과 해적들을 끌어모아 일으킨 문파였다.

충성심이 덜한 낭인군이 전면전을 벌인다면 최선을 다할 리가 없었다.

반면 청량방과 홍학방의 무사는 방 내에서 양성된 무사가 대다수라 최선을 다해 싸울 것이어서 절대로 전면전을 벌여서는 안 된다고 생각했다.

하천은 연미촌에서 난리가 벌어지고 있었지만 태연히 잠을 자고 있었다.

이미 살수문과 서북 흑도연맹이 습격한다는 것은 알고 있는 일이었고, 미리 대비를 하고 있던 일이었다.

살수문이 낙양을 떠날 때 이미 낙양의 금성문에서는 하천에게 그 정보를 보냈다.

남해문의 사람만으로도 막을 수 있었지만 하천은 그러지 않았다.

어차피 청량방의 아래로 들어온 남해문이니 그 제자들을 제물로 삼을 수는 없었다.

날이 밝아 아침이 되자 양주에서 전서구가 날아왔다.

양주에 자리 잡은 구절문의 분타를 완전히 없애고 지금 남경으로 향하고 있다는 귀천수의 보고였다.

항주와 양주를 치고 얻은 재물이 이만 냥이 넘는다 하니 그 또한 기쁜 일이었다.

그렇지 않아도 자금이 부족한 구절문이니 그것만으로도 큰 타격이 될 수 있었다.

하천이 아침을 먹을 무렵, 통귀의 보고가 있었다.

또 하나의 장보도가 나타났는데, 위치는 바로 구화산이라 했다.

구화산이라면 구절문이 숨어 있는 곳인데, 구절문에서 자신의 근거지로 무림인을 끌어들인다는 것은 이상한 일이었다.

하천은 구절문주가 최후의 발악을 하고 있다고 생각했다.

구화산의 어느 곳에 함정을 만들어놓고 하천을 유인하거나, 그게 아니라면 무림인을 끌어들여 몰살시키겠다는 수작이라 생각했다.

구화산은 산세가 험하고 사찰이 많아 화공을 하기도 힘들고 지키는 자가 유리한 곳이었다.

어쩌면 구절문주는 배수지진을 친다는 마음으로 이번 계략을 꾸민 것일지도 몰랐다.

하지만 구화산에 보물이 있다는 장보도는 협귀가 만든 것이었다.

하천까지 속여야만 완벽한 계략이 될 수 있다고 생각한 협귀는 하천에게도 말을 하지 않은 것이었다.

하천은 오시 초가 되면 증장과 일전을 벌여야 했다.

그것으로 끝이 아니었다.

수라문주가 기회를 노리고 있고, 아직도 홍학방에 보물이 있다고 믿는 무리가 남경에 머물고 있으니, 장보도로 인해 하천은 발목이 잡혀 당분간은 남경을 떠날 수가 없었다.

구절문에서 노리는 것이 그것이라면 구절문의 계략은 성공한 것이었고, 장보도로 인해 홍학방이 피해 입기를 바랐다면 계략은 실패한 것이었다.

운기조식을 마치고 몸을 푼 하천은 검을 들고 천천히 검초를 펼쳤다. 아직 미시 초에 불과했지만 증장은 이미 두 명의 제자와 연미촌에 머물고 있다고 했다.

하천은 이미 수문당주인 구왕기에게 일러 증장이 일찍 당도할 경우, 조용한 공간을 내어주고 평온한 상태에서 대결을 준비할 수 있게 하라고 지시하긴 했지만, 혹시라도 무례를 범할까 해서 일찍 연미촌으로 향했다.

구왕기는 하천의 지시를 잘 따라 이미 사방가에서 사람을 물리고 삼십 장밖에서 머물고 있었다.

사방가에는 증장과 두 제자만이 머물고 있었고, 증장은 사방가의 옆 사합원으로 지어진 작은 기와집에 머물고 있었다.

홍학방의 시비 하나가 증장의 시중을 들고 있었다.

증장은 하천이 들어설 때 막 시비가 내어주는 차를 마시고 있었고, 그의 두 제자는 경단을 먹으며 차를 마시고 있었다.

하천은 증장의 대범함에 혀를 내둘렀다.

만약 시비가 무형독을 탔다면 증장과 두 제자는 꼼짝없이 당할 수도 있었다.

증장은 찻잔을 비우고 벌떡 일어나 하천에게 먼저 포권지례

를 했다. 하천도 웃으며 포권을 하고 천천히 다가가 증장에게
말을 건넸다.

"일찍 당도하셨다기에 저도 일찍 왔습니다. 시간도 충분하
니 차라도 한 잔 더 하시겠습니까?"

증장은 활짝 웃으며 고개를 끄덕였다.

"그러지요. 참, 인사드려라. 제 불민한 제자아이들입니다.
큰 아이는 부반다, 작은 아이는 벽협다라고 합니다."

증장의 두 제자가 공손히 인사를 하고 하천도 예를 갖추니
증장은 고개를 끄덕이고 인자한 미소를 지으며 말했다.

"이제 너희들도 저만치 물러가 있어라. 자, 안으로 드시지
요."

두 제자가 등을 돌려 걸어가고 시비 아이가 다시 찻물을 달
이자 증장은 임시로 있는 집이 마치 자기 집이라도 되는 양 하
천을 안으로 안내했다.

"차 맛이 아주 좋습니다. 서호 특산 용정차라고 하더군요.
서장에서는 구하기 힘든 차지요."

증장이 차에 대해 이야기하니 하천도 차에 대해 의례적인
인사말을 건넸다.

"서장에도 서호의 차가 건너가는 것으로 알고 있습니다만,
용정차가 구하기 힘들다니, 천만 뜻밖입니다."

"하하하, 다마사(茶馬司)를 통해서는 상등품의 차엽(茶葉)을
얻기 힘들고 민간의 사차무역(私茶貿易)을 통해 차를 얻고 있
습니다만, 상인들과 변방 관리들의 농간이 심해 서장은 상등

마(上等馬)를 주고도 세차(細茶:좋은 차)는 얻지 못합니다. 조차(粗茶:거칠고 나쁜 차)라도 얻으면 다행한 일이지요. 상등품의 말은 비싼 값에 민간에 팔리고 명 조정이 받는 말은 상인들이 변방의 군인들에게 산 번마(番馬)가 대부분이지요. 부패한 관리들과 상인들이 야합하는 통에 서장과 명 조정만 피해를 보고, 이익은 변방의 군인과 사차무역을 하는 상인들만 챙기는 게지요."

증장이 사천 변방의 다마무역(茶馬貿易)의 부패에 대해 긴 사설을 늘어놓으니 하천은 증장이 불의를 보고는 참지 못하는 사람이라 생각했다.

"부패한 관리과 상인들 때문에 나라 꼴이 말이 아닙니다. 사차무역을 금지하는 것은 황조마다 같습니다만, 눈앞의 이익에 눈이 먼 관리와 상인들은 조정의 관리들까지 돈으로 매수하는 형편이니 사차무역이 그칠 수가 없나 봅니다. 그래서 드리는 말씀입니다. 수라문이 북상을 해 남경에 와 있더군요. 수라문주는 해적질과 해안을 통한 밀무역으로 엄청난 돈을 모은 사람입니다. 이곳을 대결 장소로 정한 것도 수라문주의 눈을 피하기 위해서이지요. 하하하하!"

하천은 그때서야 증장이 밀무역의 폐단에 대해 길게 말한 이유를 알았다. 바르지 않은 사람, 즉 수라문주에게 어떤 이익도 주기 싫다는 뜻이었다.

"수라문주 정지룡은 동영의 피를 타고난 자라 하고 조정에서도 해적질과 밀무역에 대해 어느 정도 용인을 한 상태라 합니다. 명색은 화란(和蘭:네델란드)의 밀무역을 막기 위해서라 합니다만, 뒷거래가 있었던 게 분명합니다. 조정에 끈을 대어 공공연히 해적질을 하고 사리사욕으로 배를 채우는 자이니 고 이 돌려보낼 수는 없습니다."

하천이 수라문주에 대해 단호하게 말하니 증장도 밝게 웃으며 고개를 끄덕였다.

"그렇습니다. 오늘 결투가 끝나고 다문과 제자 아이들이 풀 려나면 수라문주는 방주께서 패한 것으로 착각하고 도전장을 보낼 것입니다. 그게 아니라 방주께서 부상을 입었다는 소문 만 돌아도 그 기회를 노리겠지요."

증장의 말이 아니라도 하천은 짐작하고 있던 바였지만, 증 장이 호의로 말을 하는 것이니 바로 증장의 말에 호응을 했다.

"하하하! 다문천왕과 제자분들을 승부에 관계없이 보내드 려야겠습니다. 사실 다문천왕께선 식성도 까다롭고 가리는 것 이 많아 옥바라지하기가 여간 힘드는 게 아닙니다. 양식만 축 내고 있으니 하루빨리 돌려보내는 것이 피차 좋은 일이지요."

하천이 농담처럼 속내를 내보이자 증장도 안색을 심각히 하 며 고개를 끄덕였다.

"손자의 병서에도 싸우지 않고 이기는 것이 진정한 승자라 는 말이 있지요. 방주께서 우제를 돌려주신다면 피차간에 이 기는 게 되겠습니다. 사실, 구절문주의 말에 현혹되어 다문을 중원으로 보낸 것은 법왕께서 경솔했습니다만, 법왕께서는 무 력은 사용하지 말고 황교를 중원에 전파하는 일에 중점을 두라 하셨습니다. 그런데 다문이 주제넘게 청성과 아미를 힘으로 눌러 봉문까지 하게 한 일은 큰 과오였지요. 다문이 돌아가더라도 법왕께선 다문을 엄히 벌하실 겁니다. 하지만 이목이 많으니 수라문주를 속이려면 싸우는 시늉이라도 해야겠지요? 장권을 교환하고 피차 내상을 입은 것으로 하는 게 어떻습니까?"

증장의 제안에 하천이 막 말을 하려는데 시비 아이가 차를 달여 오니 하천은 말을 삼키고 시비 아이를 멀리 보냈다.

"좋습니다. 제가 패하는 것으로 하겠습니다."

하천이 양보를 했지만 증장은 머리를 흔들었다.

"아닙니다. 이렇게 하시지요. 당금 무림에서 천하제일인이신데 빈승이 이긴다면 믿을 사람이 하나도 없습니다. 권장을 겨루어 빈승은 네 걸음, 방주님께서는 세 걸음 물러가면 지는 것으로 한다고 공포하는 겁니다. 수라문에서 간자를 심어놓았는지도 알 수 없는 일이니 제대로 연기하셔야 합니다."

하천은 수라문주와 구절문주를 속이기 위해서는 내상을 당한 척하는 속임수가 필요했는데, 마침 증장과 죽이 잘 맞으니 기쁜 얼굴을 숨길 수가 없었다.

"이거참, 고승과 짜고 큰 사기를 치게 될 줄은 몰랐습니다."

하천이 다시 농담을 하며 즐거워하니 증장도 활짝 웃으며 좋아했다.

두 사람은 계속 정담을 나누다가 시간이 되자 사방가로 걸어나갔다.

두 사람이 이 장의 거리를 두고 마주 서자 증장이 큰 소리로 외쳤다.

"방주, 만인이 보는 앞에서 다시 한 번 확인하겠소. 빈승은 네 걸음, 방주께선 세 걸음 물러나면 지는 것이오. 맞소?"

하천은 고개를 크게 끄덕이며 대답했다.

"맞소. 소생을 뒤로 세 걸음 물러나게 한다면 당장에라도 다문과 그 제자들을 석방하겠소."

"좋소, 그럼 시작합시다."

멀리서 이 광경을 보고 있던 귀천수와 귀법수는 영문을 몰라 고개를 갸웃거렸다.

두 사람은 이 대결을 구경하기 위해 양주에서 아침밥도 먹지 않고 달려온 참이었다.

내력을 겨룬다는 것은 미련한 싸움이었다.

서로가 신법을 발휘하며 움직이다 부상을 당한다면 큰 부상이 아닐 것도 움직이지 않고 똑바로 선 상태에서는 큰 부상이 될 수도 있었다.

움직이며 장력을 흘려보내는 것과 피하지 않고 맞받는 것은 그 충격이 천양지차라 할 수 있었다.

이런 대결 방식은 불구대천의 원수이거나 초식으로 승부를 가리기 힘든 초절정고수들이 택하는 방식이었다.

소리만 요란하고 내력은 별로 실리지 않은 권장이 요란한 소리를 내고 있었다.

벌써 십여 초나 교환했지만 아직 두 사람은 서로 두 걸음 넘게는 물러나지 않았다.

꽝! 꽈과광!

점점 대수인과 무영신권이 부딪치는 소리가 커지기 시작했다.

마치 마른하늘에 천둥이 치는 것과 같아 멀리서도 그 소리를 들을 수 있었다.

벌써 십여 차례가 넘게 벽력같은 소리가 나자 멀리 연미촌 입구에서 귀를 기울이고 있던 수라문주는 기뻐 어쩔 줄을 몰랐다.

내력을 겨루고 있는 게 분명했고, 그렇다면 승부에 관계없이 두 사람은 서로가 큰 손해를 보는 일이었다.

실상 두 사람은 일성도 못 되는 공력을 주고받는 중이었다.

증장의 얼굴이 붉어지며 더욱 소리가 커졌고, 증장은 한 번에 세 걸음씩 밀려가고 있었다.

증장의 대수인이 현란해지면서 큰 장영이 날아가자 하천은 증장과 똑같이 세 걸음을 물러났다.

이제 승부가 가려졌다.

멀리서 증장의 두 제자가 환호를 하며 달려왔다.

귀천수와 귀법수, 협귀도 걱정이 되어 하천에게 달려왔다.

하천은 협귀에게 다문을 비롯한 서장 사람들을 석방하라 하고는 살짝 전음으로 상등품의 서호 용정차 백 근을 함께 주라고 했다.

한 근의 용정차는 금 한 냥에 거래되고 있으니 파격적인 선물이었다.

협귀는 그때서야 두 사람이 모종의 거래가 있었다고 짐작할 수 있었다.

하천은 영아와 소소에게도 사실대로 말하지 않았다.

소소는 하천이 내상을 입은 것으로 알고 맥을 짚고 환약을 먹이려다가 하천이 멀쩡하다는 것을 알게 되었지만, 뭔가 꿍꿍이가 있는 듯하니 모른 척하고 말았다.

수라문주는 병색이 완연한 증장이 마차에 들어가 눕는 것을 봤다. 승자인 증장이 저 정도라면 패자인 하천의 내상은 더욱 깊을 것이니 쾌재를 부르고 사자를 통해 바로 도전장으로 보냈다.

하천은 수라문주의 도전장을 받아 들고 기가 막혔다.

내일 같은 시각 오시 초에 삼면이 장강으로 둘러싸인 연자기(燕子磯)에서 결투를 벌이자는 내용이었다.

조건은 수라문주가 이기게 된다면 장보도를 내놓는 것은 물론 장보도가 가리키는 지점의 땅을 파게 해주고, 지게 된다면 수라문이 남경을 넘보지 않는다는 조건을 내걸었다.

수라문주의 입장에서는 보물이야 있든 말든 상관이 없었다.

청량방주를 이기고 홍학방의 전각을 부수고 그 땅을 팠다는 자체만으로도 큰 명성을 떨칠 수 있었고 천하제일인이라는 호칭도 얻을 수 있었다.

말이 되지 않는 조건이라, 하천은 빙그레 웃으며 사자를 안으로 들였다.

하천은 수라문주가 제 욕심만 차리고 사리분간을 못하는 얼간이라고 생각했다.

거의 반은 눕다시피 앉아 있는 하천의 안색은 병색이 완연했다.

사자는 소문 그대로 하천이 부상당한 게 분명하자 속으로는 좋아서 표정을 감출 수 없을 지경이었지만 간신히 표정을 숨기고 하천을 바라봤다.

하천은 수라문주의 서신을 사자에게 집어 던지며 말했다.

"이런 불공평한 조건이 어디 있다는 말이오? 당신 주인이 진다 한들 잃는 게 없지 않은가? 그런 대결을 내가 무엇 때문에 하겠소? 정 대결을 하고 싶다면 돈을 걸라고 하시오. 이십만 냥 정도로 하고 싶지만 멀리서 왔으니 그만한 돈은 지니고 오지 못했을 거고, 오만 냥 정도 걸 수 있다면 도전을 받아들이겠소. 그 외에도 다른 조건이 있으니 잘 보고 할 건지 말 건지 빨리 답변을 해달라 하시오."

하천은 그리 말하고 조건이 적힌 서신을 다시 던졌다.

주관인은 남경 부윤으로 하고 수라문주가 지게 되면 오만 냥을 내놓겠다는 조건이었다.

사자는 공손히 서신을 챙겨 넣고 물러간 뒤 수라문주에게 보고했다.

"그자는 내상을 입었다는 것을 감추기 위해 소신을 직접 맞아들이기까지 했지만, 소신이 누굽니까? 약관도 되기 전에 의술과 천문 지리서까지 통달한 몸이 아닙니까? 놈이 허장성세를 부리기까지 하니, 이 조건만 갖출 수 있다면 문주님께선 천하제일인의 자리에 오르시게 됩니다.”

“그래, 수고가 많았어. 자네가 의술에 조예가 깊으니 사자로 보낸 게 아닌가? 어디 한번 보세.”

수라문주는 하천이 도전을 피하기 위해 수작을 부리는 것이라 생각하고 쾌재를 불렀다.

아무리 하천이 천하제일의 고수라 해도 내상을 입은 상태에서는 자신의 적수가 되지 못하리라 생각하고 있었다.

상식적으로 멀리 광동에서 온 사람의 수중에 오만 냥이라는 거금이 있을 리가 없었다. 하지만 수라문주의 품에는 천하제일의 옥이라는 쌍화옥벽(雙樺玉璧)이 있었다.

당나라 시대의 보물로, 시세를 따진다면 십만 냥은 받을 수 있었다.

수라문주는 금화전장으로 달려가 담판을 지어 쌍화옥벽을 담보로 오만 냥을 차용했다.

자신이 진다고는 생각해 보지도 않았다.

수라문주는 남경 부윤을 만나 하천의 서신을 보여주고 주관인도 부탁했다.

남경 부윤은 수라문주가 당도하기 전에 이미 남경부에서 두 사람의 대결에 주관을 맡아달라는 하천의 서신을 받은 상태였다.

남경 부윤은 농민군이 극성을 부리는 지금, 난리가 나면 청량방에 몸을 의탁해야 할 처지이니 평소에도 하천에게 각종

선물을 보내 환심을 사기 위해 애써왔다.

그런 남경 부윤이었으니, 수라문주에게 인심을 쓰는 척하며 흔쾌히 승낙했다.

수라문주 또한 남해의 해적왕이고, 조정과도 끈이 닿아 있으니 남경 부윤으로서는 어쩔 수 없는 일이었다.

수라문주는 자신의 대명이 조정뿐만 아니라 남경에까지 미친다 생각하니 더욱 오만해졌고, 다시 홍학방으로 사자를 보내 모든 조건이 완비되었음을 알렸다.

해가 지기 전 겨우 이루어진 일이었지만 그날 저녁 남경의 주루는 수라문주와 하천의 결투 이야기로 취객들이 입에 거품을 물었고 벌써 내기꾼들은 돈을 걸고 있었다.

연자기는 저녁부터 남경부의 관원들이 출입을 막고 있었지만 연자기의 입구는 인산인해를 이루어 좋은 자리를 선점하기 위해 난리가 나고 있었다.

날이 밝아 연자기는 발 디딜 틈이 없을 정도로 붐비고 있었다.

수라문주는 이미 한식경 전에 도착해 지형을 살피고 있었고, 정오품인 남경부의 치중(治中)이 남경 부윤을 대신해서 주관을 맡고 있었다.

정삼품인 남경 부윤은 체면상 무림인의 대결을 직접 주관할 수는 없었고, 다만 참관인으로 자리하고 있었다.

하천은 수라문주를 보고 활짝 웃었고, 치중에게도 눈인사를 했다.

치중은 얼른 품에서 오만 냥짜리 전표를 꺼내 하천에게 보여줬고, 하천은 장보도를 꺼내 치중에게 주었다.

수라문주가 먼저 도를 뽑아 들었다.

동영 무사들이 사용하는 쌍수도인 수라문주의 보물 수라도였다.

육 척 오 촌이나 되는 장도였지만 두 손으로 사용해야 하니 쾌검에는 오히려 약점이었다.

하천은 애검인 섬운을 빼 들었다.

수라문주가 의례적인 인사를 했다.

"천하제일인이라는 명성은 익히 들었소. 폐가 되지 않게 하겠소."

하천은 빙그레 웃으며 고개를 저었다.

"과분한 말씀, 폐가 되도 상관없으니 남해를 떨게 한 그 무공을 마음껏 발휘해 보십시오."

가만히 들어보니 자신을 놀리는 말인지라 수라문주는 벽력과도 같은 기합을 내지르며 하천에게 달려왔다.

"이얍!"

하지만 하천은 한 번 흔들거리더니 신형이 예닐곱 개로 변하고 있었다.

수라문주는 안력을 돋우며 어떤 것이 허상인지를 살폈지만 어느새 손이 흔들리며 권영이 날아왔다.

소문으로만 듣던 무영신권인지라, 수라문주는 도를 들어 권영을 막으려 했다.

하지만 권영을 막기도 전에 옆구리를 향해 예리한 검강이 날아오고 있었다.

정면에는 권영이 날아오고 옆으론 검강이 날아오니 수라문주는 몸을 회전하며 옆으로 날아갔다.

비연회풍(飛燕廻風)이라는 독문신법이었다.

하지만 권영과 검강 또한 제비가 선회를 하듯 방향을 바꾸더니 자신을 따라왔다.

수라문주는 깜짝 놀라 황급히 바닥을 굴렀다.

간신히 권영과 검강을 피할 수는 있었지만 단 한 번의 공격에 낭패를 당했으니 안색은 흑빛으로 변했고, 하얀 무복은 흙이 잔뜩 묻고 말았다.

"호, 제법이오. 그럼 이것도 한번 받아보시오."

하천이 능글거리며 손목을 돌리자 둥근 검환이 날아오며 점점 커지고 있었다.

수라문주는 하천이 내상을 입었다는 것이 헛소문이라는 것을 깨닫고는 사자를 찾아 사지를 찢어 죽이고 싶었다.

하지만 이미 망신을 당한 터에 피할 수만은 없어 도강으로 맞대응하려고 했다.

하지만 검환이 번쩍거리며 갈라지더니 일곱 개의 가느다란 검강이 되어 전신을 노리고 날아왔다.

이미 피하기도 늦은지라 상반신을 노리고 날아오는 다섯 개의 검강을 쳐내며 하반신을 노리는 검강을 피하기 위해 다시 허공에 몸을 띄웠다.

자신이 생각해도 감탄할 만한 재빠른 신법이었다.

하지만 허공엔 일곱 개의 권영이 다시 날아오고 있었다.

허공에 몸을 띄운 상태로 막을 수 있는 권영은 두 개가 고작이었다.

퍼버벅!

"꺼억!"

가죽 공 터지는 소리가 나며 수라문주는 비명을 내지르고 피를 토하며 정신을 잃고 말았다.

멀리서 구경하던 사람들은 입을 다물지 못했다.

사실 제대로 본 사람은 하나도 없었다.

괜히 수라문주 혼자 허둥대며 이리저리 날고 뒹굴더니 사지를 뻗고 누워 있었다.

하천은 치중을 불러 손을 내밀었다.

치중은 장보도와 오만 냥을 내주며 하천의 놀라운 무위에 전신을 떨었다.

말로만 듣던 무림 고수의 무공은 자신이 상상하던 그 이상이었다.

수라문의 팔대호장들이 남경부의 관졸들을 넘어 달려오고 있었다.

하지만 어느새 날아온 색귀와 협귀, 잡귀, 암귀, 살귀가 그 앞을 막았다.

"이런 조무래기 해적 놈들, 어서 돌아가지 못해?"

색귀가 눈을 부라리며 주먹을 휘두르자 권영이 날아왔다.

팔대호장들은 색귀의 명성을 익히 들어 얼른 도를 들어 막으려 했지만 그 순간 암귀의 자모환이 날았고 협귀의 격공장이 날았다.

수라문의 팔대호장과 귀영문의 다섯 장로가 격돌했다.

관졸들과 구경꾼들은 경풍과 암기가 난무하자 십여 장이나 물러났다.

그사이 피 떡이 된 수라문주를 집어 들고 하천이 걸어왔다.

이미 팔대호장 중 넷이 피 떡이 되어 바닥을 구르고 있었고, 나머지 네 사람도 낭패를 당하기 직전이었다.

"사람 잡겠습니다. 그만하십시오."

하천의 말이 떨어지자 귀영문의 다섯 장로는 바로 물러났다.

하천은 네 사람의 팔대호장에게 수라문주를 건네줬다.

"당신들 주인이 깨어나면 전하시오. 한 번만 더 분수를 모르고 절강을 기웃거린다면 수라문과 남해의 해적들을 모두 남해 바다 속에 수장시켜 버릴 것이라고 말이오."

수라문의 팔대호장들은 수라문주를 들쳐 업고 화급히 도망쳤다.

하천은 수라문주를 죽이지 않았다.

수라문주 또한 나름대로 역할이 있었다.

조정에서조차 장악하지 못하는 남해를 장악하고, 화란이 대명국을 유린하지 못하게 막는 역할을 하고 있었다.

수라문이 망해 버린다면 남해는 외적들의 세상이 될 수도 있었다.

비록 해상무역을 독점하고 해적질까지 해대는 악행도 자행하지만 수라문은 크게 생각하면 필요악이었다.

크게 혼이 났으니 다시는 절강과 강소를 기웃거리지는 못할 것이었다. 이 정도면 충분한 응징이었다.

수라문 사람들은 수라문주가 하천의 일초지적도 되지 못하고 쩔쩔매다가 망신당하고 마니 처음 기고만장하던 기세는 간 곳없고 얼굴을 붉히며 황망히 떠나갔다.

남경에 몰려든 무림인들도 구화산으로 떠나가기 시작했지만 홍학방으로는 계속 도전장이 밀려들었다.

서장의 증장천왕과 광동의 수라문주가 목숨을 부지하고 돌아갔으니 하천에게 도전하면 최소한 죽음은 면할 수 있다는 것이 도전을 부추기는 요인이 되었다.

천하제일인으로 거론되는 하천과 결투를 벌여서 진다 해도 명성에 누가 될 리는 없었다.

오늘은 두 개의 도전장이 날아왔다.

하나는 청해제일인이라는 해심존자 탁발이었고, 또 하나는 신강의 패자라는 독패신마 오납이었다.

청량방의 장로들이 회의를 한 결과, 하천이 인정을 둬서 그런 것이라며 관문을 만들어 그 관문을 돌파하는 자만 도전할 수 있게 했다.

하천은 비록 마음에 드는 방식은 아니었지만 장로들이 자신을 위해 결정한 일이니 껄껄 웃으며 수락할 수밖에는 없었다.

남경 곳곳에는 관문을 공지하는 벽서가 나붙었다.

관문은 세 개나 되었다.

첫 번째 관문은 홍학방의 수문당주를 상대하는 것이었다. 수문당주 구왕기는 북해빙궁의 삼호법으로 있다가 귀순한 까닭에 고작 수문당주라는 자리를 맡고 있었지만, 무공으로 따지자면 청량방에서도 호법의 자리에 오를 수 있는 인물이었다.

그러니 어지간한 고수가 아니고는 첫 번째 관문을 돌파하기도 힘이 들었다.

구왕기가 중원에 알려진 인물이 아니니 홍학방의 정문을 지키는 수문당주에게 패한다는 것은 도전하는 자가 절정고수라면 명예에 큰 흠집이 되는 일이었다.

두 번째 관문은 색귀였다. 색귀의 악명은 널리 알려져 있으니 도전자에게 겁을 줄 수 있는 인물이었다.

세 번째 관문은 귀도수였다.

강호에 전혀 알려지지 않은 귀도수가 마지막 관문을 맡는다는 것은 그만큼 귀도수가 고수라는 의미니 사람들은 청량방의 힘을 가늠할 수가 없었다.

그만큼 청량방에는 고수가 즐비하다는 것을 은연중에 알리는 일이기도 했다.

해심존자 탁발이 먼저 구왕기와 결투를 벌였다.

청해제일의 고수라 자처했지만 탁발은 이십 초를 넘기지 못하고 구왕기의 빙백장에 가슴을 맞고 그대로 혼절하고 말았다.

빙백장을 제대로 치료할 수 있는 인물은 드물었고 탁발은 몇 달을 요양한다 해도 공력의 절반은 잃어버릴 게 분명했다.

그 다음날 도전하기로 되어 있던 독패신마 오납은 그 길로 바로 도망치고 말았다.

第四十八章

가동주졸(街童走卒)

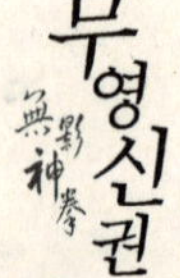

　장보도를 찾아 헤매던 무림인들은 천불사를 청량방의 무사들이 지키고 있으니 천불사가 청량방과 같은 무리라는 것을 눈치채고 있었다.

　아무리 보물이 중요하다 하지만 내 목숨보다는 덜 소중한 것이었다.

　무림인들은 홍학방과 천불사를 더 이상 상대할 수 없게 되자 무리를 지어 구화산으로 향했다.

　구화산에 구절문주가 숨어 있다는 소문이 떠돌기는 했지만 이미 패장인데다가 만 냥의 현상금까지 걸려 있으니 사람들은 구절문주를 잡는 일이 보물을 찾는 것과 같다며 농을 하고 있었다.

세 아들의 목에도 각각 천 냥이 걸려 있으니 구절문에는 모두 만 삼천 냥의 현상금이 걸려 있었다.

안휘 청양현의 서남쪽에 위치한 구화산은 오태산, 아미산, 보타산과 함께 중국 불교의 사대명산의 하나로, 사찰만 해도 백수십 개가 있었다.

게다가 녹림의 무리가 자리하고 있었고, 구절문주가 은신하고 있었다.

무림인들이 구화산을 헤매는 동안 장보도는 계속 나타났다.

처음 홍학방과 천불사를 노린 장보도는 구절문주가 만든 것이었고, 구화산의 장보도는 협귀가 하천과 상의도 없이 만든 것이었다.

뒤늦게 하천도 알게 되었지만 하천은 협귀의 공을 치하하고 따로 상금까지 내렸다.

구절문주가 머물고 있는 석굴은 완벽한 기관으로 작동되어 외부의 침입에도 절대적으로 안전한 곳이었고, 구절문의 시조라 할 수 있는 구양 대협이 무공을 수련하던 곳이라 구절문의 성지라 할 수도 있었다.

하지만 자신과 세 아들의 목에 현상금이 붙은 마당이니 수하들을 곁에 둘 수는 없었다.

구절문주의 주변에 남아 있는 사람들은 원로장로 세 사람과 다섯 호법이 전부였고 이제는 시중을 들 아이조차 없었다.

믿을 수가 없으니 모두 죽여 암매장하고 말았다.

그러니 호법과 원로장로들이 밥을 하고 빨래까지 하고 있는 형편이었다.

이미 구절문은 멸문한 상태라 해도 좋았다.

구화산을 염탐하고 있는 청량방의 무사들은 협귀의 명을 받아 구절문의 수하들이 은신하고 있는 곳을 찾아 계속 가짜 장보도를 만들어내고 있었다.

협귀는 이 기회에 늘 화근이 되는 구화산의 화적들까지 남의 손을 빌려 제거하기 위해 화적들의 소굴도 장보도로 만들었다.

결국 구화산의 화적 떼도 많은 무림인을 감당하지 못하고 구화산을 떠나고 말았다.

어느새 구화산은 보물에 눈이 먼 무림인들의 무덤이 되고 있었다.

아무리 구화산이 넓다 하지만 수많은 무림인이 구절문의 무사들이 은신하고 있는 곳으로 몰려드니 구절문을 이탈하는 자가 속출했다.

상전의 죄를 뒤집어쓰고 억울하게 죽을 수하는 드문 법이었다.

하지만 구절문의 문하 제자라 할지라도 구절문주의 소재를 알지는 못했다.

하천은 보물을 노리는 무림인으로 가장시켜 많은 청량방의 무사들을 구화산으로 보냈지만 아직까지 구절문주의 행방을 찾지 못하고 있자, 이번에는 직접 나서기로 작정했다.

이미 청양현에는 청량방의 분타를 세웠고, 구절문주의 현상 금을 이만 냥으로 높였다.

남은 화근은 오직 하나, 구절문주였다.

남경과 천불사는 이제 위험한 상황에서 멀어져 있었다.

구절문주 덕분에 장차 적이 될 수 있는 자는 이번 기회에 다 처리할 수 있었다.

화근거리를 한꺼번에 없애 버린 시원함이라고 할까.

귀도수와 귀부수가 다시 귀영문으로 돌아온 것은 큰 의미가 있었다.

비록 이천 냥이라는 보상금이 있긴 했지만 정통성을 따지며 구절문으로 떠나갔던 귀영문의 사람들에게 큰 타격을 주었다.

그 여파로 많은 사람이 구절문을 떠나 낭인 세계는 큰 회오 리가 몰아치고 있었다.

어지간한 고수를 구하려 해도 힘들었던 낭인 시장은 이제 싼 가격에 솜씨 좋은 낭인을 구할 수 있게 되었다.

대부분이 구절문과 흑룡방에 몸담았던 사람들이었지만 그 들이 신분을 숨기니 굳이 그들의 과거를 밝히려는 사람도 없 었다.

대우가 나빠지면 떠나고, 미래가 없다 싶으면 떠나는 것이 인지상정이요, 세상 이치였다.

구절문주는 주정양과 함께 변복을 하고 멀리서 보물을 찾아 헤매는 무림인들을 바라보고 있었다.

석굴에서 답답해하는 구절문주를 위해 주정양이 권한 일이
었다.

"네 계획이 성공하는 듯했다만 교활한 놈에게 역으로 당하
고 말았구나. 이제 구화산으로 온갖 잡놈들이 몰려들고 있다.
그래서 구절문이 그리 만만한 존재가 아니라는 것을 보여주려
한다."

구절문주가 의외의 말을 하자 주정양은 깜짝 놀란 표정으로
구절문주를 바라봤다.

주정양은 눈으로 보고 화를 참지 못하는 구절문주를 괜히
데리고 나왔다 싶었다.

가짜 장보도를 만들어 하천을 곤경에 처하게 계획한 것은
주정양의 머리에서 나온 것이었다.

구절문주도 처음에는 쾌재를 불렀다.

하지만 청량방에서 똑같이 가짜 장보도를 만들었고 구화산
으로 불똥이 튀자 주정양은 빨리 구화산을 벗어나자고 간했
다.

그렇지만 구절문주는 주정양의 말을 듣지 않았다.

구절문주는 이까지 갈며 보물을 노리는 무림인들을 저주하
고 있었다.

"어차피 석굴에는 더 머물지 못해. 따로 은신처를 마련해 두
고 돈을 옮겨놓은 다음, 석굴을 이용해 저놈들을 몰살시켜야
겠다."

주정양은 악에 받친 부친이 엉뚱한 사람들에게 화풀이를 하

려고 하니 기가 막혔다.

"아버님, 저들은 비록 재물을 탐한다고는 하나 죽을 만한 죄를 지은 것은 아닙니다. 공연히 석굴을 드러내는 것은……."

"닥쳐라, 이제 너까지 내 말을 거역하겠다는 게냐? 저들은 내 재산을 노리는 도적놈들이야. 구절문의 재물을 노린 자의 말로가 어떻다는 걸 보여줘야만 한다. 그래야 다시 구절문이 세워지더라도 함부로 나대는 놈이 없을 것이다. 일단 석굴로 돌아가자. 원로장로도 그렇고 호법들도 그렇고, 믿을 사람이 없다. 내가 믿는 것은 세 아들 외에는 없다."

"아버님, 이미 청량현에 청량방의 분타가 세워졌습니다. 아버님의 거처를 알려오는 자에게 현상금 이만 냥을 걸었다 합니다. 그 말은 청량방의 고수가 청양에 머물고 있다는 말이기도 합니다. 하루빨리 구화산을 벗어나는 길만이 우리가 살길입니다."

주정양은 충심으로 말을 했지만 구절문주는 역정을 냈다.

"이놈이 이젠 너까지 나를 능멸하려 드느냐? 청량방에서 어떤 놈이 감히 나를 상대할 수 있다는 말이냐? 좋다, 저 불나방 같은 놈들을 없애기 전에 먼저 청양현으로 가야겠구나."

주정양은 입을 굳게 다물었다.

자신이 말을 하면 할수록 부친은 점점 더 화를 내고 있었다.

주정양은 부친에게 석굴을 잠시 비우고 구화산의 보물 소동이 잠잠해지면 다시 돌아오자 했지만 부친은 말을 듣지 않았다.

오히려 석굴로 무림인을 유인해 몰살할 생각을 하고 있었다. 그것은 조금도 이익이 없는 일이었고, 잘못하면 천하에 다시없는 악적으로 낙인찍힐 수도 있는 일이었다. 그 일을 자행한다면 무림의 공적이 되고도 남았다.

부친은 이미 저만치 가고 있었다.

석굴에서 답답해하는 부친을 데리고 밖으로 나온 것이 이렇게 큰 화근이 될 줄은 몰랐다.

부친은 보물을 찾아 헤매는 무림인들을 보는 순간 눈이 뒤집히고 이성을 잃은 듯했다.

부친은 정말 산을 내려가고 있었다.

청양현에 있는 청량방의 분타에 단신으로 찾아가겠다는 말인지 주정양으로서는 이해할 수 없는 일이었다.

아무리 부친이 청량방주와 천하제일의 고수를 다툴 정도로 절정고수라 하지만 많은 수의 무사가 합공한다면 당할 수가 없었다.

청량방의 무사들은 암기 사용을 밥 먹듯이 하고 무림의 도의를 따르지 않는 이단아였다.

수전을 쏘고 천뢰구까지 날린다면 천하제일의 무사라 할지라도 당해낼 수 없었다.

주정양은 하늘을 바라봤다.

천한 서출로 태어나 부친에게 아들로 인정받은 것이 불과 몇 달 전의 일이었다.

부귀영화도 누려보지 못했고, 아직도 형 정관과 정균에겐

쩔쩔매며 허리를 굽혀야 하는 신세였지만 부친이 자신을 아끼
니 그나마 견딜 수 있었다.

이대로 죽기에는 너무나 억울하고 한 많은 인생이었다.

하지만 부친을 혼자 가게 내버려 둘 수는 없었다. 주정양은
눈물을 흘리며 천천히 부친을 따랐다.

보는 눈이 많아 경공을 사용할 수도 없어 청양에 들어서니
이미 해가 지고 있었다.

말없이 앞서 걸어가던 부친도 이제 제정신으로 돌아왔는지
주정양을 기다리고 있었다.

"일단 요기를 하고 놈들의 분타를 염탐해 보자."

부친은 다시 앞장서서 가장 화려하고 붐비는 주루로 들어갔
다.

주루의 처마 위에는 청량방의 분타 설립을 환영한다는 문구
가 적힌 깃발이 걸려 있었지만 부친은 미처 보지 못한 듯했다.

온갖 무림인이 몰려든 청양이니 주루는 빈자리가 하나도 없
었고 역시 주정양의 예상대로 청량방의 많은 무사들이 눈에
띄었다.

왼손에 방패를 차고, 허리에는 장검과 단창, 등에는 활통과
수전집을 걸고 있으니 한눈에 알 수 있었다.

부친은 청량방의 무사들을 보더니 다시 제정신이 아닌지,
주정양이 보기에도 표가 나는 안색을 내보이고 있었다.

치켜 올라간 눈썹하며 불타는 듯한 눈동자, 분노에 떠는 입
술 모양은 누가 봐도 청량방에 적대감이 있는 사람이라는 것

을 알 수 있을 지경이었다.

구절문을 망하게 한 청량방이니 부친이 화가 나는 것은 당연한 일일 수도 있었지만 그렇다고 공공연히 표정을 드러내는 것은 정말 하수의 짓이었다.

주위를 둘러보니 청량방의 무사는 스무 명이 넘어 보였다.

주정양은 부친이 강호 경험이 많은 사람이 아니라는 것을 간과하고 있었다.

부친은 감정 표현에 솔직한 사람이었고 좀처럼 표정을 감추지 못하는 사람이었다.

노기를 띤 눈으로 청량방의 무사들을 노려보고 있으니 아무 일이 없을 수가 없었다.

저 뒤에서 누군가가 빈정대고 있었다.

"저 영감탱이 뭐야? 저 눈깔을 보니 밥맛이 확 달아나잖아."

"그냥 둬, 보아하니 미친 작자 같은데 말이야."

구절문주도 그 말을 들었는지 바로 고개를 돌렸다.

네 사람이 앉아 있는 구석 자리였다.

주정양은 재빨리 부친에게 다가갔다.

"아버님, 빈자리가 없으니 딴 곳으로 가시지요."

주정양이 말을 하며 부친의 눈빛을 보니 이미 차분한 눈빛으로 돌아와 있었다.

무사가 싸우기 전에 차분해지며 마음을 가다듬는 그런 눈빛이었다.

주정양은 마음이 급해 부친의 손을 잡았지만 구절문주는 그의 손을 뿌리쳤다.

"너는 나가 있어라. 나는 저 버르장머리없는 놈들에게 교훈을 내려줘야겠다."

부친이 이렇게 말한 이상 염탐이고 뭐고 날이 샌 일이 되었고, 이 자리를 무사히 벗어나는 일이 관건이 되고 말았다.

정말 한심할 정도로 어리석은 일을 부친이 하려 하고 있었다.

이미 청량방의 무사들은 부친이 한 말을 다 들었고 부친이 다가가자 그 기도의 범상치 않음에 주변의 무사들이 벌떡 일어나고 있었다.

좁은 주루에서 일이 벌어진다면 부친에게 결코 유리할 수 없었다.

고수일수록 좁은 공간에서는 불리한 법이었다.

"자네들, 뭐라고 아가리를 놀렸지?"

부친은 말이 떨어지자마자 손을 들어 격공장을 날리고 있었다.

퍼벙!

일 장 거리를 격하고 격공장이 날아갔지만 화약이 터지는 듯한 폭음이 들리고 두 사람이 실 떨어진 연과 같이 뒤로 날아가고 있었다.

주정양도 처음 보는 부친의 무공이었다.

역시 부친은 엄청난 고수였다.

수전을 쏘려던 다른 탁자의 두 사람도 부친의 격공장에 다시 피를 뿌리며 날아가고 있었다.

하지만 사방에서 단창의 창날과 수전이 날아오고 주정양에게도 수전과 단창의 창날이 날아왔다.

주정양은 탁자를 방패로 삼아 간신히 막을 수 있었고, 부친은 전후좌우를 날아다니며 청량방의 무사들을 요리하고 있었다.

청량방과 무관한 사람들은 재빨리 도망가고 있으니 탁자와 의자가 넘어가고 주루는 아수라장으로 변하고 있었다.

주정양은 혹시라도 부친이 낭패를 당할까 해서 도망가지도 못하고 탁자를 방패로 삼아 주루에 남아 있을 수밖에 없었다.

이미 밖에서는 청량방의 뿔피리 소리가 들리고 있었으니 더 머뭇거리다가는 위험에 처할 수 있었다.

방패를 앞세우고 청량방의 무사들이 합벽진을 이루며 반격을 시작하니 부친도 검을 뽑아 들고 있었다.

장력을 계속 날려서는 방패를 든 무사들을 더 이상 해치울 수 없었다.

십수 명이 합벽진으로 부친을 공격해 대니 부친도 퇴로를 찾는 듯했다.

더 이상 시간을 끌다가는 퇴로가 막힐 수도 있었다.

도망치는 것이 더 힘든 법이었다.

청량방의 무사들은 전투 경험이 많아 도망가는 적을 공격하는 데 특기가 있었다.

부친은 천천히 뒷걸음치며 물러서고 있었고, 주정양도 부친의 뒤를 엄호하며 밖으로 향했다.

막 주루를 벗어나자마자 말발굽 소리가 들려왔다.

청량방의 분타에서 무사들이 몰려나오는 게 분명했다.

부친이 몸을 날리려 하는 순간, 철환 하나가 날아왔다.

철환은 전혀 예측할 수 없게 방향을 바꾸기도 하니 암기 고수의 내력이 실린 것이었다.

부친은 검을 휘둘러 철환을 냈지만 연이어 철환이 날아오고 내력이 잔뜩 실린 화살까지 날아왔다.

한눈에 보기에도 고수가 날리는 암기였다.

장내에 일남 일녀가 나타났다.

바로 협귀와 잡귀였다. 뒤를 이어 두 사람의 사부인 귀법수가 모습을 드러냈다.

수전과 탄궁을 든 무사들이 길 양쪽을 봉쇄하고 주루에서 달려나온 무사들이 뒤를 막으니 삼면이 포위된 상태였다.

"구절문에서 어떤 직책을 맡고 있소?"

협귀가 능글맞게 웃으며 앞으로 걸어나왔다.

구절문주도 이미 세 사람의 신분을 짐작하고 있었다.

귀영문의 두 장로와 한 명의 원로장로, 그 세 사람을 뚫을 수 있다고 장담할 수는 없었다.

세 사람 외에도 암기를 겨누고 있는 무사들이 있으니 목숨이 경각에 달려 있었다.

주정양은 부친의 경솔함으로 인해 이렇게 허무하게 죽어야 한다 생각하니 눈앞이 흐려지며 가슴이 답답해져 왔다.

하지만 어차피 죽을 바에야 자신을 희생해 부친을 살릴 생각을 했다.

부친이 고절한 신법으로 도망가고 자신이 부친의 등을 엄호한다면 부친은 도망칠 수 있을 법했다.

구절문주는 콧방귀를 뀌며 고개를 도리질했다.

"흥! 그게 무슨 소리요? 이 사람은 구절문과는 무관한 사람이오."

구절문주가 거짓을 말하자 이번엔 협귀가 콧방귀를 뀌고 고개를 흔들었다.

"흥! 누굴 바보로 아시나? 당신이 펼친 신법은 구절문도가 아니면 펼치지 못하는 신법이오. 구절문에서 표홀신보라 불리는 저급한 신법이 분명했소."

협귀의 말에 구절문주는 인상이 저절로 찌푸려졌다.

"표홀신보가 저급한 신법이라니, 그게 무슨 당치않은 말이오? 구양 대협 첩실 년의 무공을 이어받은 귀영문의 제자 주제에 감히 누구의 무공을 논한다는 말이오?"

구절문주는 협귀의 격장지계에 넘어가 엉뚱한 말을 하고 마니, 이미 스스로가 구절문의 사람이라는 것을 다 말한 꼴이었다.

협귀는 다시 능글맞게 웃으며 구절문주를 핍박했다.

"구양 대협의 무공은 대부분이 하찮은 잡술이라 귀영문은 대부분을 버리고 문도들이 합심하여 새로운 무공을 창안하며 사대를 이어오고 있소. 그 덕분에 귀영문이 이제 천하제일의 문파가 된 거요. 표홀신보 따위는 귀영문에서는 이제 삼급무사들의 기초 무공이 된 지 오래요. 분수를 모르는 걸 보니 강호견식이 없는 우물 안 개구리구려. 그래, 당신은 소인 중에 소인이라는 구절문주의 호위무사 정도는 되는 거요?"

구절문주는 더 이상 참지 못하고 버럭 소리를 지르며 손을 뻗어갔다.

"노옴! 소인이라고? 뼈를 갈아 마시겠다."

구절문주의 강맹한 장력이 협귀의 앞가슴을 때려왔지만 협귀는 그림자가 미끄러지듯 옆으로 피하고 장력은 허공을 때리고 말았다.

하지만 장력을 뻗은 구절문주는 마치 협귀가 피하는 것을 예측이라도 했다는 듯이 앞으로 치달리더니 바로 몸을 날려 맞은편 점포의 지붕 위를 날아가고 있었다.

귀법수와 잡귀가 깜짝 놀라 뒤를 따랐지만 지붕에 착지한 구절문주는 다시 쌍장을 떨쳤다.

허공에서 구절문주의 쌍장이 날아오자 잡귀와 귀법수는 몸을 뒤집어 쌍장을 피하느라 다시 바닥에 떨어져 내리고 있었다.

허공에서 구절문주의 강맹한 장력을 맞받을 수는 없는 법이었다.

청량방의 무사들이 수전을 쏘고 탄궁에서 천뢰구가 날아갔지만 구절문주는 몇 번 신형을 번뜩이더니 이미 멀리 사라지고 있었다.

주정양은 어이가 없었다.

아무리 생사지간에 있었다고 하지만 한마디 언질도 없이 자신을 버려두고 혼자 도망쳐 버린 부친을 이해할 수가 없었다.

주정양은 그런 빠른 신법이 없었다.

사방에서 청량방의 무사들이 몰려드니 순순히 승삭(繩索)에 묶일 수밖에 없었다.

주정양은 다시 마차 안으로 끌려 들어가 일곱 군데 혈도가 점해지고 가쇄(枷鎖:죄인의 목에 씌우는 항쇄와 발에 씌우는 족쇄)가 채워졌다.

일각이나 기다렸을까, 마차에 잡귀가 올라와 주정양의 역용을 지우기 시작했다.

"에잉, 네놈은 구절문주의 아들놈이 아니냐? 네가 주정양이지?"

주정양은 말없이 고개를 끄덕였다.

뒤따라 올라온 협귀가 혀를 차대며 역정을 냈다.

"허허, 그놈이 아무리 모질다 해도 제 자식을 사지에 내던지고 혼자만 살겠다고 도망가다니, 참으로 간악한 놈이로다."

잡귀는 역용을 지워 더러워진 주정양의 얼굴을 깨끗이 닦아주며 주정양의 머리를 쓰다듬었다.

"고약한 아비를 만난 네 신세가 참으로 가련하구나. 네 목에는 고작 천 냥이 걸려 있을 뿐이지만 네 아비의 목에는 이만 냥이 걸려 있다. 할 말은 아니다만, 네 아비의 거처를 말한다면 넌 이만 냥을 가질 수 있다. 말하겠나? 네가 말하지 않는다 해도 네 아비의 거처는 오늘 안으로 밝혀질 것이야. 시간이 없어."

잡귀가 자상하게 말했지만 주정양은 뜨거운 눈물을 삼키며 고개를 흔들었다.

"에잇, 바보 같은 녀석!"

잡귀와 협귀는 주정양의 머리를 쥐어박고 밖으로 나가 버렸다.

주정양은 마차에 실려 어디론가 끌려가면서 사냥개 십여 마리가 짖어대는 소리를 들었다.

청량방에서 사냥개를 앞세워 부친을 추격하고 있는 게 분명했다.

주정양은 자신의 앞날이 염려가 되어 부친의 걱정을 할 틈이 없었다.

조금 후회도 됐다. 어차피 자신을 헌신짝 버리듯 버린 부친이었다. 그런 부친을 위해 고난을 자초한다는 것은 억울한 일이기도 했다.

주정양은 청국으로 팔려가 버린 누나, 주청아의 얼굴이 떠올랐다.

주청아에 이어 이제 자신도 부친에게 이용만 당하고 버려지게 된 것이었다.

구절문주는 추격을 당하지 않기 위해 숲으로 뛰어들어 나뭇가지를 밟으며 뛰기도 하고 물을 건너 흔적을 지우기도 하면서 도망을 쳤다.

절륜한 경신술이 아니었다면 하마터면 봉변을 당할 뻔했다.

주정양을 내버려 두고 도망친 것이 조금 마음에 걸리기는 했다. 도망치기 전에 먼저 주정양을 죽였어야 했다.

주정양이 입을 연다면 구절문의 많은 비밀이 새나갈 것이었고 거처를 말한다면 정말 큰일이었다.

구절문주는 모질지 못했던 자신을 원망하고 자신의 선(善)함을 탓했다.

구절문주는 자신이 너무 선해 큰일을 하지 못한 것이라고 한탄을 했다.

구절문주에게 주정양은 충직한 수하였을 뿐이었다.

하지만 이미 밤이 깊었으니 청량방에서 오늘은 추격하기 힘들 것이고 밤을 기해 보물을 빼돌려 도망가면 된다고 생각했다.

멀리 은거하고 있는 석굴이 보였지만 주변에는 많은 횃불이 있었고 이리저리 움직이고 있었다.

구절문주는 가슴이 철렁 내려앉으며 석굴에 어떤 변고가 벌어졌다고 생각했다.

급히 신법을 전개하다 발이 꼬여 하마터면 크게 넘어질 듯 비틀거리며 구절문주는 석굴의 입구로 뛰어내렸다.

석문은 환히 열려져 있었고 많은 사람들이 석굴에 들어가 있었다.

구절문주는 사람을 밀치며 안으로 달려들어 갔다.

석실 바닥에는 주정관이 머리에 피를 흘리며 쓰러져 있었다.

피는 바짝 말라 있어 이미 한참 전에 숨이 끊어진 듯했다.

구절문주는 주정관의 숨이 끊어진 것을 확인하고 다시 안으로 몸을 날렸다.

주정관을 옹호하던 두 호법이 가슴과 목에서 피를 흘리며 사지를 뻗고 있었다.

구절문주는 망연자실하게 자신이 머물던 석실을 바라봤다.

보물이 들어 있던 밀실문은 환하게 열려 있었다.

아무리 둘러봐도 주정균과 세 명의 원로장로, 세 명의 호법은 보이지 않았다.

정균을 비롯한 나머지 사람들이 반란을 획책해 정관을 죽이고 보물을 챙겨 도망친 게 분명했다.

천천히 걸어 밀실로 들어갔다.

은자 한 냥도 남아 있지 않은 채 텅 비어 있었다.

뒤에서 사람들이 지껄이는 소리가 들렸다.

"여기가 구절문주의 보물이 숨겨진 밀실이었나 봐."

"죽은 사람들은 누구지?"

"구절문주의 수하들이겠지. 그런데 시체가 셋밖에 안 되는 게 이상하지 않아?"

"다 도망가고 셋만 남았나? 저 중에 구절문주가 있어?"

"우리가 어떻게 알겠어? 청량방의 전서구가 날았고 신호탄이 올라갔으니 곧 청량방에서 달려오겠지."

"무슨 소리야, 이미 청량방 무사들이 안에 들어와 있어. 그러니 조심해서 행동하라구. 여차하면 구절문의 앞잡이로 몰릴 수도 있어."

구절문주는 청량방의 무사들이 안에 들어와 있다는 말에 놀라 주변을 살피는데 느닷없이 수전이 날아오고 있었다.

전혀 소리가 나지 않은데다 어둡기까지 하니 정신을 놓고 있었다면 맞을 수도 있을 법한 날카로운 수법이었다.

구절문주는 사랑하는 둘째 아들 정관의 시체도 수습하지 못하고 또다시 도망쳐야 한다 생각하니 기가 막혔다.

구절문주는 수전을 쏜 무사를 찾아 머리통을 부숴 버리고 밖으로 몸을 날렸다.

놀란 사람들은 한쪽으로 비켜서며 피했고 구절문주를 막으려던 청량방의 무사들은 피를 뿜으며 쓰러지고 있었다.

"구절문주다. 악적 놈이 도망친다."

"이만 냥이 달아난다."

뒤에서 들려오는 고함을 외면하고 구절문주는 한 손에 검을 들고 한 손으로 장력을 날리며 밖으로 나갔다.

석실 입구에 있던 몇몇 무림인이 구절문주에게 달려들었지만 구절문주는 일검에 넷을 베고 산 아래로 몸을 날리고 있었다.

돈에 눈이 먼 벌레들을 석굴로 유인해 몰살하려던 계획은 허사가 되었다.

보물을 잃었고, 사랑하는 아들 정관을 잃고 말았다.

수중에 있는 돈이라고는 고작 금 한 냥에 은 한 냥이 전부였다.

자금이 추적될 것을 우려해 보물을 전장에서 전표로 바꿔두지 못한 게 후회가 되었다.

갑갑해서 바람을 쐬러 하산했다가 졸지에 가진 모든 것을 잃고 말았다.

하지만 기회는 있었다.

당나라의 보물로, 세 마리의 천계가 조각된 백옥천계삼이관(白玉天鷄三耳罐)에 천리미향을 묻혀놓았다.

하지만 문제는 천리미향을 쫓을 수 있는 영물인 묘두응(猫頭鷹:부엉이)이 수중에 없다는 것이었다.

백응은 만약의 경우를 대비해 묘두응을 청양 근처에 사는 처조카에게 맡겨두었다.

처조카는 사냥을 즐겨하며 유유자적하게 살아가고 자신의 정체를 알지 못하니 비밀이 새어나갈 염려도 없었다.

구절문주는 역용으로 모습을 바꾸고 다시 청양으로 내달렸다.

정관을 죽인 정균 일당을 용서할 수가 없었다.

귀법수와 협귀, 잡귀는 구절문주가 은신했던 구화산의 석굴에 도착했지만 구절문주가 살인을 저지르고 사라져 버렸다 하자 석굴의 기관 장치를 모두 파괴하고 세 구의 시신을 수습해서 청양으로 돌아왔다.

주정양은 주정관의 시신을 보고 모든 일이 끝났다는 것을 알았다.

협귀는 주정양에게 솔직하게 사건의 전말을 말해줬다.

주정양은 이제 구절문이 다시 일어설 기회는 없다고 생각했다.

자신이 아는 주정균은 우유부단한데다 욕심이 많아 절대 한 문파를 이끌 재목이 되지 못했다.

어찌 보면 가장 부친을 많이 닮기도 한 주정균이었다.

두 사람이 사이가 나쁘기는 했지만 주정양은 설마 이런 일이 일어날 줄은 예상하지 못했다.

날이 밝고 해가 중천에 걸렸을 때 하천이 모습을 드러냈다.

하천은 손을 휘저어 주정양의 혈도를 풀어주고 목과 다리를 죄고 있는 가쇄를 부숴 버렸다.

"고생이 많았소. 원하는 바는 아니지만 이제 주 낭자께서 부탁한 일을 행하려 하오."

주정양은 그 말이 뭘 의미하는지 알고 안도의 한숨을 내쉬었다.

자신을 감금하고 구절문이 완전히 소탕되면 풀어주겠다는 말이었다.

주정양은 힘없이 웃으며 일어나 하천에게 머리를 숙였다.

"일이 이렇게 된 마당에 뭘 더 숨기겠습니까?"

주정양은 자신이 장보도를 만들어 하천을 곤란하게 한 일과 구화산으로 숨어 망해 버린 구절문의 실상을 낱낱이 말했다.

“그러니까, 세 명의 원로장로, 세 명의 호법이 주정균과 함께 보물을 가지고 달아났다는 말이구려.”

“그렇습니다. 나머지는 모두가 뿔뿔이 흩어지고 말았고 구절문에 남은 사람은 그게 다입니다. 이만 냥의 현상금 때문에 문주께서는 수하들을 믿지 못하고 다 버리셨습니다. 하지만 주정균을 상대할 때는 조심하셔야 합니다. 그놈에게는 숨겨 놓은 애첩이 있습니다. 문주님도 알지 못하는 일이지요. 호시탐탐 독으로 문주님을 노리던 것으로 봐서 애첩은 독을 전문으로 사용하는 문파의 사람이 아닌가 합니다. 늘 지척에 두고 애첩을 만나왔으니 어쩌면 그놈은 지금 애첩과 함께 있는 지도 모릅니다.”

주정양은 자신을 학대하고 인간적으로 대하지 않았던 주정균에게 적대감이 있었다.

지금까지는 어쩔 수 없었지만 하천의 힘을 빌어서라도 주정균만큼은 꼭 죽이고 싶어 사실대로 말하고 말았다.

“고맙소, 조만간 조용한 시절이 되면 자유로운 몸이 되게 해 주겠소. 그때까지는 다소 불편하더라도 이곳에 머물러 주시오.”

하천은 주정양의 혈도도 제압하지 않았지만 그곳은 사방이 쇠창살로 막혀 있어 주정양의 공력으로는 탈출할 수가 없는 감옥이었다.

사냥개를 앞세우고 구절문의 잔당을 찾는 일은 계속되었다.

남경에서 비록 크게 패하긴 했지만 구절문은 정예가 남아 있었고, 구절문주가 수하들을 덕으로 잘 다스리기만 했다면 이런 상황까지는 몰리지 않았을 것이었다.

구절문은 스스로 자멸했다 말하는 것이 더 정확했다.

흑룡방을 전면에 내세우고 한때는 강호제일의 방파로 군림하던 구절문은 이제 문주와 몇 명의 반도만이 남는 최악의 상황까지 몰리고 말았다.

설상가상인 것은 현상금과 보물을 쫓는 낭인 무사들까지 너나 할 것 없이 구절문주를 잡는다고 구화산 일대를 뒤지고 있다는 것이었다.

개중에는 추적술에 어느 정도 조예가 있는 사람이 있었는지 구절문주의 행방을 알고 있다는 사람이 나타나기 시작했다.

묘하게도 두 사람이 같은 곳을 말하고 있었다.

두 사람은 냄새를 추격하는 영물 하나씩을 가지고 있었는데 하나는 산달(山獺)이었고 다른 하나는 묘두응(猫頭鷹)이었다.

구절문주가 될지 구절문의 반도가 될지는 몰랐지만 어느 쪽이라도 좋은 것이었다.

하천은 영아와 소소, 신투, 복관홍과 함께 청양으로 왔고, 살귀와 색귀, 황사, 악운건까지 함께 달려왔다.

이미 청양에 머물고 있는 귀법수와 협귀, 잡귀까지 해서 많은 고수가 있었다.

귀영문의 사람들은 마음이 들떠 있었다.

구양 대협의 후손인 구절문을 완전히 없애게 된다면 당분간

천하제일의 무공은 귀영문의 무공이 될 것이기 때문이었다.

귀영문의 제자로서 기쁜 것은 당연한 일었다.

하천이 나서자 모든 귀영문의 장로들이 하천을 따르려 했다.

대미를 장식하는 일에 빠지고 싶은 사람은 없었다. 결국 모든 사람이 하천을 따라나섰다.

하천과 귀영문의 장로들이 빠져나간 청양 분타에는 영아와 소소, 신투, 복관홍, 그리고 흑백순찰사자대만 남아 있었다.

한편 구절문주는 청양으로 잠입해 처조카의 집을 찾았다.

한시가 급했건만 처조카는 묘두응(猫頭鷹)을 데리고 구화산으로 사냥을 떠났다는 것이었다.

그러니 돌아올 동안 기다릴 수밖에는 없었다.

기다리는 김에 구절문주는 청양 분타의 동태를 살폈다.

사냥 갔다던 처조카가 청양 분타로 들어갔고, 어깨 위에는 분명히 자신의 묘두응이 앉아 있었다.

처조카가 영물인 묘두응을 앞장 세워 구절문의 흔적을 추격할 게 분명했다.

처조카는 자신이 구절문주인지도 모르고 있었다. 구절문주는 당장 어떻게 해야 할지 결정할 수 없었다.

살짝 처조카를 불러내 사실을 말하고 구절문의 반도, 주정균과 일당이 있는 곳이 어디인지 물어보고 싶었다.

하지만 경계가 삼엄하여 접근할 수가 없었다.

설사 접근한다 해도 고수가 즐비한 안에서 어찌할 수도 없
는 일이었다.

반도야 언제라도 잡아 죽이면 되지만 보물은 꼭 필요한 것
이었다.

한참을 기다리니 정말 한 떼의 사람들이 떠나가고 두 여인
이 문간까지 나와 손을 흔들고 있었다.

그중 하나는 검귀의 딸인 은소소였다.

원래 검귀의 성을 따르자면 주소소여야 했지만 검귀는 소소
에게 은 씨라는 성을 주었다.

그 이유는 알 수 없었다.

구절문주는 문득 기가 막힌 묘안이 떠올랐다.

청량방주이자 귀영문주인 하천의 하나뿐인 첩실 소소이니
구절문주는 소소를 잡아 하천을 협박한다면 자신이 잃었던 보
물까지 다시 얻을 수 있겠다 생각했다.

청량방주는 뒤에서 공처가를 뜻하는 구내자(懼內者)라 놀림
받고 있다는 것을 익히 알고 있었다.

구절문에서 잠입시킨 간자가 전해온 정보로는 하천이 영아
보다 오히려 소소를 더 아낀다 했으니, 소소만 납치한다면 하
천을 유인해 죽일 수도 있겠다 싶었다.

말을 타고 떠난 것이 아니니 목표 지점은 청양 인근이 분명
했고, 하천과 귀영문의 고수까지 출동했으니 아들 정균을 비
롯한 구절문의 반도들은 섬멸될 게 분명했다.

아무리 돈이 좋기는 하지만 굳이 위험을 무릅쓰고 그들을

따를 필요가 없었다.

그런다고 해서 기회가 생기는 것도 아니었다.

고수들이 빠져나간 청양 분타는 하수들만 있을 것이니 소소를 납치하는 것은 지금이 아니면 기회가 없었다.

상전들이 빠져나간 분타는 어수선해졌고 경비무사도 몇 명 되지 않았다.

기회는 의외로 금세 다가왔다.

구절문주가 청양 분타에 잠입하여 마루 밑으로 숨어들고 기회를 노린 지 한식경이 지났을 때, 소소의 방문이 열리고 소소는 아랫배를 잡으며 측간으로 걸어갔다.

멀리 두 명의 무사가 보였지만 둘을 해치우고 측간으로 달려간다면 소소를 쉽게 잡을 수 있을 것 같았다.

구절문주는 귀를 열어 측간의 동태를 살폈다.

한줄기 물소리가 시원스럽게 들리니 지금이 기회였다. 곧 대변을 쏟아낼 것이니 멈출 수가 없을 것이라 생각했다.

구절문주는 복면을 하고 쏜살같이 뛰어나가며 손을 휘둘렀다.

두 사람은 막 교차하고 있는 시점이라 한 번에 둘을 해치울 수 있는 기회도 좋았다.

구절문주는 천지신명이 착하고 불쌍한 자신을 돕고 있다고 생각했다. 지금까지는 운이 따르지 않았지만 이제부터는 운수 대통할 것이라 믿었다.

소리없이 두 사람을 끌고 와 측간 입구에 내려놓으니 측간에서 소소가 나오고 있었다.

소소는 이상한 기척이 나 소변만 보고 나오는 중이었다.

"아악! 악!"

소소가 비명을 질러댔다.

하지만 이미 구절문주는 바짝 다가가 있었다. 혈도를 점하기 위해 손을 뻗었다.

하지만 별 무공이 없었던 소소는 그동안 기연이라도 얻었는지 오히려 손목을 돌리며 반격을 해오고 있었다.

그러나 구절문주에겐 어림없는 수작이었다.

구절문주는 시간을 오래 끌 수 없어 부상을 입히더라도 빨리 제압해야 하니 절기인 유풍봉무(流風封無)의 수법을 펼쳤다.

강기로 소소의 공격을 막고 꼭 잡겠다는 극단의 수법이라 소소는 당황해하다가 현란한 수법을 감당하지 못하고 제압되고 말았다.

삐리릭―

뿔피리 소리가 나며 무사들이 달려오기 시작했다.

하지만 소소는 이미 구절문주의 옆구리에 끼어져 있었다. 구절문주는 한 번 뛰어 사 장이나 되는 지붕에 오르고 두 번을 뛰어 담을 넘었다.

청량방의 무사들은 구절문주가 소소를 안고 있으니 수전이며 암기를 쏠 수가 없었다. 영아는 몸을 날려 추격을 했다. 엄청난 신법으로 보아 구절문주가 분명했다.

구절문주는 누군가가 기척도 없이 일각을 넘게 계속 뒤를 따르자 후각과 청각으로 여인이 뒤를 따르고 있다는 것을 알았다.

영아일 가능성이 많으니 구절문주는 욕심이 생겼다.

소소에 이어 영아까지 사로잡는다면 하천의 목숨뿐만 아니라 전 재산까지 차지할 수 있겠다는 생각을 했다.

구절문주는 영아를 유인하기 위해 속도를 늦추며 정신은 온통 뒤에다 두고 있었다.

거리가 좁혀지자 영아는 철환을 꺼내 구절문주의 등을 향해 던졌다.

구절문주는 팔꿈치와 옆구리로 철환을 받아내며 마치 철환에라도 맞은 양 크게 비명을 지르고 바닥을 굴렀다.

"억!"

영아는 조금 의심스러워 조심하며 달리던 탄력으로 다시 두 개의 철환을 던지며 달려갔다.

아니나 다를까, 부상을 당하고 쓰러져 있던 괴한은 몸을 띄우며 재빨리 철환을 피하고 검신일체가 되어 영아에게 날아왔다.

영아는 빛살과도 같이 날아오는 가느다란 검강을 간신히 피하고 삼장이나 물러나 괴한과 마주 섰다.

영아는 괴한의 신법이 자신보다 우위에 있는 이상 자칫하면 소소에 이어 자신까지 납치를 당할 수도 있겠다는 생각이 들자 손발이 떨려왔다.

괴한은 생전 처음 상대하는 고수였다.

"이년, 어린것이 감히 분수를 모르고 날뛰더니 결국 내 손에 걸려들었구나. 네 서방이 보여주지 못한 극락을 구경시켜 줄 테니 고이 나를 따라라."

추잡한 말을 하며 괴한이 다시 검신합일로 몸을 날려왔다.

영아는 표홀신보로 미끄러지며 피하려 했지만 가느다란 검강은 눈이라도 달린 듯 영아의 옆구리를 노려왔다.

절체절명의 순간, 하나의 수전이 날아와 검강을 쳐냈다.

영아는 간신히 위기를 모면하고 궁신탄영(弓身彈影)의 신법으로 옆으로 몸을 날렸다.

장내에는 수전을 손에 든 신투와 복관홍이 내려섰다.

"이놈, 네놈에게 받았던 치욕을 되돌려주겠다."

신투가 버럭 소리치자 구절문주는 앙천대소를 하며 복면을 벗었다.

"하하하, 이런 버러지 같은 놈, 살려주었더니 은혜를 모르고 감히 누구에게 기어오르려 하느냐. 그래, 잘들 모였어. 귀영문의 춘녀(春女) 복관홍까지 올 줄은 몰랐는걸? 이년, 개관홍아, 신투를 배반하고, 나를 배반하고, 검귀를 배반하더니 이제 다시 신투의 개 노릇을 해? 너같이 지저분한 년은 세상에 다시없을 것이다. 네 딸년이 저기 있다. 엄밀히 말하면 검귀와 네년의 딸이지. 자, 어서 뺏어가 봐."

구절문주가 입에 거품을 물며 추잡한 말을 해댔다.

소소는 아혈을 포함한 아홉 군데 혈도가 점혈당해 말을 할 수는 없었지만 짐작했던 대로 자신이 관홍과 검귀의 딸인 게 확실해지자 눈물이 흘러내렸다.

사부였던 은왕파파 역시 검귀의 또 다른 변신이라는 것도 소소는 알고 있었다.

자신을 양녀로 맞아들이고 많은 돈을 들여 명사를 모셔 자신을 가르치고 양육한 것도 검귀의 또 다른 변신이라는 것도 알게 되었다.

소소는 늘 자신을 낳아준 어미가 누구인지 궁금해했었는데 복관홍을 보는 순간, 바로 복관홍이 모친이라는 사실을 알았다.

눈과 코, 입이 판으로 박아낸 듯 꼭 같았고 얼굴 윤곽이 같았다. 무엇보다도 가슴의 생긴 모양이나 엉덩이, 걸음걸이까지 같았다.

그건 복관홍도 마찬가지였다.

소소를 처음 보는 순간, 자신의 버려진 딸이라는 것을 알았다.

검귀가 몰래 길렀다는 것도 알았다.

소소가 납치되고 영아가 뒤를 추격하니 복관홍은 소소가 걱정이 되어 신투와 함께 몸을 날렸다.

오랫동안 점혈당한 채 갇혀 있었던 탓에 무공은 예전의 칠, 팔 할밖에는 사용할 수 없었다.

오랜 시간 막혀 있었던 경혈이 제 기능을 발휘하려면 아직 많은 시간이 필요했다.

어쩌면 천하제일의 고수를 다투는 구절문주를 맞아 죽게 될 지도 모르는 일이었다.

하지만 딸을 구하다 죽는다면 값진 일이라 생각했다.

신투는 소소 따위의 안전은 안중에도 없었다. 영아 또한 자신보다 소중한 존재는 아니었다. 하지만 복관홍이 나서니 따라나서지 않을 수가 없었다.

신투 역시 오랜 세월을 점혈당한 채 갇혀 있어 아직 칠할 정도의 무공밖에는 회복하지 못했다.

원래가 하루에도 몇 번씩 몸을 파는 천하디천한 창기였고, 잘생긴 남자라면 사족을 못 쓰는 복관홍이었다.

검귀의 첩실이었고 검귀가 떠난 뒤에는 색귀와도 놀아났다.

자신의 첩실이 된 후에도 살귀에게까지 꼬리를 쳐대는 천하에 다시없는 잡년이었지만, 신투 또한 복관홍을 처음 본 순간 온 마음을 빼앗겨 버렸다.

그런 복관홍이었지만 함께 있으면 세상을 다 얻은 듯했다.

사위인 하천보다도 복관홍에게 귀영문주의 자리를 물려주기 위해 갖은 노력을 다 했지만 뜻대로 되지 않았다.

영아보다 더 소중한 복관홍이었다.

복관홍에게 속아 검귀에게 잡히고 구절문주에게 온갖 치욕을 당하면서도 복관홍을 잊을 수가 없었다.

복관홍을 위해 죽는다면 그것도 어쩔 수 없는 운명이라 생각하고 신투는 앞으로 나섰다.

“세상에 누가 있어 너보다 더 소인이며 추잡할까? 너는 아들을 팔아 네 목숨을 구한 짐승보다 못한 버러지야.”

신투의 말에 대로하여 구절문주는 기척도 없이 달려왔다.

냉혈일섬(冷血一剡)의 쾌검이 펼쳐지고 싸늘한 한줄기 은광이 날았다.

신투는 피할 수도 있었지만 동귀어진을 노렸다.

세 사람이 합공한다 해도 어차피 해치울 수 없는 구절문주라면 사랑하는 여인과 딸을 위해 죽을 수밖에 없었다.

신투는 왼쪽 어깨로 검강을 맞으며 필사의 초식인 맹룡일점(猛龍一占)을 펼쳤다.

영아 또한 가만히 있지 않았다. 하천에게 배운 구양신공의 일곱 번째 단계, 칠성난사(七星亂射)를 날렸다.

복관홍 또한 전력을 다해 신투와 같은 맹룡일점의 검식을 전개했다.

구절문주는 신투의 반격이 목숨을 돌보지 않는 맹렬한 것이고 양옆에서 검강이 폭사하자 깜짝 놀라 검식을 회수하지 않을 수가 없었다.

복관홍과 영아를 만만하게 생각했던 것이 화근이었다.

검식을 회수하며 추풍낙엽(秋風落葉)의 신법으로 몸을 날렸다. 바닥을 치며 한 바퀴 반을 회전하는 필생의 신법이었다.

뇌려타곤보다는 나았지만 고수가 바닥을 면하고 구른다는 것은 치욕스런 일이었다.

그때 멀리서 수전이 날아오고 있었다. 청량방의 흑백순찰사

자대가 달려오며 수전을 쏘고 있었다. 영아가 남긴 혼적을 보
고 이제야 온 것이었다.

구절문주는 세 사람의 합공만 해도 벅찬 마당에 스물여덟
명의 순찰대까지 상대할 여력이 없었다.

구절문주는 재빨리 소소를 들쳐 업고 몸을 날렸다. 등 뒤에
소소가 있으니 화살을 맞을 염려도 없었다.

"소소야!"

복관홍이 울부짖으며 뒤를 따르고 영아와 신투도 다시 몸을
날렸다.

하지만 금잉어가 파도를 넘는다는 금리도천파(金鯉倒千波)
의 신법을 전개하며 숲으로 뛰어든 구절문주를 잡을 수는 없
었다.

이리저리 몇 번 몸을 날리는 사이에 영아와 신투는 구절문
주의 종적을 놓치고 말았다.

숲 속 깊이 따라간다면 영아와 신투로서는 구절문주의 암습
을 피할 수가 없었다.

복관홍은 바닥에 주저앉은 채 목을 놓아 대성통곡하고 있었
고, 영아는 그나마 흑백순찰대가 제때 달려온 덕분에 위기를
모면할 수 있었던 것에 감사하고 있었다.

구절문의 반도들이 모여 있는 곳은 청양에서 북으로 삼십여
리 떨어진 이름 없는 야산이었다.

인근 사람들은 그 야산을 릉산(陵山)이라 불렀다. 이름없는

야산이든 룽산이든 그건 중요한 게 아니었다.

　야산의 중턱에는 몇 채의 모옥이 있고 사합원으로 지어진 한 채의 기와집이 있었다.

　먼저 살귀의 수하들과 호법대가 달려가 그 집을 포위하고 나머지 사람들이 사방으로 포위를 한 다음, 색귀가 대문을 두드렸다.

　머리를 양 갈래로 땋은 소녀 하나가 조르르 달려왔다.

　"누구신가요?"

　천진난만하게 달려온 소녀는 문까지 열었다. 하지만 고개를 밖으로 내밀지 않고 안에만 있었다.

　그때 하천의 품에 있던 혈옥적이 떨고 있었다.

　문간 어딘가에 독이 있다는 말이었다.

　아니나 다를까, 이미 문루(門樓) 아래로 독분이 조금씩 떨어져 내리고 있었다.

　하천은 색귀를 뒤로 물러나게 하고 앞으로 나섰다.

　독과 암기가 매설된 기관이 매복되어 있다면 바로 들이칠 수는 없었다.

　"주인어른을 뵐 수 있겠소?"

　"뵐 수는 있지만 좁은 집에 이렇게 많은 사람이 들어오기는 곤란하지요. 소협께서 뵙겠다면 한번 말씀은 드려보겠어요."

　어린 소녀가 능청을 떨며 노련하게 말하는 것을 보니 보통이 아니었고 구절문의 잔당들이 미리 대비를 하고 있다 생각하니 하천은 신중을 기할 수밖에 없었다.

“청량방 청양 분타에서 온 사람들이오. 주인에게 여쭤주시오.”

“알았어요. 잠시만 기다리세요.”

소녀는 문을 열어놓은 채 달려가고 있었고 문루에서는 독분이 여전히 흘러내리고 있었다.

잠시 후 다시 소녀가 나타나 고개를 끄덕였다.

“한 분만 안으로 드시래요.”

“실례하겠소.”

소녀가 조금 비켜서자 하천은 강기를 밀어내 독분을 소녀에게 가게 하고 손을 들어 소녀의 단전을 향해 무형지를 날렸다.

소녀는 길을 막고 독분이 떨어져 내리게 한 뒤 비켜섰지만 아랫배가 따끔하자 잠시 미간을 찡그렸다.

하지만 달거리할 때가 임박했으니 그 통증인 줄 알고 대수롭지 않게 생각했다.

“오라버니께서는 숙취로 이제야 기침하셔서 조금 기다리셔야 하는데 대청으로 먼저 오르시겠어요? 동생, 이 어른을 대청으로 안내해 드려. 난 그동안 차를 준비할게.”

“그럴게요.”

녹피 장갑을 낀 채 전지가위를 들고 정원수를 손질하고 있던 여자아이 하나가 엉덩이를 교태롭게 흔들며 다가오고 있었다. 다시 혈옥적이 떨렸다.

소녀가 들고 있는 전지가위에는 극독이 잔뜩 묻어 있었고, 소녀의 머리에 꽂은 철잠은 독, 그 자체였다.

치마는 골반에 걸치고 있어 엉덩이의 골이 보이고 엉덩이를 흔들 때마다 치마 안에서는 독분이 나비가 춤을 추듯 하늘거리며 날렸다. 정말 살아 있는 독물이라 해도 좋았다.

하천은 살아 있는 독물이라 할 수 있는 이 소녀를 살려둘 수 없어 엉덩이와 아랫도리를 향해 살짝 무형지를 날렸다.

사혈(死穴)에 해당되는 하음혈(下陰穴)과 제문혈(臍門穴)이 점혈된 소녀는 지금은 멀쩡하겠지만 공력을 끌어올리려는 순간 죽고 말 것이다.

소녀는 독분을 날리기 위해 요란하게 엉덩이를 흔들다가 하문이 따끔하며 오줌까지 지리자 깜짝 놀랐지만, 최근 무리해서 운우지락을 즐겼던지라 쓴 미소를 지으며 계단을 올라갔다.

하천은 주정양의 말대로 소녀들이 독을 전문으로 익힌 집단의 제자들이라 짐작했다.

지금까지는 제자들이 감당할 수 있는 그저 그런 독을 풀었겠지만, 정방(正房)의 대청에 오른다면 해약이 없는 절독이 있을 것이니, 하천은 눈과 귀를 열고 강기를 뿜어 나쁜 공기를 밀어내고 향긋한 혈옥적의 향을 맡으며 천천히 대청에 올랐다.

혈옥적은 떨다 못해 좌우로 흔들리기까지 하며 요동쳐 댔다. 대들보와 기둥을 받친 틈에서 극독이 떨어져 내리고 있었다.

하천은 떨어지는 극독을 소녀에게 가게 했고, 이미 소녀는 눈빛이 흐려지며 흔들리고 있으니 곧 일이 벌어질 것만 같았다.

"그래, 준비가 끝났으니 안으로 모셔라."

방안에서 젊은이의 목소리가 들리자 소녀는 간신히 미소 지으며 입을 열었다.

"예, 어서 안으로……. 허, 헉!"

소녀가 입에서 피를 토하며 앞으로 넘어지자 천기는 방문을 박차며 구양검식을 날리고 다섯 손가락을 펼쳐 무형지를 날렸다.

하지만 방 안에 있던 남녀는 독분을 허공에 뿌린 채 이미 창을 부수며 밖으로 도망가고 있었다.

하천은 호신강기로 독분을 밀어 보내고 창밖을 향해 칠성검식과 무형지를 날리며 몸을 날렸다.

이미 방에서 도망간 두 남녀는 담을 넘고 있었는데 고절한 신법이었다.

막 몸을 띄워 담장에 올라서려는데 파공음과 함께 한 무더기의 독질려(毒疾藜)가 날아왔고, 하늘을 덮을 정도로 많은 단혼사(斷魂沙)가 날아왔다.

하천은 두 사람이 마루 밑에 숨어 있다는 것은 알았지만 몸을 피해 숨은 것으로 생각했었다. 그놈들이 뛰쳐나오며 암기를 뿌릴 줄은 몰라 미처 대비하지 못하고 있었다.

한 바구니의 독질려와 한 포대의 단혼사가 덮은 하늘은 어디에도 피할 공간이 없었다.

강기로 밀어내기에는 단혼사가 너무 많았다. 이화접목으로 되돌려주기에도 너무 많은 암기였다.

절체절명의 순간, 명교 최상의 무공, 건곤대나이의 심법이 떠올랐다.

상대가 보낸 공력과 자연의 기를 합치고, 내 기운을 조금 더 보태 상대에게 돌려주는 건곤대나이의 차기미기.

그 방법 외에는 이 난국을 벗어날 방법이 없었다.

"타앗!"

하천이 몸을 비틀며 시전하는 건곤대나이는 단순히 남의 힘을 빌려 공격하는 차력미기(借力彌氣)를 넘어선 절세무공이라 할 수 있었다. 공격해 오는 상대의 기운을 받아들여 자신의 내공으로 합치는 차기미기(借氣彌氣)의 경지에 든 절세신공이었다.

마음과 느낌으로 경혈을 움직일 수 있는 경지에 든 하천의 무공 공부가 아니었다면 도저히 펼칠 수 없는 신공이 펼쳐졌다.

하늘 가득 덮여 있던 독질려와 단혼사는 회오리치며 뭉쳐지더니, 소나기처럼 갈라지며 두 사람을 향해 빗살같이 날아갔다.

"아아악!"

처절한 비명 소리가 들리고, 온몸에 독질려와 단혼사가 촘촘히 박힌 두 사람의 모습이 드러났다.

두 사람은 고목이 쓰러지듯 넘어져 버렸고, 하천은 훌쩍 몸을 날려 담장 위에 올라섰다.

두 남녀는 협귀와 잡귀를 뚫지 못하고 접전을 벌이고 있었다.

하천은 몸을 날려 막 주머니에서 한 줌의 독을 꺼내고 있는 여인의 뒤를 향해 칠성권을 날렸다.

여인은 칠성권에 일곱 군데를 격타당하고 녹피 장갑을 낀 손에 든 독분을 자신의 얼굴에 맞은 채 바닥을 구르고 있었다.

얼굴이 녹아 내리고 있었고 목에는 이미 구멍이 뚫리고 있었다.

남을 죽이려고 꺼낸 단혼사에 자신이 당할 줄은 몰랐던 것이다.

너무나도 참혹한 광경에 놀란 사내도 손을 놓고 있었다. 협귀가 얼른 사내의 맥문을 잡아채고 혈도를 점하고 있었다.

사내는 바로 주정균이었다.

하천은 다시 집 안으로 몸을 날렸다.

자신들이 던진 독분을 맞고 죽은 자들은 두 명의 호법으로 짐작되니, 아직 집 안에는 세 명의 원로 장로와 한 명의 호법이 숨어 있는 게 분명했다.

색귀와 살귀, 황사, 악운건이 달려들어 왔다.

집 안에 보물이 숨겨져 있으니 불을 놓기가 곤란했다.

하지만 집 안에 숨은 네 사람을 잡으려면 많은 희생이 따를 수도 있었다.

하천은 빨리 결정을 내려야만 했다.

잠시 망설이던 하천은 결심을 하고 화습자를 꺼내 횃불에 불을 붙였다.

"문주, 지금 불을 놓으려는 게요?"

색귀가 눈을 동그랗게 뜨고 물었다.

"그렇습니다. 집 안에 숨은 네 놈을 찾으려면 많은 희생이 따라야 합니다. 그러니 가장 간편한 방법은 화공이지요."

"아, 안 되오. 구절문주의 보물까지 모두 타버리고 말 텐데, 너무 아깝지 않소?"

색귀가 손사래질을 하며 만류했지만 하천은 고개를 흔들었다.

"청량방과 귀영문에는 충분한 재물이 있습니다. 돈보다는 제자들의 목숨이 더 소중합니다."

그러자 협귀가 나섰다.

협귀는 처음 문을 열었던 소녀를 끌고 왔고 산달(山獺)을 가지고 냄새를 추격하는 자를 불렀다.

"뭐, 먼지 나게 불까지 놓을 필요가 있겠습니까? 일단 산달에게 냄새를 맡게 하고 그게 안 되면 이 아이의 사지를 하나씩 자르면서 놈들이 숨어 있는 곳을 물어보면 될 일이지요."

하천이 고개를 끄덕이자 협귀는 산달의 주인에게 눈짓을 했다.

하지만 집 근처에는 냄새를 방해하는 약물이 뿌려져 있어 산달은 더 이상 냄새를 맡지 못했고, 구절문주의 처조카가 가지고 있는 묘두응 또한 밤에만 활동하는지라 아예 밖으로 나오려 들지를 않았다.

산달이 코를 앞발로 치며 주인의 품에 뛰어들자 협귀는 혀를 차댔다.

"쯧쯧, 놈들이 약을 풀어 수작을 부렸으니 할 수 없게 되었구나. 네가 입을 열어야겠다. 일단 너와 네 주인의 정체부터 말해라. 말하지 않는다면 귀를 자르겠다."

소녀는 얼굴이 창백하게 변하며 바로 말했다.

"묘강 만독문주의 둘째 아가씨가 바로 소녀의 주인입니다."

"오, 그래. 묘강의 만독문이라, 독의 명문이라 할 수 있지. 그런데 묘강에서나 명문이지 여기선 아니야. 그럼 두 번째, 자, 놈들이 어디 숨어 있지? 셋을 세겠다. 말하지 않는다면 왼팔을 잃게 될 것이야."

소녀는 자신의 주인인 주정균의 애첩이 죽은 마당에 자신의 몸을 희생해 가며 더 이상 버틸 필요가 없겠는지라 순순히 입을 열었다.

"그자들은 문방(文房)의 침상 아래 밀실에 숨어 있습니다."

소녀의 말이 떨어지자마자 바깥 동정을 살피고 있던 네 사람은 밀실 문을 밀치며 밖으로 뛰어나왔다.

하지만 문방은 이미 포위된 상태였다.

흑포를 입고 산발을 한 노인 하나가 창문을 열고 고함을 질렀다.

"네놈들이 달려든다면 여기 있는 보물을 모두 부숴 버리겠다. 구절문주의 보물은 골동품이 대부분이라는 걸 모르고 있진 않겠지?"

흑포노인은 증명이라도 하려는 듯 옥으로 만든 붓꽂이 하나를 내보였다.

잡귀가 살짝 다가와 하천에게 속삭이듯 말했다.

"옥쌍관식필삽(玉雙管式筆揷)으로, 명 초기 명공이 만든 붓꽂이입니다. 적어도 만 냥은 나가는 보물입니다. 깨어진다면 한 냥의 값어치도 없게 되니 너무 아깝지요."

전음이 아닌 이상 잡귀의 말소리는 상대도 다 듣고 있었다.

하천도 알고 있는 것이었는데 잡귀가 주책 맞게 쓸데없는 말을 하니 흑포노인은 더욱 기고만장해져서 또 다른 골동품을 내보이고 있었다.

"그래도 귀영문에 보물을 제대로 볼 줄 아는 기특한 인사가 있었구나. 이건 백옥천계삼이관(白玉天鷄三耳罐)이다. 당대의 보물이지. 가격으로 따진다면 삼만 냥은 넘을 것이야."

신이 난 흑포노인은 다시 십여 개의 서화까지 내보이며 스스로 가격까지 매기고 있었다.

모두가 당송시대 팔대가의 명품들이라 서화만 해도 십만 냥이 넘는 값어치였다.

협귀가 앞으로 나섰다.

"구경은 잘했소만 그래서 어쩌면 좋겠소?"

흑포노인은 침을 꿀꺽 삼키더니 미소를 지으며 말을 했다.

"이 보물을 순순히 넘겨 드리겠소. 그러니 우리 네 사람을 고이 보내주시오."

반말을 해대던 흑포노인의 말이 공손한 어투로 바뀌었다.

협귀는 하천을 보며 의향을 물었지만 하천은 고개를 내저었
다.

"문주께서 그렇게는 할 수 없다 하시오. 그러니 다른 조건
을……."

협귀의 말이 끝나기도 전에 흑포노인이 말을 잘랐다.

"아무 권한도 없는 당신이 왜 튀어나와 쓸데없는 말을 하는
거요? 얼른 저리 꺼지고 문주를 나서게 하시오."

협귀는 얼굴을 붉히며 물러났고 하천이 빙그레 웃으며 앞으
로 나섰다.

"보물은 당신들에게나 보물이지 내겐 별 가치도 없는 허접
한 물건일 뿐이오. 조건은 단 하나요. 순순히 투항하면 구절문
의 일이 끝난 뒤 석방하겠소. 하지만 무기를 들어 반항을 한다
면 당신들의 목숨은 없소."

흑포노인이 눈을 동그랗게 뜨며 욕을 하려고 입을 크게 벌
리려는데, 손이 하나 튀어나오며 흑포노인의 입을 가리고 안
으로 끌고 갔다.

네 사람이 상의를 하는 듯했다.

이번에는 백포노인이 창가로 나왔다.

"우리 네 사람이 어찌 많은 사람을 이길 수가 있겠소? 하나
무인으로서 명예로운 길을 갈 수 있게 해주시오. 무기를 한번
들어 보지도 않고 순순히 잡힌다면 자손대대로 큰 치욕이 아
니겠소? 그러니 이렇게 합시다. 귀영문주는 이미 천하제일인
이라 불리니 우리 상대가 아니라는 건 인정하겠소. 우리 측에

서 한 사람이 나서겠소. 그러니 귀영문주를 제외한 한 사람이 나서서 정당한 결투를 합시다. 무리한 요구를 하는 것도 아니라오. 우리가 이긴다면 귀영문에서 보물을 가지는 대신 우리를 보내주고, 우리가 진다면 아까 말씀하신 그 조건을 따르겠소.”

화급을 다투는 급한 일도 없고 무리한 조건도 아닌지라 하천은 고개를 끄덕였다.

네 사람은 보물을 밖으로 내오고 흑포노인이 앞으로 나섰다.

“내가 대표로 나서겠소.”

색귀가 나서려 했지만 하천은 황사를 불렀다.

색귀는 구양신공의 여섯 단계 정도를 익히고 있었지만 황사는 일곱 단계를 익히고 있었으니 하천은 색귀보다는 황사가 더 믿음이 갔다.

두 사람은 처음부터 맹렬하게 절기를 발휘하고 있었다.

흑포노인 역시 구양신공을 익히고 있었다. 하지만 고작 사 단계를 넘지 못하고 있었다.

욕심 많은 구절문주가 원로장로에게조차 구양신공을 반쪽만 전수한 게 분명했다. 하지만 흑포노인의 공력은 황사보다 뛰어났고, 웅혼한 내력으로 초식과 기법의 열세를 만회하고 있었다.

벌써 백 초가 넘게 지났지만 두 사람은 여전히 용호쌍박의 대결을 벌이고 있었다.

　황사에게 기회가 왔다.

　세 번이나 연속해서 격공장을 내민 흑포노인의 안색이 창백해지며 기침을 해대기 시작했다. 하지만 황사는 검을 땅에 꽂고 팔짱을 낀 채 흑포노인의 기침이 끝나기를 기다렸다.

　흑포노인은 점점 기침이 심해져 급기야 땅바닥에 주저앉아 눈물, 콧물까지 흘리며 기침을 해대고 있었다.

　겨우 기침이 멎자 백포노인이 달려나와 흑포노인의 머리에 알밤을 먹이고 있었다.

　"어이구, 이 화상아, 밤새 상사초(相思草:담배의 다른 말)를 피워대더니, 내 그럴 줄 알았다. 고작 힘 몇 번 쓰고 이게 뭐냐?"

　흑포노인은 기침을 멈추고 정색을 하며 말했다.

　"이놈아, 그게 상사초냐? 내가 피우는 건 금사연(金絲烟)이야."

　"미친놈, 상사초나 금사연이나 그게 그거지, 무슨 헛소리야?"

　금사연은 담뱃잎을 말린 후 잘게 쓸어 술에 볶은 것으로, 금황색의 향이 나는 상등품이었다.

　하천은 엉뚱한 문제로 말다툼을 하는 두 사람을 멍하니 보고 있었다.

　흑포노인은 말을 하다 보니 기침이 멎었는지 벌떡 일어나며 백포노인의 목을 잡아갔다.

　"그건 그렇고, 이놈이 형님을 몰라보고 이제 알밤까지 먹여?"

그러자 백포노인은 손을 들어 흑포노인의 얼굴을 꼬집기 시
작했다.

"이거 놓지 못해?"

"이놈아, 어림없다."

두 사람은 아홉 살 난 아이들이 싸우듯이 서로 할퀴고 꼬집
으며 바닥을 구르고 있었다.

두 사람의 한심한 작태에 모두가 손을 놓고 있었다.

"아아악! 졌다, 이놈아."

결국 백포노인이 흑포노인의 팔뚝을 깨물어 흑포노인이 비
명을 지르며 싸움은 끝나고 말았다.

비록 깨물고 꼬집는 싸움에서 이기긴 했지만 선풍도골이었
던 백포노인의 머리는 산발이 되고 흰옷은 더러워져 엉망이
되어 있었다.

하천은 기가 막혀 뒷짐을 진 채 먼 산을 보고 있었고 황사가
흑포노인을 채근해 댔다.

"충분히 쉬었으면 이제 마저 볼일을 봅시다."

하지만 흑포노인은 백포노인에게 물린 팔뚝을 내보이며 황
사에게 욕을 해댔다.

"이놈아, 이 상처가 보이지 않느냐? 이런 중상을 입고 어찌
무기를 들 수 있겠느냐?"

황사는 대의롭게 배려를 하고도 욕을 먹으니 기가 막혀 자
리로 돌아오고 말았다.

흑포노인이 다시 소리를 질렀다.

"이놈아, 백가야, 이번에는 네가 나서라."

백가라 불린 노인은 백포노인이었고, 역시 손등에 있는 생긴 상처를 내보이며 엄살을 떨었다.

"이놈아, 네가 내 손등을 할퀴어 피비린내가 진동을 하는데 내가 어찌 무기를 들 수 있겠느냐?"

두 사람이 서로 미루자 어쩔 수 없었던지 남색 경장을 입은 노인이 판관필(判官筆)을 들고 걸어나왔다.

점혈을 위주로 하는 판관필을 들었으니 침착한 성격에 정교한 무공을 익힌 것 같았다.

이번에도 색귀가 나서려 했지만 하천은 악운건을 나서게 했다.

색귀는 싸움에 나서서 인정을 두지 않지만 악운건은 그렇지 않았다.

색귀가 나섰다가는 좋은 분위기가 단번에 돌변할 수도 있었다.

하천은 이 사람들을 귀영문의 사람으로 전향시키려는 의도를 가지고 있었다.

노인은 판관필을 허리춤에 꽂고는 포권을 하고 차분히 말을 시작했다.

"구절문의 원로장로, 탁문경이라 하오. 우리 네 사람은 편협한 구절문주도 싫었고, 약은 주정관도, 멍청한 주정균의 편도 아닌 중립에 서 있었던 사람들이오. 보물을 챙겨 나온 것 또한 구절문주가 보물로 나쁜 일에 사용하지 못하게 하기 위함이었지, 우리가 가지고자 한 게 아니오. 그러니 먼저 보물을 넘겨드리겠소. 청량방에서 거두어 빈민을 구제하는 일에 보태주기 바라오."

멍청히 서 있던 세 사람은 탁문경을 노려보더니 한숨을 내쉬고 골동품들을 집어 하천의 앞에 내려놓았다.

"이제 구절문의 무공이 귀영문의 무공에 절대 뒤지지 않는다는 것을 보여주겠소."

말을 마친 탁문경은 판관필을 아래로 향하고 왼손을 올리며 기수식을 취했고, 악운건 역시 단봉을 아래로 향하게 하며 예의를 차렸다.

단봉의 끝에는 천이 둥글게 말려져 있으니 상처를 주지 않겠다는 것이었고 판관필의 끝에도 작은 나무 조각이 박혀 있었다.

얼핏 보면 마치 동문들이 대련을 하는 듯한 광경이었다.

두 사람은 권장도 사용하지 않고 서로 점혈을 위한 초식만 사용하고 있었다.

탁문경의 보법이 현란하긴 했지만 악운건의 강맹한 단봉 막을 뚫지는 못했다.

악운건은 몇 번 좋은 기회가 있었지만 계속 손을 늦추고 있으니 탁문경의 체면을 세워주려는 것 같았다.

탁문경 또한 고수라 할 수 있는 사람이었으니 악운건의 뜻을 모를 리 없었고 결국 백 초가 넘어가자 판관필을 허리춤에 꽂고 포권을 했다.

“패배를 인정하겠소.”

하천은 네 사람을 포박도 하지 않았고 혈도도 점하지 않은 채 청양으로 향했다.

그들은 이미 귀영문의 사람인 듯 행세하고 귀영문과 청량방의 대소사를 거론하며 협귀와 논쟁을 벌이고 있었다.

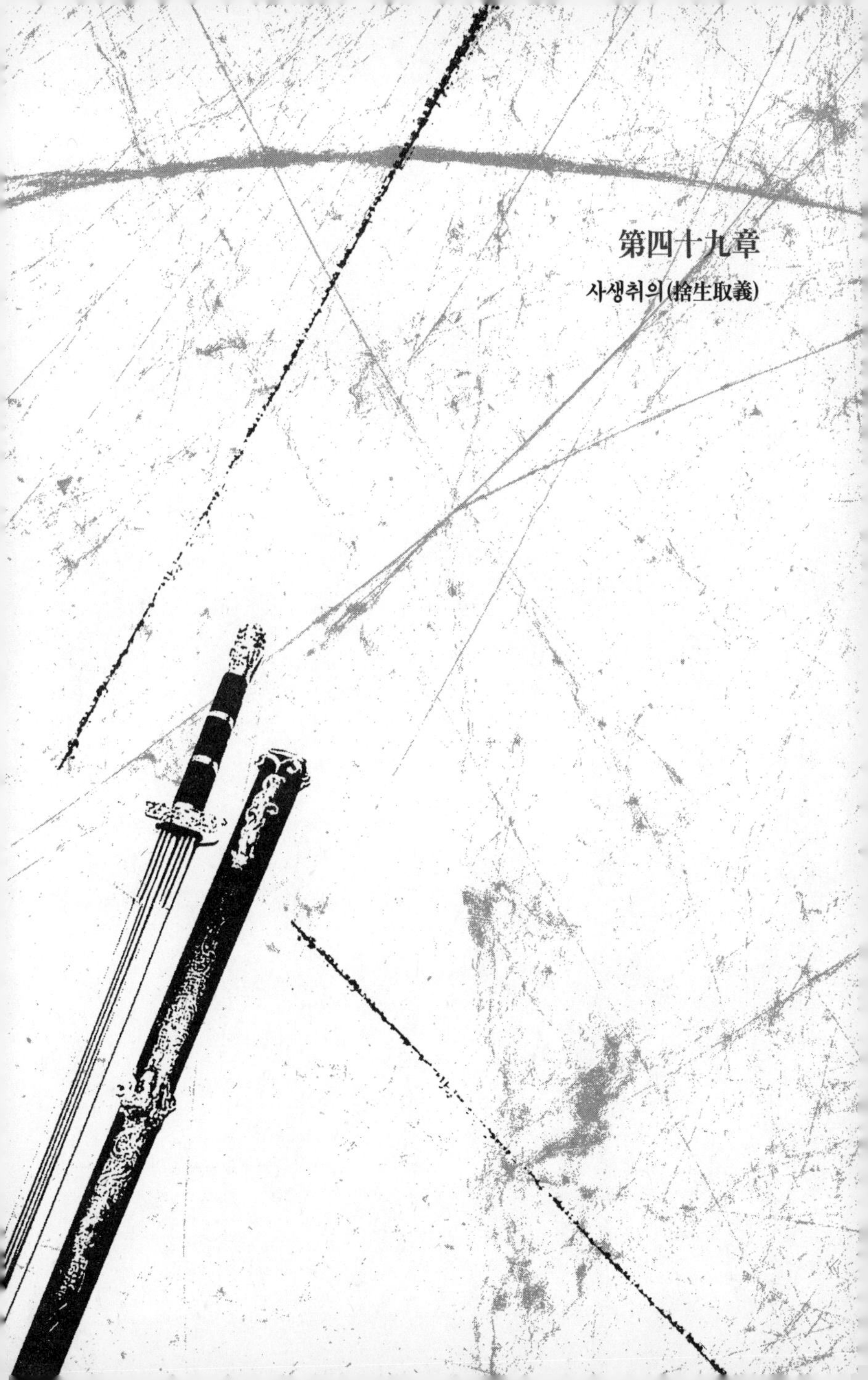

第四十九章

사생취의(捨生取義)

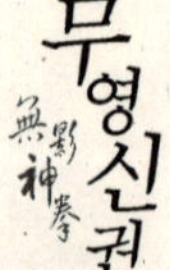

청양 분타에 도착한 하천은 소소가 납치당했다는 소식을 듣고 안색이 창백하게 변하며 한참 동안 넋을 놓고 있었다.

복관홍은 얼마나 울었던지 눈이 퉁퉁 부어 몰골이 엉망이었고, 신투 또한 함께 울었던지 얼굴이 부어 있었다.

영아가 하천의 어깨를 만지며 다가왔다.

"이미 청량방으로 전서구를 날렸으니 모레쯤이면 내당 무사들이 당도할 거예요. 그놈은 다시 구화산 방향으로 달아났는데 그 넓은 구화산을 다 뒤질 수도 없고, 어떻게 하죠?"

하천은 문득 소소의 애견 흑구가 생각났다. 흑구라면 소소의 냄새를 맡고 소소를 찾을 수 있을지도 몰랐다.

"흑구도 함께 오라고 했소?"

“물론이죠, 흑구가 오면 소 매를 찾을 수 있을 거예요.”

하천은 그나마 위안이 되었다.

하지만 구절문주에게 소소가 일을 당하지 않을까 해서 그게 걱정이 되었다.

소소는 청백지신으로 하천을 처음 맞았다. 구절문주에게 몸을 더럽힌다면 하천은 용납할 수 있다 하지만 소소는 그렇지 않을 수도 있었다.

엄밀히 말한다면 검귀가 구절문주의 이복동생이니 소소는 구절문주의 질녀라 할 수도 있었다.

귀영문의 장로들보다도 구절문의 사람들이 더욱 흥분하고 있었다.

특히 전대 구절문주의 좌우 호법이었던 흑백 도포를 입은 두 노인은 구절문주를 육두문자를 사용해 가며 욕하고 있었다.

“내가 그놈이 그 정도로 용렬한 놈이니 구화산의 석실에 처박혀 이 잡는 일을 취미로 삼으며 강호로 나오지 않았던 거야. 하오문의 잡배만도 못한 그 짐승 같은 놈을 문주라고 대우해 줬던 우리까지 낯을 못 들게 만드는구나. 탁아우, 혹시 그놈의 다른 은신처를 몰라? 자네는 그래도 그 짐승이랑 제법 많은 시간을 보냈잖아.”

흑포노인의 말에 탁문경은 눈을 반짝였다.

“우제의 짐작으론 그놈은 여우 같아서 어쩌면 그 석굴 인근에 있지 않을까 싶습니다. 여우가 집을 만들 때는 또 다른 구멍을 뚫어놓지 않습니까?”

하지만 탁문경의 말에 흑포노인은 고개를 저었다.

"아니야, 그 석굴은 구양 대협이 폐관할 때 사용하던 석굴이야. 그러니 구양 대협이 뚫어놓지 않았다면 그 작자가 새로 수작을 부리지는 못했을 거야."

흑포노인의 말을 받아 이번엔 백포노인이 나섰다.

"아니야, 닥치게. 탁 아우 말에 일리가 있어. 어쩌면 그 석굴에서 다른 석실로 통하는 비밀 통로가 있을 지도 몰라. 자세히 생각해 보게. 그 석굴은 출입하는 데 눈에 띄지 않는다는 장점이 있긴 했지만 길목만 지킨다면 퇴로가 없는 사지였어. 그런데도 그놈은 그 석실이 세상에서 가장 안전한 곳이라며 그 석실을 떠나려 하질 않았잖아?"

하천은 백포노인의 말에 일리가 있다 생각했다.

하지만 두 사람은 다시 다투기 시작했다.

"뭐라고, 닥치라고? 이놈이 형님한테 하는 말버르장머리 봐라."

"이 녀석이 고작 사흘 먼저 태어난 주제에 형님이라니. 에라, 이놈아."

두 사람은 다시 꼬집고 할퀴며 아우성을 쳐댔지만 하천은 벌떡 몸을 일으켰다.

"그 석굴로 다시 한 번 가봅시다. 분명 그 석굴과 통하는 다른 밀로가 있을 것이오."

이미 밤이 깊었지만 하천이 잠도 자지 않고 나서니 모든 사람이 따라나서지 않을 수가 없었다.

석굴을 봉쇄하고 청량방의 무사들이 지키고 있긴 했지만 여전히 석굴 주변을 어슬렁대는 사람은 많았다.

이미 날이 밝아오고 있었지만 하천은 아무리 찾아봐도 석굴에서 통하는 다른 통로는 찾을 수 없었다.

하천은 밖으로 나와 석굴이 있는 포행봉(捕杏峰)의 주변을 살폈다.

살구나무를 품은 형상이라 해서 붙여진 포행봉이라면 중심이 되는 살구나무 형상을 찾을 필요가 있었다.

맞은 편 봉우리에서 살피니 석굴이 바로 살구나무의 형상이었고 석굴이 생기가 모이는 명당인 혈처(穴處)였다.

구양 대협이 풍수지리를 살펴 석굴을 만든 게 분명했다.

귀법수도 지형을 살피며 통로가 있을 만한 숲을 뒤지고 있었다.

하천이 아는 바로는 자연의 운행은 일정한 방향성을 지닌다. 봄, 여름, 가을, 겨울의 변화가 그러하고, 해가 동쪽에서 떠서 서쪽으로 지는 것도 방향성을 보여준다.

그러므로 명당에 배치하는 기능들의 방향에 따라서 기의 영향도 상당한 차이가 생기게 된다. 그러므로 입지하는 것의 성격에 따라 적절한 방향이 결정되어야 하는데, 이러한 문제를 다루는 것이 좌향론이다.

좌란 혈의 뒤쪽 방향을 말하며, 향이란 혈에서 앞을 본 방향을 가리키는 것이다. 좌향은 지기와 천기(天氣)의 조화라는 측면에서도 중요하다.

석굴의 뒤쪽으로 칼로 깎아놓은 듯한 단애(斷崖)가 있었다. 아래까지는 무려 백여 장이나 되었다.

아무리 고절한 신법을 지닌 자라 해도 발을 잘못 딛게 되면 뼈도 추릴 수 없으니 단애로 접근하는 사람은 없었다.

바로 단애가 좌향론에서 말하는 좌향이었다.

하천이 자신의 생각을 말하자 귀법수도 고개를 끄덕였다.

하천은 산을 내려가 단애의 아래로 짐작되는 곳을 찾았다. 단애의 위에서 아래로는 내려갈 수 없었지만, 아래에서 위로 올라간다면 오를 수도 있었다.

하천이 막 단애를 벽호공으로 오르려 할 때 협귀가 달려왔다.

"석굴의 문에 이 화살이 날아와 박혔습니다."

화살에는 서신이 매달려 있었고 하천은 얼른 서신을 펼쳤다.

구절문주가 보낸 서신이었다.

소소를 찾으려면 금 이만 냥을 준비해 두고 즉시 하산하지 않으면 소소를 갈기갈기 찢어 죽이겠다는 협박 서신이었다.

금 이만 냥이라면 은 사십만 냥에 달하는 거금이었고, 그만한 돈을 당장 마련할 수는 없는 일이었다.

하천은 다시 위로 올라가 화살이 날아온 곳을 살폈다.

백여 장 밖의 맞은편 봉우리에서 날아온 화살이 분명했다.

백여 장 밖에서 화살을 쏘아 단단한 석문에 이 촌이 넘게 박힐 정도라면 구절문주가 쏜 게 분명했다.

또 글에 남아 있는 먹은 아직도 마르지 않았으니 지금 보낸 게 분명했다.

하천은 단애의 아래쪽과 화살을 날린 맞은편 봉우리의 거리를 대충 가늠해 봤다.

아래로 뛰어내려 전력으로 달린다면 구절문주의 신법으로 충분히 가능한 일이었다.

어쩌면 단애의 초입에 구절문주의 은신처가 있는지도 몰랐다.

맞은편 봉우리는 절대 구절문주의 은신처가 아니었다. 자신의 거처에서 화살을 쏠 만큼 구절문주는 어리석은 인물이 아니었다.

하천은 어쩔 수 없이 석굴에서 철수하고 대신 단애와 그 주변을 감시하게 했다.

하천의 짐작은 정확했다.

구절문주는 소소를 끌고 단애를 기어올랐다. 원래는 석굴에 통로가 있었지만 그곳은 청량방의 무사들이 지키고 있으니 들어갈 수가 없었다.

바닥에서 불과 십여 장 거리에 작은 동굴이 있었다. 동굴 입구는 칡덩굴로 가려져 있고 그걸 치우지 않는 한 입구를 발견할 수 없었다.

단애에는 일곱 개나 되는 동굴이 있었고 서로 연결되어 있었다.

그렇게 기어오르면 석굴에 닿을 수도 있었다.

자연의 동굴에 인위적인 석실을 만든 것이라 다소 불편함이 있긴 했다.

우선 식량과 물, 용변을 해결하는 일이 불편했다.

소소는 원래 측간에서 큰 볼일을 보려던 참이었다. 그런데 수상한 기척이 나니 소변만 보고 뛰쳐나왔다.

그러다 구절문주에게 제압되고 말았다. 대변만 마렵지 않았다면 그렇게 허무하게 사로잡히지도 않았다.

소소는 사로잡혀 오는 내내 머리를 굴렸다. 능욕을 당하지 않으려면 비상 수단을 써야만 했다.

어렵게 단애를 기어올랐고 동굴에는 물이 없었다.

소소는 탐욕의 눈초리로 자신을 쳐다보고 있는 구절문주가 가까이 다가오자마자 그대로 대변을 보고 말았다.

좁은 동굴에 구린내가 진동을 했다. 그러고는 몸을 대변으로 더럽히기 위해 바닥을 마구 굴렀다.

구절문주는 화가 치밀어 소소를 몇 번 걷어차기는 했지만 멀찍이 떨어졌고 더 이상 접근하지도 않았다.

그렇게 하지 않았다면 벌써 몇 차례나 능욕을 당했을 게 분명했다.

구절문주는 물을 길어다가 어떻게 해보려 했지만 물은 너무 먼 곳에 있었으니 포기하고 말았다.

물을 들고 계속 단애를 기어오르기는 힘든 일이었다.

석굴로 사람들이 몰려들자 불안했던 구절문주는 단애의 아래에 신경을 곤두세우고 있었는데, 하천이 단애 아래에서 서성대자 급히 서신을 적은 뒤 활을 들고 하천이 서 있는 반대편 통로로 기어가 동굴에서 뛰어내렸다.

맞은편 봉우리까지 달리는 데는 반 각도 걸리지 않았다.

서신을 화살에 걸고 석문을 향해 화살을 날렸다.

자신의 뜻대로 청량방은 석굴에서 철수했다. 하지만 단애의 아래를 청량방의 무사들이 감시하기 시작하니 다시 동굴로 돌아갈 수가 없게 되었다.

단애의 동굴로 접근하는 것은 여러 가지 방법이 있었다.

아래에서 기어오르면 눈에 띄기 쉬우니 중턱에서 가까운 단애에 있는 동굴로 기어가는 것이 가장 좋은 방법이었다.

그것도 낮에는 보는 눈이 많아 힘들고 밤이나 돼야 가능한 일이었다.

하천은 단애의 어딘가에 비밀 거처가 있다 단정하고 멀리서 단애를 감시하고 있었다.

혼자는 불가능한 일이라 협귀와 살귀, 황사까지 동원되었다.

단애를 반씩 맡아 두 사람씩 교대로 살폈다.

아래나 위에서 기어오르는 자가 있다면 구절문주가 분명할 것이고, 그렇다면 단애의 어딘가에 소소가 잡혀 있을 게 분명했다.

협귀와 살귀, 황사의 안력이라면 밤이라 할지라도 사람 정도는 분간할 수 있으리라 생각했다.

구절문주는 제대로 먹지도 못하고 씻지도 못했는지라 마을로 내려가 민가에 들어 동전 열문을 주고 밥을 부탁해 먹고 물을 찾아 목욕까지 한 다음 해가 진 후에야 단애로 향했다.

구절문주는 봉우리 중턱에서 신법을 전개해 단애로 접근할 수 있는 나무에 뛰어올랐다.

만약의 경우를 대비해 검은 피풍막을 덮어쓰고 조금씩 동굴로 접근해 갔다.

수상하게 움직이는 검은 물체를 발견한 살귀는 졸고 있는 하천을 깨웠다.

하천은 살귀가 손가락으로 가리키는 방향을 유심히 살피다가 미소를 지었다.

살귀는 제대로 보지 못했지만 하천은 분명히 볼 수 있었다.

피풍막으로 몸을 감춘 사내가 칡덩굴을 걷어내고 동굴로 들어가고 있었다.

이제 다음날, 그 사내가 동굴을 빠져나오기만 하면 소소를 구출해 낼 수 있을 터였다.

어쩌면 오늘 밤, 소소를 데리고 탈출할 수도 있으니 유심히 살펴야 했다.

단애의 벽은 그다지 단단한 암석이 아니라 어쩌면 많은 동굴이 있을지도 몰랐다. 그렇기에 하천은 전서구를 날려 청양에 있는 모든 고수를 단애 아래로 소집했다.

구절문주로 의심되는 사내가 단애로 내려온다면 꼭 잡아야만 했고 그러자면 많은 인원이 필요했다.

하지만 하천이 알지 못한 일이 하나 있었다.

바로 동굴에서 원래 구절문주가 있었던 석굴까지 연결되는 통로가 있고, 구절문주는 석굴로 접근할 수 있는 기관의 작동법을 알고 있다는 것이었다.

석굴은 이미 봉쇄되었고 청량방의 무사들이 입구를 막고 지키고 있었으니 구절문주가 동굴의 밀로를 통해 안으로 들어간다 한들 알 도리가 없었다.

구절문주는 하천에게 복수를 하기 위해서라도 꼭 소소를 능욕하고 싶었지만 이곳에는 물이 없으니 소소를 씻길 수가 없었다.

하지만 석실에는 끊임없이 물이 솟아나는 샘이 있었다.

그래도 온몸에서 구린내가 진동을 하는 소소를 끌고 백 장이나 되는 길을 굽이굽이 돌아 위로 좁은 통로를 오른다는 것은 쉬운 일은 아니었다.

한식경이나 걸려 소소를 끌고 석실의 입구에 도착한 구절문주는 동굴의 천장에 있는 기관을 작동해 석실로 들어갔다.

기관을 작동하는 모든 장치는 파괴되어 있었지만 샘물은 여전히 솟아 나오고 있었다.

하지만 물이 담긴 독이 모두 깨져 있어 소소를 담가둘 독이 없었다.

구절문주는 소소를 바라보며 악을 써댔다.

"네년 때문에 이게 무슨 고생이란 말이냐? 하천이란 놈이 다시는 너를 품지 못하게 만들어서 보내주겠다. 물론 너를 잘 씻겨 구린내를 가셔낸 다음, 맛을 보고 나서 할 일이지. 나를 원망 마라. 네가 주인을 잘못 만난 게 죄라면 죄지. 어이구, 냄새야. 독을 가지고 올 동안 얌전히 있어라. 하긴 뭐, 꼼짝할 수도 없을 테지. 에잇, 이 재수없는 년!"

소소의 엉덩이를 걷어찬 구절문주는 다시 기관을 작동해 동굴로 내려갔다.

소소는 몸을 꼼짝도 할 수 없었지만 정신은 또렷했다.

구절문주가 다시 동굴로 돌아가 자신을 담가둘 독을 가지고 온다면 능욕을 당할 게 분명했다.

능욕을 당한 뒤에는 여자 구실을 할 수 없게 만든다 하니 겁도 났다.

소소는 저절로 눈물이 흘러내렸다.

그때 천장이 무너지며 한 사람이 뛰어내렸다. 바로 은왕파파의 모습으로 변장한 검귀였다.

검귀는 뛰어내리자마자 소소의 혈도를 풀어주고 소소를 일으켰다.

소소는 혈도가 풀리자마자 검귀를 안았다.

"아버지!"

검귀는 한동안 말이 없더니 면구를 벗었다.

"소소야, 결국 알아내고야 말았구나. 그래, 내가 네 아비다. 넌 네 어미를 쏙 빼다 박았지만, 인중 모양과 귀, 머리통만은 나를 닮았지. 처음 네 어미가 너를 버렸을 때, 난 네 머리통만 보고도 내 딸이라는 것을 알았다.”

소소는 그때서야 움푹 들어간 인중, 조금 큰 듯한 귀, 뒤로 불쑥 튀어나온 머리통이 검귀를 닮은 것이라는 걸 알았다.

“아버지, 어머니를 용서해 주세요. 그리고 제발 더 이상 신투 어른과 진 서방을 괴롭히지 마세요.”

“그래, 그건 나중에 이야기하고 곧 그 악질 놈이 돌아올 것이니 여기서 나가야 한다. 자, 네가 이 면구를 써라.”

소소는 경황이 없어 검귀가 주는 은왕파파의 면구를 덮어썼다.

검귀는 얼른 석실 문을 열고 밖으로 달려나갔다.

석실의 입구를 지키며 졸고 있던 네 사람은 아무도 없는 줄 알았던 석실이 열리며 검귀가 뛰쳐나오자 화들짝 놀라 순식간에 제압되고 말았다.

검귀는 소소의 손을 잡고 신법을 전개해 아래로 치달렸다.

뒤늦게 석실 주변을 순찰하던 순찰무사의 신호탄이 솟아올랐지만 하천은 단애를 떠날 수 없어 협귀와 황사만이 석실로 달려왔다.

경비무사들은 사람도 보지 못하고 제압당했다 말하니 황사와 협귀는 구절문주가 소소를 데리고 탈출한 것으로 생각하고 다시 아래로 내려갔다.

구절문주는 독을 들고 석실로 돌아왔다가 천장이 무너져 있고 소소가 사라지고 없는데다가 석실 문이 열려 있자 누군가

가 밖에서 들어와 소소를 구해간 것으로 생각하고 재빨리 석
실을 나가 아래로 달려갔다.

황사는 아래를 헤매다가 봉우리 위에서 달려오는 구절문주
를 쳐다봤다.

고절한 신법으로 봐서 구절문주가 분명하다 생각한 황사는
앞을 막아섰다.

소소까지 뺏긴 구절문주는 화가 치민 상태라 눈에 보이는
게 없어 십성의 공력으로 쌍장을 내밀었다.

황사는 강맹한 격공장이 자신을 덮치니 어쩔 수 없이 피하
고 말았다.

황사가 뒤돌아서 봤지만 이미 구절문주는 십여 장을 벗어나
있었다.

황사의 신법으로는 도저히 따라갈 수 없는 빠른 것이니 뿔
피리를 불어 위험을 알렸다.

하지만 달려올 무사가 없었다.

하천도 뒤늦게 석실을 통해 구절문주가 탈출을 했고, 소소
역시 또 다른 사람이 데리고 가버렸다는 것을 알고 통탄을 했
다.

날이 밝아올 즈음, 청양에서 모든 사람들이 구화산으로 달
려오긴 했지만 넓은 구화산을 다 뒤진다는 것은 불가능한 일
이었다.

그 시각, 소소는 구화산을 벗어나 청양으로 향하는 관도 초

입에 있는 빈 움막에서 검귀가 길어온 물로 목욕을 한 뒤, 검귀가 민가에서 훔쳐 온 옷을 입고 검귀와 밥을 먹고 있었다.

"아버지, 정말이시죠? 어머니와 신투 어른, 그리고 진 서방을 더 이상 적대시하지 않는다고 맹세하실 수 있죠?"

"그래, 네 어미에게는 원래 손톱만큼의 원한도 없었고, 신투와 네 서방에게도 애초에 원한은 없었다. 처음에는 너를 망친 진 서방을 죽이려 하기도 했다만, 이젠 아니다. 구절문의 후손으로서 구절문의 명예를 위해 그 세 사람에게 못할 짓도 했었지. 하지만 다 옛날 일이다. 이젠 아무 욕심도 없다. 소원이 있다면 네가 잘살고 네 어미가 행복하게 사는 거지."

"아버지, 그러지 마시고 귀영문으로 복귀하시는 게 어때요? 진 서방은 과거지사에 연연하지 않는 호방한 사람이에요. 아버지께서 귀영문에 돌아오신다면 쌍수를 들고 환영할 거예요."

소소는 신이 나서 말했지만 검귀는 빙그레 웃기만 하더니 밥을 다 삼키고 입을 열었다.

"한 가지 할 일이 남았어. 그 일만 마치면 네가 사는 것을 지켜보며 조용히 살까 한다. 네가 그놈에게 납치됐다는 말을 듣고 간신히 석실로 잠입해 그놈을 기다렸다. 원래 석실에 있던 환기구를 내가 막았었지. 그러니 석실로 잠입하기는 여반장이었다. 그놈이 봉쇄된 석실로 너를 데리고 오리라 짐작하고 있었다. 그새 몹쓸 짓을 당한 건 아니겠지?"

"그럼요, 동굴에 잡혀오자마자 바로 똥을 싸버렸죠. 그러고는 바닥을 마구 굴렀죠. 똥으로 범벅이 된 저를 그자가 어찌하겠어요?"

검귀는 흐뭇한 미소를 지었다.

"그래, 넌 네 어미를 닮아 어릴 때부터 영리했지. 네가 무사하리라 생각하고 있었다. 소소야, 넌 원래 주소소다. 네 신분을 숨기기 위해 내 외가 성인 은 씨 성을 빌렸다만 이제 모든 게 밝혀졌으니 내 성을 따르는 것이 타당할 것이다."

소소는 가련한 검귀와 자신의 신세를 생각하자 눈물이 흘러내렸다.

"소소야, 한 가지, 네 서방에게 말해줘라. 정상적인 구절문주의 무공은 분명 진 서방에게 미치지 못한다. 하지만 구절문에는 문주에게만 전해지는 대법이 있다. 역천귀원대법(逆天歸元大法)이라 하지. 잠력을 격발해서 내공을 두 배로 높일 수 있다. 비록 일각 정도밖에 지속되지 못하지만 일각이면 수십 명을 죽이고도 남을 시간이다. 건곤일척의 승부를 할 때, 그놈의 머리털이 곤두서고 눈이 이상하게 변할 때는 정면 승부를 해서는 승산이 없다. 일각을 견뎌야 한다. 그러면 그놈은 절반의 공력밖에 사용하지 못하니 기회가 온다. 명심하고 꼭 전해라."

검귀가 말한 내용은 소소도 이미 알고 있었고 하천도 알고 있는 것이었지만, 소소는 검귀의 마음을 상할까 해서 끝까지 듣고 고개를 끄덕였다.

"아버지, 꼭 전할게요. 그런데 한 가지 하실 일이란 게 뭔지

물어봐도 되요?”

소소의 질문에 검귀는 웃기만 하더니 벌떡 일어났다.

“소소야, 진 서방이 걱정이 많을 테니 어서 돌아가야지. 참, 그리고 이 가락지를 네가 보관해 주겠니?”

검귀가 손에 든 것은 은으로 된 쌍가락지였다.

“처음 네 어미를 만나 초야를 치르며 네 어미의 손에 끼워주었던 가락지였다. 훗날 내가 떠날 때 네 어미가 내게 돌려준 것이다. 재수없는 물건이라 생각 말아라. 이 가락지에는 내 청춘이 담겨 있고, 내 사랑이 담겨 있다. 이 세상에 태어나 가장 사랑했던 사람은 바로 네 어미였고 마지막 사랑도 네 어미였다. 이젠 그 사람이 너로 바뀐 것이지.”

말을 마친 검귀의 눈에서는 눈물이 흘러내리고 있었다.

소소도 두 사람의 사랑 이야기를 잘 알고 있었다. 슬픈 사랑이었다.

소소도 눈물이 흘러내렸지만 검귀는 소소의 눈물을 닦아주었다.

“소소야, 내가 죽거든 너를 매일 바라볼 수 있는 곳에다 묻어다오. 네 아이가 자라 나를 외조부라 불러준다면 나는 죽어서도 원이 없을 것이다.”

검귀가 불길한 말을 하자 소소는 검귀의 손을 잡았다.

“아버지, 혹시 구절문주를 상대하려는 건 아니시겠죠?”

“아니다. 그자는 악인이긴 하지만 내 배다른 형이기도 하다. 형에게 검을 들이댈 수는 없지. 공연히 쓸데없는 말을 했구나. 어서 떠나라.”

검귀는 말은 그리하면서도 소소의 잡은 손을 놓지 않았다.

소소는 검귀에게 안기고 뺨에 얼굴을 비벼댔다.

“아버지, 빨리 일 끝내고 돌아오세요. 아버지 좋아하시는 동파육 해놓고 기다릴게요.”

“그래, 네가 해주는 동파육에 소흥주 한잔해야지. 그래, 어서 가거라.”

검귀는 그때서야 잡았던 손을 놓았다.

소소는 자꾸만 뒤를 돌아보면서도 빠른 신법으로 몸을 날리고 있었다.

어쩌면 다시는 부친을 못 보게 될지도 모른다는 생각이 들기는 했지만, 당장은 불안해하고 있을 하천에게 달려가는 일이 더 급했다.

구절문주는 미친 듯이 신법을 전개해 청양으로 내달렸다. 이제 소소를 잃었으니 또 다른 인질이 필요해서였다.

청양에 있는 대부분의 무사들이 구화산으로 달려왔을 테니 청양은 비어 있을 게 분명했다.

하지만 구절문주가 청양에 들어서 청양 분타를 찾았을 때, 분타의 정문에는 삼십여 명의 무사가 문을 지키고 있었고 담을 따라 일 장 간격으로 무사들이 경계를 하고 있었다.

가까이 다가갈 수도 없었다.

그는 남경에 있는 정예무사가 모두 청양으로 달려온 것을 알지 못했다.

구절문주는 어쩔 수 없이 발길을 돌렸다. 가진 돈도 모두 동굴에 놓고 오는 바람에 수중에는 동전 석 문만이 달랑거리고 있었다. 그게 전 재산이었다.

구절문주는 노점에 앉아 야채를 넣은 국수를 먹고 전병 하나를 사 먹으니 빈털터리가 되었다. 원래는 거들떠보지도 않던 것들이었다. 그래도 배가 고팠다.

하천은 혹시나 하는 마음에 단애의 동굴과 구화산 아래를 뒤지고 있었지만 구절문주와 소소의 종적을 발견하지 못하자 안절부절못하고 있다가 멀리서 소소가 달려오는 것을 보았다.

하천은 달려가 소소를 안았고 소소는 그동안의 일을 말했다.

검귀가 소소를 구해주었다는 것이 천만 뜻밖이었다. 어찌 되었든 소소가 무사하니 하천은 하늘을 날 듯 기뻤다.

다시 긴급한 신호가 하늘 높이 떠올랐다. 청양 방면에 구절문주가 있다는 신호탄이었다.

구화산을 헤매던 청량방의 무사들은 다시 청양으로 향했다.

청양으로 청량방의 무사들이 모여드니 구절문주는 또다시 몸을 피해야만 했다.

청량방의 무사들은 청양 전체를 쥐 잡듯 뒤졌지만 구절문주의 종적은 발견하지 못했다.

하루를 더 머물다가 하천은 남경으로 향했다.

이제 더 이상 청양에 머물 이유가 없었다.

구절문주는 어쩔 수 없이 복면을 하고 부자들의 집을 털며 천천히 남경으로 향하고 있었다.

그 뒤를 검귀가 따르고 있었다.

하지만 구절문주는 눈치채지 못했다. 검귀의 은신술은 강호 제일이라 할 수 있었고, 구절문주는 무공은 높았지만 강호 경험이 아직은 부족한 사람이었기 때문이다.

검귀는 구절문주의 오십 장 주변에 머물며 구절문주가 정착할 때를 기다렸다.

구절문주는 강도짓을 한 돈으로 연미촌이 바라보이는 관도 근처에 작은 집 하나를 마련했다.

홍학촌에서 나오는 사람은 반드시 연미촌을 지나야 했으니 연미촌을 감시하고 있으면 언젠가는 기회가 오리라 생각하고 있었다.

검귀 역시 구절문주의 거처가 보이는 곳에 집을 마련하고 매일 구절문주의 동태를 감시하고 있었다.

보이는 칼날은 막을 수 있지만 보이지 않는 칼날을 막기 힘든 법이었다.

구절문주는 누가 되었든 하천에게 타격이 될 수 있는 사람이라면 또다시 납치할 생각을 하고 있었다.

인질을 미끼로 큰돈을 마련하고 하천까지 죽이지 않는다면 죽어도 눈을 감지 못할 큰 원한이었다.

자신의 모든 것을 망친 하천은 불구대천의 원수였다.

한 달을 넘게 웅크리고 있던 어느 날, 드디어 기회가 왔다.

화려한 마차와 수십 기의 기마대가 연미촌을 빠져 나오고 있었다. 마차의 휘장이 펄럭이며 얼핏 복관홍의 얼굴이 보였다.

구절문주는 유유히 말발굽과 마차의 바퀴 자국을 추격하며 뒤를 밟았다.

마차는 현무호(玄武湖)로 향하고 있었다.

멀리 무사들이 보이고 화려한 유람선에 하천과 영아, 소소, 신투, 복관홍이 타고 있었다.

구절문주는 이가 갈렸다. 자신이 놓친 소소는 이제 완전히 물이 올라 경국지색이라 할 수 있었다.

구절문주는 침을 꿀꺽 삼키고 현무호가 내려다보이는 다루의 이층으로 올라갔다.

유람선에서 금음이 들려오고 무희들이 춤까지 추고 있으니 구절문주는 불편한 심기를 감출 수가 없었다.

해가 지기 직전에야 유람선에서 내린 다섯 사람은 다시 현무호변의 장원으로 향하고 있었다.

청량방 소유의 별장인 듯했다.

구절문주는 다시 별장이 보이는 주루로 자리를 옮겨 늦게까지 별장을 바라보고 있었다.

술시 말 경, 신투와 복관홍이 손을 잡고 별장을 나와 현무호

변을 거닐고 있었다. 뒤를 따르는 무사라 해야 두 사람이 전부
였다.

구절문주는 회심의 미소를 지으며 자리에서 일어났다.

소소에게 못다 한 한을 복관홍에게라도 풀 작정이었다. 가
만히 보니 검귀와 신투가 복관홍에게 목을 매는 이유가 있었
다.

복관홍의 걸음걸이를 뒤에서 보고 있자니 절로 춘심이 동할
수밖에 없었다.

복관홍을 잡는다 해도 하천을 유인할 수 있을 것 같았다.

두 사람은 희희낙락하며 호변을 거닐고 있으니 구절문주는
비웃음이 저절로 나왔다.

그때 문득 자신을 뒤따르고 있는 사람이 있다는 느낌이 들
었다. 하지만 뒤를 돌아보면 아무도 없었다.

구절문주는 기분이 좋은 것은 아니었지만 일단 복관홍만 납
치한다면 빠른 신법으로 도망가 버리면 그만이니 상관하지 않
았다.

하천이 뒤를 따르고 있다 해도 떨치고 달아날 자신이 있었
다.

드디어 기회가 왔다.

두 사람은 버드나무에 기대어 선 채 호수를 바라보며 도란
도란 이야기를 나누고 있었다.

지나가는 척하며 덮치면 그것으로 일은 끝나는 것이었다.
그런데 미처 다가서기도 전에 뒤에서 검풍이 다가오고 있었다.

화들짝 놀란 구절문주는 재빨리 궁신탄영의 신법으로 앞으로 내달렸다.

짜광!

검강은 허공을 가르고 멀쩡한 점포의 벽 모퉁이를 때렸다.

복관홍과 신투는 깜짝 놀라 소리가 나는 곳을 쳐다봤지만 이미 구절문주는 바짝 다가와 있었다.

"그놈은 구절문주야! 어서 몸을 피해!"

뒤에서 검귀가 소리치며 달려오고 있었지만 이미 구절문주의 옆구리에는 복관홍이 매달려 있었다.

이미 술이 취한 신투는 허공에 손을 휘두르며 앞으로 넘어지고 있었고 복관홍의 찢어지는 듯한 비명 소리만이 밤하늘에 퍼지고 있었다.

"꺅!"

별장에서 하천과 영아가 달려나오고 악원이 달려나왔지만 구절문주는 이미 까만 점이 되어 멀리 달아나고 있었다.

하천은 구절문주를 쫓는 사람의 신법을 보고 그자가 검귀라는 것을 알았다. 노파의 옷차림이었지만 부신약영으로 날아가는 신법은 검귀의 것이 분명했다.

구절문주는 이미 숲으로 뛰어들었고, 검귀가 뒤쫓고 있었다. 하천도 몸을 날리려 했으나 영아가 따라오니 영아를 막으며 멈춰 섰다.

영아와 함께 위험한 숲으로 뛰어들 수는 없었다.

"어서 돌아가 소소와 함께 있어. 저자는 내가 꼭 잡을게."

“아니야, 함께 가.”

“시간이 없어 빨리 돌아가.”

“알았어, 몸조심해.”

잠시 지체하는 사이 하천은 두 사람의 종적을 놓치고 말았지만 곧 숲으로 몸을 날렸다.

이제는 청각에 의존해 뒤를 따를 수밖에 없게 되었다.

구절문주는 복관홍을 옆구리에 끼고도 검귀와 점점 더 거리를 벌리고 있었다.

검귀는 복관홍이 어찌 될까 봐 애가 타 연신 욕을 해댔다.

“이놈아, 거기 서지 못해? 정정당당하게 나와 겨뤄봐. 개꿈이 깨어졌으면 정신을 차려야지 끝까지 추잡하게 굴어? 나라를 팔아 제 욕심을 채우려 하다니, 네놈도 인간이냐? 게 서지 못해?”

검귀의 말에 대꾸도 하지 않고 구절문주는 계속 달려가고 있었다.

하천은 엉뚱한 곳을 달려가다가 검귀의 말을 듣고서야 방향을 잡아 달려오고 있었다.

숲을 벗어나 다시 현무호가 보였다.

벌써 한식경이나 치달렸으니 추격자는 다 떨어져 나가고 검귀는 혼자인 게 분명했다.

구절문주는 검귀가 악착같이 자신을 따르고 있다 생각하니 괘씸한 생각을 떨치지 못했다.

구절문주는 복관홍을 바닥에 내려놓고 이를 갈며 몸을 돌렸다.

"이놈! 천한 놈이 역시 피 값을 하는 구나. 네놈이 감히 나를 배반해?"

검귀는 우뚝 멈춰 서 가쁜 숨을 몰아쉬며 검을 뽑아 들고 천천히 구절문주를 향해 다가갔다.

천하다는 말은 검귀가 절대로 용서할 수 없는 말이었다.

검귀의 분노가 담긴 검강이 날아왔다.

구절문주는 생각했던 것보다 검귀의 검식이 강맹하자 화들짝 놀라 뒤로 몸을 날렸다. 자신이 알고 있던 검귀의 무공이 아니었다.

검귀는 눈을 가늘게 뜨고 다시 삼환투월(三環套月)을 전개해 왔다.

구절문주는 검막으로 막으려 했지만 검귀의 검강은 회오리치며 날아오더니 중간에서 셋으로 갈라지며 상하의 요혈을 노려왔다.

구절문주는 간신히 추풍낙엽의 참담한 신법으로 몸을 날려 피할 수 있었다.

하마터면 검강에 맞을 뻔했다. 하나의 검강을 셋으로 갈라지게 하는 검식은 아직 구절문주도 익히지 못한 구양신공의 일곱 번째 단계에 있는 검식이었다.

구절문주는 속으로 이를 갈았다. 자신이 알고 있던 검귀의 무공이 아니었다.

그동안 검귀는 실력을 감추고 있었던 게 분명했다.

그렇다고 몇 달 전까지만 해도 발아래에 두고 호령하던 검귀를 피해 도망칠 수도 없는 일이었다.

조금 위험이 따르기는 하지만 검귀를 이길 수 있는 유일한 방법은 있었다.

역천귀원대법(逆天歸元大法).

한번 시전하면 한 달을 요양해야 하지만 일각 안에 검귀를 죽여 버리고 몸을 피하면 그만이었다.

구절문주의 머리털이 곤두서고 눈알이 충혈되며 어깨가 떨리고 있었다.

검귀는 구절문주가 역천귀원대법을 끌어올리려 하니 급히 몸을 날렸다.

청룡출수(靑龍出水)의 검식으로 다시 삼환투월을 펼쳤다.

하지만 구절문주는 가볍게 손목을 돌리며 검환을 만들어 세 가닥의 검강을 막아버렸다.

꽈르릉!

검강이 부딪치며 뇌성벽력이 치는 소리가 났다.

검귀가 한 걸음 주춤 뒤로 물러가는 틈에 구절문주는 검신합일로 청룡출수의 검식을 전개해 왔다.

섬전과도 같은 검강이 검귀를 압박해 왔다.

검귀에게도 필생의 신법이 있었다.

역시 바닥을 따라 한 바퀴 반을 회전하며 방향까지 자유자재로 바꾸는 추풍낙엽의 신법이었다. 구절문주의 신법과 조금도 다르지 않았다.

구절문주는 다시 이를 갈았다.

추풍낙엽은 자신이 창안한 독문신법이었다. 검귀가 자신의 무공을 훔쳐 배운 게 틀림없었다.

"이놈, 감히 내 무공까지 훔쳐 배우다니."

구절문주는 좌장을 날리며 동시에 삼환투월을 펼쳤다.

사방을 압박하고 다시 검귀가 몸을 피하면 허점을 노리겠다는 것이었다. 역천귀원대법으로 내공이 충분한 구절문주로서는 회심의 일격을 날릴 준비를 하고 검귀의 움직임을 지켜보고 있었다.

사방이 막혔으니 정면으로 받아내거나 옆으로 피할 도리밖에는 없었다. 하지만 검귀는 빙그레 웃으며 허공으로 몸을 날리더니 몸을 한 번 뒤집으며 저 멀리 날아갔다.

역천귀원대법의 유일한 단점이라면 뛰어오르는 신법을 전개하는 데 장애가 있다는 것이었다.

내공이 두 배로 늘어나면서 무게 중심이 아래로 내려오는 탓에 그만큼 도약력은 줄어들 수밖에 없었다.

그 약점을 검귀는 이미 알고 있는 듯했다.

하지만 구절문주는 부신약영으로 날아가며 다시 사방으로 검풍을 몰아쳐 갔다.

검귀는 이번에도 일학충천의 신법으로 허공을 뛰더니 다시 몸을 뒤집어 구절문주의 뒤쪽으로 날아갔다.

복관홍이 사지를 버둥거리며 누워 있는 곳이었다.

복관홍은 아혈이 제압당해 말은 하지 못했지만 뜨거운 눈물을 흘리고 있었다. 검귀도 복관홍을 바라보며 눈가에 이슬이

맺혀 있었다.

멀리서 하천이 사자후를 토하며 나뭇가지 끝을 밟고 달려오고 있었다.

한정된 시간만큼만 역천귀원대법을 발휘할 수 있는 구절문주는 이를 악물고 악귀와 같은 모습으로 검귀에게 달려오며 직도항룡의 평범한 검식을 펼쳐 갔다.

하지만 검귀는 피할 수가 없었다.

구절문주의 검강은 복관홍의 머리를 향해 날아오고 있었기 때문이다.

복관홍을 살리기 위해 검귀는 정면으로 그 검강을 받을 수밖에 없었다.

꽈광!

검귀의 검이 반으로 부러지며 검귀는 다섯 걸음이나 물러가 피를 토하며 복관홍의 위에 쓰러지고 말았다.

구절문주는 다시 몸을 날려 검귀의 심장을 찌르려 했지만 뒤에서 다가오는 파공음에 놀라 추풍낙엽의 신법으로 몸을 날렸다.

하천이 허공에서 뛰어내리며 철환을 날리고 있었고 일곱 개의 철환은 구절문주가 있었던 자리에 박히며 흙먼지가 일었다.

하천은 그대로 몸을 날려 복관홍의 혈도를 풀어주고 검귀와 복관홍의 앞을 막아섰다.

복관홍은 몸을 일으켜 검귀를 안아 들고 있었다.

"검 랑! 정신 차려요."

검귀는 복관홍이 울부짖는 소리에 정신이 들었는지 희미하게 눈을 뜨고 살짝 미소 지으며 복관홍의 손을 잡아왔다.

"홍아, 너를 지켜주지 못해 미안하구나. 난 네가 평생 부귀영화를 누리며 사는 모습을 보고 싶었다. 널 속이려던 게 아니었어. 고초를 겪게 해 미안하다. 소소가 보고 싶다. 홍아, 부디……."

"검 랑! 검 랑! 여보!"

하천의 뒤에서 복관홍의 애절한 절규가 들려왔다.

한 많은 인생을 살아온 검귀의 마지막 가는 길이었다.

구절문주는 호흡을 가다듬고 있었다. 이미 일각의 절반이 지나가 버려 빨리 승부를 내야만 했다.

긴말이 필요하지 않았다.

복관홍은 구절문주가 다시 자신을 노릴 게 분명해 재빨리 검귀를 안고 몸을 날렸다.

그 순간 구절문주가 복관홍의 등을 향해 좌장을 떨쳤다.

하천이 삼환투월로 검막을 치며 구절문주의 격공장을 막았다.

우르릉!

하천은 차기미기의 수법으로 그 격공장을 구절문주에게 되돌려주려 했지만 하천의 검막에 깃든 공력은 구절문주의 격공장에 깃든 공력만 못해 실패하고 말았다.

내공의 차이를 명확하게 알 수 있었다. 검을 쥔 하천의 손아

귀까지 저려올 정도였다.

그사이 복관홍은 십여 장을 넘게 물러나 있었다.

"진 서방, 저놈은 내공은 높아졌지만 도약력은 평소보다 절반으로 줄어들었어. 그 약점을 이용하게."

복관홍은 검귀가 행동으로 알려준 것을 하천에게 전했다.

하천은 음양오행과 사리를 따져 복관홍의 말이 사실이라 생각했다.

"개 같은 년, 내 먼저 너를 죽이고 말 테다."

구절문주는 하천이 몸을 피하지 못하게 수작을 부렸다.

복관홍을 노리는 척하며 돌진한다면 하천은 몸을 피하지 못하고 맞받아 칠 수밖에 없기 때문이었다.

구절문주는 검귀를 해치웠던 그 수법을 그대로 사용하려 했다.

하지만 복관홍은 다시 몸을 날려 뒤로 달아났고 하천은 자신의 검강을 재빨리 피해 버렸다.

그렇다고 하천에게 등을 보이며 복관홍을 쫓을 수는 없는 일이었다.

철환만 날아오더라도 등을 보인 상태에서는 막을 수가 없었다.

절대고수에게 등을 보인다는 것은 자살행위라는 것을 구절문주는 잘 알고 있었다.

자꾸만 시간이 가니 구절문주는 마음이 초조해졌다.

반면에 하천은 주변을 맴돌며 시간만 보내니 구절문주는 다소 위험이 따르더라도 선공을 할 수밖에 없었다.

구절문주는 생사를 도외시하고 마구잡이로 검식과 격공장을 날렸다.

하지만 하천은 표홀신보로 좌우로 피하고 경우에 따라서는 나비가 날아가듯 기묘한 동작으로 허공을 뛰니 십여 초의 공격은 무위로 끝나고 말았다.

내공이 두 배로 높아졌다 하지만 한꺼번에 십여 초나 연속해서 공격한다는 것은 무리가 있었다.

구절문주는 몸이 무거워지자 더욱 신법이 느려지고 있었다. 직감적으로 역천귀원대법이 이제 위력을 다해가고 있다는 것을 알았다.

보법이 현란하고 움직이는 방향을 예측할 수 없으니 더 이상 공격한다 해도 하천을 해치울 수 있다는 자신이 없었다.

아직 시간이 있을 때 도망치는 것이 최선이라 생각했다.

시간이 다되면 공력의 절반밖에 사용할 수 없으니 그때는 죽은 목숨이었다.

"타압!"

구절문주는 벽력 같은 기합을 내지르며 허초를 날린 후 하천이 피하자 그대로 몸을 날렸다.

가는 길에 복관홍을 해치울 수 있다면 좋은 일이고 허탕을 친다 해도 그만이었다.

하지만 잠시 등을 보였을 뿐이었는데 섬전과도 같은 철환이 날아왔다.

구절문주는 어쩔 수 없이 추풍낙엽의 신법으로 몸을 피했
다.

그사이 하천이 달려와 다시 앞을 막았다.

구절문주는 역천귀원대법을 펼친 것이 후회가 되었다. 내공
이 높아진다 해서 상대가 정면으로 받지 않는 한 소용없는 일
이었고, 오히려 신법은 느려지기만 하니 오히려 대법을 펼치
지 않은 것만도 못했다.

허공을 날아 자유자재로 방향까지 바꾸는 하천의 신법 앞에
역천귀원대법은 무용지물이었다.

구절문주는 동귀어진의 각오로 하천에게 바짝 다가가 접근
전을 펼쳤다.

그게 마지막 승부수였다.

위험을 무릅쓰고 거리를 좁히는 것이 최선의 방법이었다.
하지만 그것도 쉬운 일이 아니었다.

하천은 다시 허공을 뛰며 뒤로 날고 무영신권을 날려왔다.

일곱 개의 그림자가 날아오니 구절문주는 그때마다 신법으
로 피해야만 했다.

하나의 권영이라면 맞받으면 되지만, 제자리에서 일곱 개의
권영을 다 막을 무공은 구절문주에겐 없었다.

이제는 상황이 역전되고 말았다.

권영이 허초인지 정말 내력이 실린 진초인지도 알 수 없었
다. 그저 권영이 날아오면 몸을 날려 피할 수밖에 없었다.

다시 구절문주는 일곱 개의 권영을 간신히 피했고 하천이

청룡출수의 평범한 검식으로 찔러오자 마지막 승부수를 띄웠
다.

구절문주는 마지막 남은 공력을 모아 비장의 절초를 펼쳤
다.

검신합일로 검막을 펼치는 고수반근(枯樹盤根)의 검식이었
다.

잠력을 최대한 격발하는 역천귀원대법에 다시 또 잠력을 최
대한 격발하는 비장의 신공이었다.

하천이 맞받아주기만 한다면 승기를 잡을 수 있다고 확신했
다.

하지만 하천은 찔러오던 검식을 회수하더니 일학충천으로
허공을 뛰어오르고 있었다.

구절문주의 잠력까지 실린 고수반근의 검식은 당연히 허공
을 갈랐다.

구절문주의 발은 땅바닥에 한 척이 넘게 박혀 있어 바로 몸
을 뺄 수도 없었다.

오히려 허공에서 하천이 내려오며 검신합일로 검을 찔러오
고 있었다.

구절문주는 한 줌 남은 잠력까지 다 써버렸으니 몸을 굴리
는 뇌려타곤이라도 전개해 목숨을 구해야 했다.

하지만 마음뿐, 발은 조금도 움직이지 않았다.

정수리가 벼락에 맞은 듯 찌릿하더니 구절문주는 그 자리에
우뚝 선 채 검을 떨구고 있었다.

눈은 부릅뜬 채였고 고개는 서서히 꺾이고 있었다. 칠공에서 피가 흘러내리고 있었다.

멀리서 검귀의 시신을 안고 있던 관홍이 다가왔다.

반대편에서 영아와 소소가 달려오고 있었다.

관홍과 소소는 서로 부둥켜안고 검귀의 손과 뺨을 만지며 오열을 하고 있었다.

영아도 하천의 가슴에 얼굴을 묻고 소리없이 눈물을 흘리고 있었다.

*　　　*　　　*

홍학방의 내원, 망검정(望劍庭)에는 하천과 소소가 이제 고작 네 살이나 됨직한 사내아이의 손을 잡고 뒤쪽으로 바라보이는 두 개의 무덤에 허리를 굽히고 있었다.

"아버지, 저 무덤은 누구 무덤인데 매일 절을 올리세요?"

하천은 아이의 머리를 쓰다듬으며 말했다.

"응, 우리 검아의 외조부님과 외조모님의 무덤이야. 네 외조부님은 한 자루 철검으로 천하에 이름을 떨치신 분이란다. 청량방을 위해 악적과 싸우시다 목숨을 잃으셨지. 그 옆에 묻힌 분은 강호일미로 명성을 떨쳤던 외조모님이셔. 외조부님께서 돌아가신 뒤, 삼년상을 치르고 바로 돌아가셨지. 네가 두 살 때 돌아가셨어."

"아버지께서는 천하제일인이시잖아요. 그 원수 놈을 그냥 두셨어요?"

웃고만 있던 소소가 입을 열었다.

"그냥 뒀을 리가 있겠니? 낙뢰일발(落雷一發)이라는 검식으로 그자의 오장육부를 태워 버리셨지."

검아라 불린 아이는 팔짝 뛰며 좋아했고, 하천과 소소는 검아의 손을 잡고 망검정을 내려가고 있었다.

『무영신권』完

유행이 아닌 자유추구 -
WWW.chungeoram.com
Book Publishing CHUNGEORAM

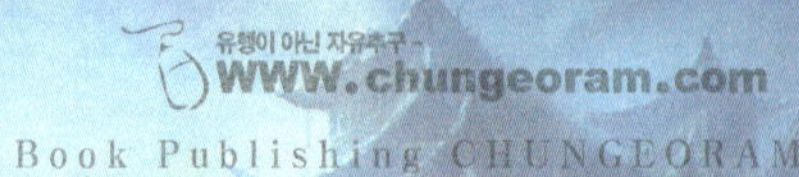

낭왕 狼王

별도 新무협 판타지 소설

살내음 나는 이야기에 여러분은 가슴 졸인 적이 있는가?
남들이 볼까 두려워하며 책을 가리면서 읽었던 구절을 몇 번이나 반복하며
읽은 적이 없는가?

구무협의 향수를 그리워하던 별도가 결국은
〈무협의 르네상스〉를 부르짖으며 직접 자판 앞에 앉았다.

"제가 무협을 쓰기 시작한 이유는 더 이상 읽을 책이 없었기 때문입니다."

모든 일은 4년 전부터 시작되었다.
살인사건을 배경으로 펼쳐지는 음모와 배신, 사랑과 역공작,
그리고 정사!

우리 시대의 이야기꾼, 별도의 새로운 글, 〈낭왕狼王〉!
〈천하무식 유아독존〉, 〈그림자무사〉, 〈검은여우毒心狐狸〉에
이은 그의 또 하나의 역작!

예(禮)와 법(法)을 익힘에 있어
느리디 느린 둔재(鈍才).
법식(法式)에 얽매이기보다 마음을 다하며,
술(術)을 익히는 데는 느리지만
누구보다 빨리 도(道)에 이를 기재(奇才).

큰 지혜는 도리어 어리석게 보이는 법[大智若愚]!

화폭(畵幅)에 천지간(天地間)의 흐름을 담고
일획(一劃)에 그리움을 다하여라!

**형식과 필법을 익히는 데는 둔하나
참다운 아름다움을 그릴 수 있게 된
화공(畵工) 진자명(陳自明)의 강호유람기!**

유행이 아닌 자유추구 –
WWW.chungeoram.com
Book Publishing CHUNGEORAM

광룡기

장담 新무협 장편 소설

미친 바람이 동해에서 불기 시작했다!
둥지를 떠난 광룡(狂龍)이 강호에 나타났다!

내가 가고 싶은 대로 간다.
내가 하고 싶은 대로 한다.
누구도 내 앞을 막지 마라!

한겨울, 마침내 광룡의 전설이 시작되고,
천하가 광룡과 빙심에 뒤집어졌다!

유행이 아닌 자유추구 -
WWW.chungeoram.com

Book Publishing CHUNGEORAM